L'HOMME DE CENDRES

DU MÊME AUTEUR

Aux Éditions Grasset

LE BOUDOU, 1991.
LES PORTS DU SILENCE, 1992, *roman*.
LA RAGE AU BOIS DORMANT, 1995, *roman*. (Livre de Poche, 1998)
LES PETITS BONHEURS D'HÉLOÏSE, 1996, *roman*.
PETIT TRAITÉ DE MAUVAISES MANIÈRES, 1998, *roman*.

Aux Éditions Gallimard

LES FEUX DU LARGE, 1975, *nouvelles* (Prix Drakkar).
CHAMBRES, AVEC VUE SUR LE PASSÉ, 1978, *nouvelles* (Bourse Goncourt de la Nouvelle).
PAS D'AUTRE INTEMPÉRIE QUE LA SOLITUDE, 1980, *nouvelles*.
... PERDRE LE SOUFFLE, 1983, *nouvelles*.
L'HIVER DE BEAUTÉ, 1987, *roman* (Folio, 1990).
... ET IL VENTAIT DEVANT MA PORTE, 1989, *nouvelles*.

Aux Éditions Actes-Sud

UN SOIR, J'INVENTERAI LE SOIR, 1983, *nouvelles*.
PLAISIRS AMERS, 1984, *roman*.

Aux Éditions Sud

L'ÉCORCE INDÉCHIFFRABLE, 1975, *poèmes*.
RIMES INTÉRIEURES, I : DU VERTIGE ET DU VENT, 1984, *chroniques et poèmes*.
RIMES INTÉRIEURES, II : A LA TOUR ABOLIE, 1994, *chroniques et poèmes*.

Aux Presses de la Renaissance

GIOCOSO, MA NON..., 1990, *nouvelles*.

Aux Editions Julliard

BONJOUR, GENS HEUREUX..., 1993, *nouvelles*. (Grand Prix de la Nouvelle SGDL, 1994).

Aux Editions IPOMÉE-Albin Michel

LE COLLIER, avec des illustrations de Frederic Clément, 1992.

CHRISTIANE BAROCHE

L'HOMME DE CENDRES

roman

BERNARD GRASSET
PARIS

Pour Catherine et Marc, en souvenir d'une « première » sans spectateur.

Pour Jean, qui sait ce qui dort sous l'écriture.

La vie est une lutte pour l'existence avec la certitude d'être vaincue.

SCHOPENHAUER.

(...) Ce n'est pas la victoire que j'espère, ce n'est pas la lutte qui me réjouit, ce n'est qu'en tant que l'unique chose qui soit à faire qu'elle peut me réjouir. Comme telle, la lutte me remplit en effet d'une joie qui déborde ma faculté de jouissance, et ce ne sera peut-être pas à la lutte mais à la joie, que je finirai par succomber.

KAFKA, *Journal intime.*

Chapitre premier

FRÉDÉRIC

A l'époque, ces voyages à destination précise s'appelaient routine, et je commençais à m'en lasser. Je prenais l'avion pour Mexico ou l'Amérique du Sud ou le continent asiatique, au moins une fois par semaine, aller et retour dans les 48 heures si possible, et le plus souvent possible. C'est tout juste si l'on ne me réservait pas à l'année, quelle que soit ma destination, une place contre le hublot, à deux enjambées de la passerelle. J'aime... J'aimais pouvoir sortir comme un carreau d'arbalète. L'expression qui n'est pas de moi, me résume assez bien. Les vols transatlantiques ne m'impressionnaient pas. Seulement, piétiner derrière un bagage, avant le passage en douane ou quand le chauffeur se fait attendre, dans les enfers de vingt millions d'habitants, c'est monnaie courante, tout cet appareil inévitable m'exaspérait. Comme la pauvreté bord à bord avec la richesse... Est-ce si compliqué à comprendre ? Crésyl et suints, bouffe et soufre, merde et dégueulis sur fond de jardins et limousines de luxe, je ne sais ce qui l'emporte dans le mélange au plomb qu'on respire à Mexico. Oh, c'eût été Delhi ou Hong Kong, ça n'aurait pas changé grand-chose.

Alors je me préparais au choc en m'isolant dès le

hall de départ, j'abandonnais mon assistant à ses indifférences de narine et à ses attentions stéréotypées. Il se foutait royalement de mes états d'âme, il ne m'accompagnait presque jamais. Je ne perdais pas mon temps à l'envier, je m'exilais, ailleurs, vers un territoire où rien ne bouge, où personne ne respire les gaz de combustion. J'ai souvent imaginé la mort comme un recours qui n'a pas d'odeur. Je veux dire que l'odeur serait pour ceux qui restent. On a les égoïsmes qu'on peut !

Ce jour-là, on déposa, il n'y a pas d'autre mot, une vieille dame impotente à la place voisine de la mienne. Elle tapota son sac, sa résille, son devantier ; elle devait me l'apprendre peu après, il valait mieux appeler ainsi ce qui lui restait de mamelles ! Après avoir agité son gros derrière pour le caler au mieux dans le siège étroit, elle soupira d'aise. L'hôtesse souriait, et ce sourire avait valeur d'événement. Peut-être aurais-je dû ne pas me soucier des humeurs de cette fille, ou alors changer de vol, ou alors... changer de vie ?

Au moment du décollage, la vieille dame me voyant mastiquer avec force car j'avais déjà des ennuis cochléaires insistants, demanda si j'avais peur, elle pouvait me tenir la main si j'avais peur. J'ai failli ricaner, et puis croyant comprendre, j'ai tendu mes doigts avec un sourire à la fois confus et reconnaissant. Après tout, je jouais la comédie depuis si longtemps pour vendre des avions et des armes que je n'avais rien à inventer, pas même les apparences de la confusion.

— C'est votre premier voyage, monsieur ?

Etait-ce de l'ironie ? je ne l'ai pas décelée. Mais depuis combien de mois, je n'ose dire de lustres, ne me suis-je pas observé dans une glace, occupé à fixer juste le bas du miroir grossissant pour traquer le poil rétif.

A cause de cette phrase, peut-être sans malice, j'ai glissé un regard vers le hublot.

Sans m'en apercevoir, j'étais entré dans l'âge incertain où l'on peut de bonne foi vous prendre pour un retraité en mal d'occuper sa vacance, et qui se hasarde à l'étranger, croyant le faire par plaisir. J'ai souri ; l'examen de cette femme, soudain direct, ne m'a pas détrompé, les ravages du métier que j'exerce commençaient à se voir, et j'étais le seul à ne pas m'en être aperçu.

Quand nous reçûmes l'autorisation de détacher nos ceintures, elle soupira qu'on ligotait tout et tout le temps, vous ne trouvez pas, monsieur ? en se battant avec le poussoir. Elle effleura la main que j'avais avancée pour l'aider, vous êtes bien brave.

J'ai pensé qu'elle allait me tenir la jambe pendant dix heures si je ne me disposais pas à sommeiller, et je m'y apprêtais quand je l'ai vue sortir des lunettes, déplier le journal qu'elle avait rangé dans le vide-poche, et c'était un journal en espagnol.

Je me sentis bête, intrigué, attendri. Quel âge pouvait-elle avoir ? Elle lisait vite. Au début j'ai cru qu'elle ne s'attardait qu'aux images, et puis non, elle avait replié les pages pour plus de commodité, avec de petits mouvements de bouche. L'article concernait les rebelles du Chiapas, et je suis sûr de l'avoir entendue marmonner *pobrecitos*.

Très vite, on nous servit les plateaux-repas ; elle observa le sien avec une attention dégoûtée, examina l'étiquette de la bouteille de vin avec un hochement de tête. Un petit rire sec allant à je ne sais quoi secouait ses épaules, ébranlant le siège. Elle se tourna vers moi, belle image sur du néant, monsieur, plusieurs crus s'y prêtent et j'ai honte pour eux. Elle a demandé si je pouvais trouver son bagage à main au milieu des autres, un sac en velours noir, monsieur. Elle en sortit une bouteille estampillée d'une belle étiquette : MONTAGNE SAINT-JEAN 1971.

— Elle vient de chez moi, monsieur, je ne l'ouvrirai pas ici, mais si vous restez un peu à Mexico, dans deux jours il aura reposé, et nous pourrons le boire ensemble. Cette cuvée est la dernière que mon cher mari a vinifiée lui-même. Une année fameuse. Je me suis promis de faire ce voyage et de boire la dernière bouteille sur cette pyramide du Soleil dont il me rebattait la mémoire à en pleurer. Il disait toujours, ma belle Amande, quand le fils reprendra, on se paiera le Mexique pour aller voir notre José. Le fils n'a pas repris ; c'est ainsi. Il s'est embringué dans un amour qui lui a crevé le cœur, avant de le jeter dans la drogue. Il est mort il y a quatorze ans, deux mois avant son père. Mort du sida, je ne l'avais pas habitué aux déceptions et j'ai eu tort, il n'a pas su regarder en face celles de l'amour.

Elle continuait de contempler sa bouteille comme si c'était l'or du Pérou, une larme tremblant au coin de l'œil.

— Maintenant, avec qui vais-je boire la vie, mon beau monsieur ? Je n'avais pas d'autre enfant... j'ai bien un vague neveu, qui se dit tel en tout cas, un genre de contrôleur des travaux finis, il pallie son défaut de tempérament en buvant de l'eau de Contréxeville, il dit qu'elle le purge, et c'est d'un ragoûtant !

Elle a refermé le sac sur son trophée, bien au chaud dans un vieux pull, et l'a gardé sur ses genoux, nonnon, ne vous donnez pas la peine, la petite jeune fille qui sourit quand elle se moque va le remettre en place. C'est son travail.

Je l'ai examinée avec plus d'attention, elle avait reniflé le mépris dont nous enveloppait cette fille à qui les passagers parlaient sans la voir, et qui devait se trouver trop belle pour qu'on l'ignore.

Bon sang, quel âge pouvait avoir ma voisine ? Elle avait abandonné son plateau, ayant juste entamé la salade et le fruit. Quand l'hôtesse passa, elle l'arrêta, voudriez-vous me débarrasser, mademoiselle ? La fille répondit sèchement qu'il fallait attendre la desserte.

— Mais non, mademoiselle, vous allez le prendre.

Dans la vieille voix, un avertissement sous la gentillesse. J'ai rêvé une seconde à toutes les suites possibles, cris, appels au steward, ou bien encore le plateau balancé par terre. En réalité, l'hôtesse fixa la dame invalide dont les yeux démentaient le sourire, puis emporta l'objet de cet affrontement larvé. La rigidité de son dos me fut un baume sur de vieilles blessures d'amour-propre. Cette petite garce que je connaissais bien, n'en était pas à son coup d'essai. Mais je n'ai jamais réfléchi plus de cinq minutes aux femmes qui fourvoient leur beauté dans ce métier-là, parce que cela m'obligerait à peser le mien. Je vends des armes, non ?

Ma voisine s'était plongée dans son journal, un autre, en anglais.

Au bout d'un long moment, elle grogna, quels que soient leur langue et leur pays d'origine, les journaux débitent tous les mêmes sottises. J'ai hoché la tête, mais elle n'attendait pas de commentaires et poursuivait sa lecture. C'est moi qui, soudain, insistai :

— Vous en parlez trois ?

— Oh, plus, monsieur. Cinq ou six. Il a bien fallu. Placer du vin réclame de l'entregent, et de nos jours, l'entregent, au contraire de bien des idées reçues, se pratique dans l'idiome de l'acheteur potentiel. Vous connaissez cela, sûrement. Je baragouine donc l'allemand, l'italien, le russe et même un rien d'arabe. L'arabe me donne du souci, c'est une langue que nos bouches maîtrisent mal.

Elle rit brusquement, ne faites pas cette tête. Les musulmans affichent l'abstinence et cachent l'hypocrisie. Chez ceux qui se livrent au vin, je livre, moi, par containers, même si l'intitulé des bordereaux de livraison mentionne un alcool végétal à usage automobile.

Elle gloussa, certes, il y a des purs et durs, mais ceux qui ont tâté de la France durant leurs études, beaucoup d'entre eux, en tout cas, ont appris à boire, et recommencent quand ils reviennent. Bien sûr, dans leur pays, ils font donner le fouet aux imprudents. Je ne m'y habituerai jamais, seulement le commerce, c'est le commerce, et je ne suis pas Allah pour juger des manquements aux Lois. Et puis nous aussi avons des hypocrites qui ne leur cèdent en rien, non ? Toujours la même chanson où qu'on aille !

Après cette belle sortie, elle osa un sourire en coin, replongea dans son *Herald Tribune*, avant de glisser peu à peu dans une somnolence digne, ses deux mains à plat sur les genoux.

Je ne pouvais m'empêcher de la guetter. Elle avait dû être belle, les traits étaient réguliers, le nez droit, la bouche aux lèvres charnues avait conservé de la fermeté. Certes, le corps indistinct se perdait dans de larges vêtements, mais de bonne qualité, presque élégants. Les mains me plaisaient beaucoup, solides, déliées, sans les déformations de l'âge, des mains plus jeunes qu'elle. Celles de ma mère étaient ainsi.

Dans son sommeil, elle murmura quelques mots en espagnol affirmant qu'elle n'oublierait pas.

Et je m'endormis à mon tour.

On nous servit une espèce de petit déjeuner une heure avant l'atterrissage à Mexico, un café lavasse et froid sur croissant sec. Ma voisine suivit les gestes de notre hôtesse et, tout à coup, murmura d'une voix basse mais très distincte, je vous le déconseille, mademoiselle. Elles se toisèrent. L'hôtesse grinçait des dents comme un rat malade. Elle finit par baisser la tête en se détournant. Un soupir et un hochement du menton ponctuèrent la guerre des yeux. La vieille dame me glissa, vous avez compris ? Elle s'apprêtait à renverser le plateau sur mes genoux. Cette fille utilise la maladresse comme expression de sa méchanceté naturelle. Elle rit, l'âge n'a pas atténué ma vindicte, cher monsieur, comme vous voyez.

Dès que l'avion eut stoppé devant les accordéons, un homme de service s'approcha, poussant devant lui un fauteuil roulant, et un petit être pépiant se précipita pour l'aider à transporter ma voisine dans le siège tout en bavardant avec une profusion de gestes. Il avait le visage inondé de larmes, elle, les yeux trop brillants, tapotait ses mains et disait calme-toi, José, je t'en prie.

Un peu plus tard, alors que je tournais en rond dans le hall en attendant mon chauffeur, ce José vint vers moi en courant, me tendit un papier avant de repartir. La vieille dame me rappelait que je devais l'accompagner à Teotihuacán deux jours plus tard pour y boire le vin du souvenir. C'était nécessaire (elle avait souligné le mot). Ils partiraient tôt, à cause de la chaleur, et puis voir se lever le soleil est une fête a fortiori devant son temple. Vous ne croyez pas ? C'était signé : Moira Donnavent de Pasture.

Mon Dieu, j'avais été... J'étais de cette famille, mais il y avait longtemps, si longtemps que ce nom ne signifiait presque plus rien pour moi ! Je dus m'asseoir, d'émotion. J'avais cherché à oublier jusqu'aux visages sur les photos que ma mère avait conservées. Je suis un Donnavent, de Pasture ou des Hauts, peu importe, ces mots-là ne servent qu'à les situer, sur les falaises ou dans les vignes !

Voyons, il y a eu Léontine, une garce. Epouse Fautrelot, le temps d'être semée. Le pauvre Alain n'avait pas tardé à fuir le duo qu'elle entretenait avec son fils, tourné séducteur tous azimuts. Un don Juan qui se regardait dans les culs comme dans le grand miroir de son antichambre, avec les yeux de Chimène ! Il est mort d'une leucémie, je crois, laissant une veuve vite réconfortée par l'armée de Libération, et une fille, Judith*, laquelle en a fait voir de toutes les couleurs à la ville entière, avant d'arroser la communauté des démunis d'Orsenne rien que pour emmerder les nantis du Marché noir ! Je ne suis pas de ceux-là, ma mère est partie bien avant eux, avec moi dans son ventre.

Une autre des filles Donnavent s'appelait Héloïse. Elle, je la revois, mince, alerte, toujours le rire aux dents. Elle a eu six enfants qu'elle a dressés dans des tempêtes joyeuses, moyennant quoi elle en était adorée. Elle ne cessait de les houspiller pour qu'ils s'amusent avec leur fric plutôt que de le soumettre aux aléas de la Bourse ! Elle était ma marraine, je l'aimais. L'adoration n'est pas mon fort, je l'aimais, voilà tout. De loin. C'est elle qui venait nous voir, c'est elle qui s'inquiétait de nos moyens d'existence, elle qui repartait en « oubliant » une enveloppe sur la table. Et ma mère allait verser l'argent sur *mon* livret de Caisse d'Epargne... Ma mère n'acceptait rien de sa famille,

---

* *La Rage au bois dormant,* même auteur.

même quand celle-ci se rappelait à nous avec les meilleures intentions du monde, et j'ai eu près de quarante ans de vie pour l'interroger sur les raisons de ses refus sans jamais obtenir de réponse !

Qui donc était Moira ? Je commençais à me douter qu'elle ne s'était pas assise à côté de moi sans intention.

Le lendemain, alors que je sortais de la Banque Mondiale, sur la Reforma, non loin des buildings où j'avais passé la matinée à grignoter des réticences, effacer des contentieux, décrocher de nouvelles commandes moyennant de nouveaux dessous-de-table, et c'est chaque fois la même chose... j'ai eu envie d'aller à pied jusqu'au Zoccalo, histoire de respirer un peu, et respirer, c'est beaucoup dire !

La lumière, sur les fresques de Rivera, à cette heure de la journée, allège le côté « force ouvrière en marche », gomme les contours trop marqués, la rudesse du symbole. Il faut admirer de loin, admirer n'est pas le mot, il faut, je le sais depuis longtemps, deviner les œuvres d'art plus que les examiner. Les fresques saupoudrées de poussière, dans le soleil déclinant, laissent alors percevoir la fatigue derrière la révolte, l'envie d'amour derrière l'invective des bouches, elles montrent des hommes, enfin, au lieu d'images démonstratives. Chaque fois que j'arrive par la petite rue des prêteurs sur gage, chaque fois que je sors du couloir étroit et sombre où scintillent des diamants sales et des turquoises fanées, je me dis que l'enfer est de ce monde. Mais il faut en passer par lui pour apercevoir, au-delà d'une brume, un troupeau d'Indiens en marche, à la fois las et décidés, avec des pics, des pioches, des outils de travail dont on sait bien qu'ils peuvent servir à tuer ceux qui s'opposent aux révolutions.

Et puis l'illusion fout le camp dès qu'on franchit la ligne de soleil. C'est tellement fragile, une illusion.

J'émergeais de la ruelle quand je les ai vus, la dame, le fauteuil et, poussant les deux, le petit type. Non, ce n'était pas lui, juste un jeune gaillard en loques, riant de toutes ses dents, et faisant cavaler l'attelage à travers la foule des touristes, des vendeurs de bonbons, d'une cohorte religieuse de femmes à cornette blanche. Leur course était frénétique. Moira, les deux mains accrochées aux accoudoirs, criait : « Plus vite ! qu'est-ce qui te retient ? » Ils se sont arrêtés devant le bonhomme de la veille, assis sur le pliant d'un marchand de journaux qui regardait la scène, les mains sur les hanches. « Rends-moi mon sac, José, soufflait la vieille dame », et tout en le lui tendant, José a soupiré : « Tu n'es pas raisonnable, Moira ! » Elle riait, elle tenait le garçon par le cou, le traitait de conducteur du diable, elle disait : « Tiens, *pequeño*, va vite t'acheter une chemise et un pantalon ». Les yeux béants, le gosse regardait le gros billet, le plaquait sur sa poitrine, *todo para mi* ? Il s'envola, les mains sur le cœur, me bouscula au passage avant de me regarder avec attention, puis rebroussa chemin vers le fauteuil, se pencha pour embrasser la joue fanée, *querida mamá*, tu es ma mère et ma femme !

Souriante, les mains sur les roues, elle entama seule un demi-tour, et c'est alors qu'elle m'aperçut, eh bien l'ami, vous viendrez ? Elle avait à peine terminé sa phrase que je l'interrogeais déjà, était-elle mariée à un Donnavent, à un frère d'Héloïse ? Qui était-elle donc ?

Elle gloussa, je suis celle à laquelle on ne pense pas,

l'unique pisseuse de Gloria*, une des premières Donnavent, et de celle-là, en revanche, tout le monde se souvient.

— Une sorte de monstre, adorable au demeurant. Elle a épousé trois ou quatre des larrons qu'elle a épuisés avant de s'en tenir au dernier, Georges, le seul dont elle n'a pas eu d'enfant. Celui-là, elle l'aimait profond, et ils sont morts ensemble, de sa volonté à lui, dans un « accident » de jeep. Au vrai, ils se sont jetés de la falaise. Elle voulait s'en aller seule, ce n'était pas tout à fait son genre d'attendre la mort dans un lit, surtout en compagnie d'un cancer du foie, mais il l'avait devancée dans la voiture, et c'était la première fois qu'il décidait pour elle. Ah, on peut dire qu'ils sont morts comme ils avaient vécu, en gloire, et sans jeu de mots !

Moira souriait en hochant la tête.

— ... Cette fichue femme a mis au monde une tripotée de garçons qui n'ont pas fait long feu, la guerre, la diphtérie et jusqu'à cette propension des hommes de la famille à ne pas *durer*, j'ignore pourquoi ! Et malgré tous ses mariages, elle est restée une Donnavent de Pasture, parce que, disait-elle au futur mari, je préfère ce nom à tous les autres, si tu n'es pas content... ils acceptaient. Des femmes comme ça, on n'en trouve plus.

Elle releva la tête, me regarda droit dans les yeux.

— Moi, je suis son dernier feu, sa dernière enfant. Après, le moule était cassé. On m'a très vite appelée Moira, bien qu'à l'état civil, ce soit Pauline qu'il faut

---

* Ainsi passa la gloire du monde, nouvelle in ... *Et il ventait devant ma porte*, même auteur.

dire. Il paraît que, dès l'âge de deux ans, je répétais sans cesse moi-ira. Et ce n'était pas mal vu, j'y suis toujours allée de grand cœur !

Elle riait, l'histoire te va-t-y, mon gars ?

Le petit homme la couvait des yeux. Du doigt, elle le désigna.

— Lui, c'est José Carveilho da Silva, un de mes hommes à la bastide. Il est parmi nous depuis si longtemps qu'il est de la famille, pas vrai José ? Il est arrivé je ne sais même plus quand, il avait seize ans et j'en avais le double. A nos yeux, il a été tout de suite une nounou et le frère aîné de notre petit, c'est lui qui nous a ramené François après l'avoir soustrait de justesse à la police. Désintoxication, seulement François a rechuté, et nous n'avons pas su le tirer de là. Peu importe ce par quoi nous sommes passés à cause de lui, le pauvre était une proie pour le chat, mais au moins l'avons-nous enterré décemment, grâce à José, une fois de plus. Ensuite, eh bien ensuite, José a voulu rentrer au pays d'où il était tombé dans nos mains par hasard. Passager clandestin d'un cargo, débarqué à Bordeaux, et de là chez nous, à bout d'errance, mort de faim et ne parlant que l'espagnol... Voilà son histoire. Il est à nous depuis, comme nous sommes à lui, et c'est José que je suis venue voir en tout premier, et c'est lui qui nous mènera à cette pyramide, demain.

Elle lui tapota la main, allons, ne pleure pas, je n'ai raconté que la vérité vraie, remets-moi ce mouchoir en poche, sinon je vais pleurer aussi !

Elle avait un regard irrésistible, comme celui de ma mère, un de ces longs et lents regards qui quémandent sans demander ! Je n'avais plus qu'à accepter le rendez-vous près du musée d'Archéologie, à 6 heures du matin.

Le soleil chasse la lune dans ces eaux-là de la nuit, chantonna Moira, et je me suis souvenu de ces aubes où je retrouvais ma mère, assise le long du mur, les yeux perdus vers l'est, et ses mains tenant contre son ventre un bol de café qu'elle ne buvait pas. Un matin, le silence était si paisible que le vieil écureuil au poil déteint, qui logeait dans le chêne mort, est venu se blottir sur son épaule. Quand j'ai surgi, l'un et l'autre ont tourné la tête vers l'intrus mal réveillé que j'étais, et la vie a repris son cours, l'écureuil a fui, ma mère s'est levée.

Après cette rencontre et cette évocation d'un passé que j'avais tenté de reconstruire autrement, j'avoue avoir peu et mal dormi. Je sombrais sans arrêt dans le même rêve, et ce n'était pas un rêve paisible.

La première fois que je l'ai affronté, j'avais dix ans et 40 de fièvre. A l'époque, ceci expliquait cela, mais le rêve a insisté, sans fièvre à la clé.

Je suis dans un lit très large, je m'y devine comme si la scène n'était visible que d'un haut sommet, crucifié à l'horizontale. Des formes sombres sous des voiles se penchent sur moi pour me dévorer. Ce qui me réveille, ce n'est ni la peur ni la douleur, juste le malaise d'aimer ce que je subis, et celui, plus âpre encore, de pouvoir me lever, me dérober à ces dents aiguës, mais de ne pas m'y résoudre. Ce qui me réveille encore, c'est une certitude : quelque chose en moi attire ces femmes. Car ce sont des femmes. Si je savais ce qu'elles veulent, elles ne reviendraient plus parce que je le leur donnerais. Ce qui me réveille enfin, c'est que je ne *veux* pas découvrir ce qu'elles attendent, or si je continuais à dormir, je l'apprendrais.

Oui, je ne veux pas savoir, et cette nuit-là, à plusieurs reprises, j'ai frôlé ce que je refuse. Cette évidence m'a jeté dans la rue vers 1 heure du matin, presque décidé à trouver un ventre et à m'y éteindre pour un sommeil sans rêve. J'ai erré, puis tout à coup je me suis réfugié dans un taillis, le cœur en chamade. Toutes les silhouettes dans les ruelles m'apparaissaient nappées d'ombre, et je sortais d'un rêve pour rejoindre un cauchemar.

J'ai fini par rentrer, par somnoler dans un fauteuil. Sans résultat. A l'heure dite, la fatigue devait se voir. Moira posa sur moi un regard direct, dénué de douceur, qui s'aiguisa d'un coup, mal dormi ? Je n'ai pas répondu.

Nous sommes partis dans l'énorme américaine de José, sur une route de poussière qui montait à l'assaut d'un horizon bourrelé comme un ciel de nuages. J'avais le souffle court. J'oublie toujours que Mexico est à 2 600 mètres, et l'oppression de l'altitude est aussi dure à vivre que mon angoisse vide de sens.

Nous sommes allés droit aux ruines. Désertes, mauves, à la fois désolées et puissantes. Je frémissais, je n'essayais même pas de le dissimuler, mais ni l'un ni l'autre n'y prêtaient attention. Moira nous a demandé de la laisser seule un moment ; José m'a entraîné jusqu'au sommet de la pyramide du Soleil. Il grimpait sans effort, je suivais difficilement. Sur le terre-plein, nous dominions la longue esplanade, et le soleil s'installa d'un coup, comme s'il ne s'était pas couché, haut dans le ciel face aux marches démesurées. José, dans mon dos, murmurait qu'il ne s'était jamais habitué à cette brutalité des aurores.

— C'est à cause de la brume du matin, elle le cache longtemps. Par ici, on dit que la nuit accouche dans les larmes.

Il soupira. Après un moment de silence, il reprit son

murmure, si faible que je me suis demandé s'il ne se parlait pas à lui-même. Mais non.

— Bien sûr, on prie le dieu des chrétiens, seulement est-ce bien lui qui mène ce monde ? Quand le sang noir nous assaille, l'envie de tuer ou de mourir, c'est la même, on devine que seul le soleil est roi. Et elle, tu sais, elle lui tient tête. Moira. Il y a la force lunaire en elle, elle est comme sa mère, la vieille Gloria, elle donne, on ne lui arrache rien. Elle veut t'offrir quelque chose, je crois, elle te cherche depuis si longtemps...

— Pourquoi ?

— Ah, tu es de son lignage, même si tu l'as oublié. Et puis elle a perdu tant de monde, sa mère, le vieux Georges et le jeune, le sien, son fils François, elle a perdu ses jambes, peu à peu. Que veux-tu, elle répète que bon sang ne saurait mentir, et tu es du leur par ta mère. Pas facile non plus, la belle Héléna. De son sang, oui, et pas seulement par ta mère, à ce qu'on dit. Gloria ne s'est pas contentée de ses maris, elle a eu des enfants entre chaque, et l'un serait ton père. Même si ta mère jure le contraire. Je te dis ce qu'on raconte, en vérité, je n'en sais pas plus que les autres.

Devant mon air ahuri, il a haussé les épaules, est-ce qu'on connaît jamais tout de ses origines, mon vieux ! J'ai bien découvert que ma mère à moi était l'Indienne des hauteurs qui me servait de nourrice, alors que je la croyais morte à ma naissance. Mon père m'avait rejeté en même temps qu'il semait l'autre, l'héritier, son épouse est morte en couches et l'enfant avec elle, alors il m'a repris au domaine, il a nié la mort de l'autre fils, et ma mère, je l'ai appelée nounou jusqu'à l'âge de quinze ans. Puis elle a disparu à son tour et j'ai su, les gens parlent quand la mort va les effacer ; les vieux secrets jaillissent des grabats où l'on crève. Je suis parti droit devant moi jusqu'à Veracruz, j'ai embarqué en douce, j'ai failli mourir de faim, être bouffé par les rats, que sais-je. La fuite m'a mené loin, en France, et là-bas, aux Bories de Saint-Jean qu'on appelle aussi le Château, j'y ai creusé mon trou, reconstitué ma seule famille. C'est toujours celle qu'on se choisit, tu sais. Je suis quasiment leur fils...

Il souriait, et qu'est-ce que cela change de savoir que ce n'est pas vrai ? Rien, la vie est toujours la vie. Profite donc de la tienne. Moi, dans un sens, j'ai mis du temps, alors ne perds pas une seconde, on n'échappe pas au destin.

C'est à ce moment-là que je lui ai raconté mon rêve et il m'a regardé avec une sorte de terreur, je crois. Chez nous, a-t-il commenté, des rêves comme celui-là parlent de naissance. Elles ne te mordent pas, elles t'accouchent. C'est à toi de voir ce qu'elles veulent sortir de tes tripes. Peut-être vas-tu changer d'existence.

— Quel âge avez-vous, José ?

— Soixante-cinq ans, et elle quatre-vingt-un. Elle sait.

— Quoi ?

— Elle sait. C'est l'heure bientôt, et c'est pour ça qu'elle est venue. Le fiston est mort depuis longtemps, et ce n'était pas une grande perte, elle le sait aussi. Mais ce n'est pas un fils qu'elle cherche. Georges, son mari, vinifiait comme un dieu. Depuis son départ, il y a quatorze ans, elle aspire à trouver un... oh continuateur, ce serait en prime, je pense. Ce n'est pas qu'elle tient à ce qu'elle a, mais elle aime ce qu'elle tient, et le vin du domaine, elle le tient d'une main de fer. Alors, elle traque son sang depuis, depuis que Georges est mort, et toi, qu'elle a vu, m'a-t-elle dit, dans le hall d'embarquement, là-bas, à Paris, elle a su tout de suite à ton sujet. Tu as la mâchoire, tu as les yeux de Gloria. Et puis, tu t'emmerdes dans ce que tu fais. Là-dessus, peut-être qu'elle se trompe, sur ce point-là, je veux dire, mais que tu sois l'arrière-petit-fils de Gloria, ça, elle en est sûre ! Et je pense comme elle.

Pour l'empêcher d'insister, j'ai demandé pourquoi il était revenu au Mexique. Il a souri, pas dupe, avouant qu'il n'avait jamais perdu le contact avec son pays.

— J'y suis né, même après cinquante ans d'exil ou presque, l'espagnol et le nahuatl sont mes langues, je n'y peux rien.

Son regard se perdait un peu.

— J'avais trente ans peut-être, quand j'ai écrit à mon père. Je lui ai dit qu'il l'était toujours, mais qu'il avait bâti ma vie sur un mensonge, et à cause de lui, je n'avais eu qu'une mère de papier dont il me reprochait la mort ; cela, je n'avais pas l'intention de le lui pardonner. Ma vraie mère était à mes côtés depuis le début, et je n'en savais rien, il m'avait privé de cette joie, c'était impardonnable, oui. D'autant qu'il m'avait obligé à la voir avec ses yeux à lui, comme une Indienne sans qualité. Ce qui ne l'avait pas empêché de la baiser, ce qui ne l'aurait pas empêché non plus de me laisser choir si l'autre, le fils légitime, avait vécu. Mais il demeurait mon père, et moi je restais d'une certaine manière son obligé, seulement il ne devait pas s'attendre à ce que je l'estime. Oh, ce n'est pas le genre de chose qui pouvait le réveiller la nuit, je le sais. Mais ça devait être dit.

La bouche fripée de José était ferme, son regard, droit. Et soudain, malgré sa petite taille, il me parut grand... Ainsi, il n'avait pas de haine...

— Grâce au père Da Silva, j'ai fait quelques études

avant d'apprendre la vie sur le tas, ce n'est jamais inutile, de même que les bonnes manières...

Il se mit à rire, ses yeux pétillaient d'amusement, les manières castillanes chez un passager clandestin, oui, ce devait être drôle.

— Aux yeux des gens d'ici, je suis à mi-chemin de l'Indien et de l'envahisseur, aux yeux des gens de la Bastide, j'étais... rien de repérable, j'étais moi. En définitive, il est confortable de ne pas porter d'étiquette, c'est sans doute pour cela que je suis resté si longtemps parti. Un Indien, pour ta famille, ça ressemblait à quoi ? Je n'avais aucune plume sur la tête ou ailleurs, j'étais blanc comme eux, je me suis tanné comme eux, on est tous des Indiens sous le soleil ! Quand le vieux Da Silva m'a réclamé, il n'avait plus personne autour de lui, son cheptel, comme il disait, s'était dilué dans les chiapas et il voyait en moi celui qui le lui rassemblerait. J'y suis allé, j'ai libéré tout le monde des anciens contrats, j'ai parlé avec eux de clauses nouvelles. Le père a grogné, c'est ce que tu veux ? Ça ou rien. Je suis resté. Je crois qu'il commençait, même s'il était bien tard, à deviner qu'on n'attrape pas les mouches avec du vinaigre, ni les Indiens à coups de fouet.

Il est mort, vieux dans sa tête comme Mathusalem, aigri, solitaire, et préférant lui aussi me laisser son bien plutôt que l'abandonner à l'Etat. Les hommes sont tous pareils, non ? Le domaine n'est plus aussi riche qu'autrefois, mais on y est heureux, du moins je crois.

Il était pensif. Il doutait ?

— Est-on jamais sûr ? Le bonheur, ce n'est pas forcément de la viande dans l'assiette et du calme dans l'esprit. En plus, je suis l'héritier sans l'avoir ni attendu ni voulu ; c'est lourd à vivre, par moments. A qui je léguerai, moi ?

Il leva les yeux, toujours aussi surpris de ce qui lui était arrivé.

— J'ai découvert qu'il ne m'avait jamais déshérité, même après ma fuite et malgré toutes ces années de silence. Il était persuadé que je reviendrais. Il m'a dit, un soir que je l'interrogeais et qu'il semblait vouloir répondre, lui qui d'habitude enfermait ses pensées comme l'or dans son coffre ! Je savais, m'a-t-il dit, qu'un jour ou l'autre, le sang de ta mère parlerait.

Cela m'est entré dans le cœur comme un couteau. Le sang de ma mère... Déjà José ajoutait, songeur, que Da Silva avait espéré, sûrement, que lui aurait ramifié la souche.

— J'ai dû le détromper. Cela ne s'est pas trouvé, c'est... le hasard.

— Tu n'as voulu personne ?

Il a souri avec un regard apitoyé.

— Si, une seule. Jamais personne d'autre, et elle appartenait à Georges corps et âme. Moi, je ne fais pas d'enfant comme on pisse.

Nous sommes redescendus en silence. Je pensais avec amertume que je n'avais même pas eu cette chance d'aimer quelqu'un qui en aimait un autre. J'ai rencontré des femmes, certaines m'ont ému, d'autres m'ont donné l'envie, c'est tout. Rien au-dessus d'une vague émotion ou d'un désir, agacé parfois de ne pas se résoudre. Les hommes ne m'ont pas remué davantage. Je n'ai rien contre eux, rien pour. Au fond, comme dit en riant ma secrétaire Elisabeth, je suis neutre.

Au pied de la pyramide, Moira nous attendait, le visage clos. Le soleil chauffait l'air qui tremblait autour d'elle. Sur la marche voisine de son fauteuil, elle avait étalé sur une serviette, des verres, de minuscules gâteaux aux amandes qui venaient droit de Mexico mais ressemblaient à ceux qu'on fait chez nous, chez elle je veux dire, et la fameuse bouteille 1971. Supposons que deux jours auront suffi pour décanter une bouteille vieille de quinze ans, a murmuré Moira tout en servant le vin avec religion. La couleur était belle. Nous avons senti se développer l'arôme sous la chaleur de nos mains, et dans le crissement des élytres qui commençaient à nous cerner, nous avons bu. Moira parlait, très bas, racontait le cérémonial auquel se livrait son mari quand il allait tâter son vin nouveau, seul, à la nuit et dans le froissement doux des pins sous le vent du soir.

— Sais-tu qu'il prenait une bougie pour se rendre dans les chais, simplement parce qu'il aimait le petit bruit de la flamme quand on marche vite et qu'elle se raccroche comme elle peut à sa mèche. Je me rendais aux chais aussi, à d'autres moments. Le matin, tôt, quand la rosée va s'évaporer d'un coup après avoir trempé les chevilles nues... J'aime les commencements, le jour quand il balbutie encore, et je n'aime pas le partager. Georges avait raison de dire que certains plaisirs s'aiguisent en solitaire.

Moi, je savais depuis longtemps que savourer, la bouche froissée par le tanin, se passe de toute présence. Je l'ai dit. Elle a fermé les yeux avec un soupir, puis elle a murmuré au bout de quelques minutes, alors, mon ami ?

J'en pensais du bien, avec une réserve, on le dégustait juste à temps, un poil de plus, il madérisait.

Elle et José se sont regardés. La vieille avait les larmes aux yeux, enfin, enfin ! murmurait-elle.

Elle se moucha, nous resservit et commença à parler de son fils, qui n'y comprenait rien.

— Tu sais, ce n'était pas le mauvais bougre, mais il avait un palais en zinc. Gloria en avait une navrance dont tu n'as pas idée. Ses fils à elle, des buveurs d'eau, avaient marié des filles sous un ciel à blé, puis ils avaient été tués, comme d'ailleurs leurs fils à leur tour, dans toutes ces guerres qui se sont succédé de 1914 à 62. Oui, tués, génération après génération, à la Première mondiale pour l'aîné, à la Seconde pour le benjamin, en Indo pour le fils cadet, et en Algérie pour le troisième. Le tout dernier est mort sur une route après avoir bu comme un trou, mais c'est au whisky qu'il se pintait, ça ira plus vite, disait-il. Je ne sais pas ce qu'ils avaient, ces pauvres, la vie ne leur tenait pas au corps. Bien sûr, je ne compte pas les mort-nés, ou ceux que la tuberculose et la typhoïde ont jetés dans le trou avant qu'ils aient dit ouf ! Dans cette famille, que veux-tu, les fils n'ont pas de chance, notre nom ne réussit qu'aux filles.

— Et vous me cherchiez !

— Sans succès. Ta mère s'était enfuie avec toi sous le bras, en disant qu'elle ne voulait rien avoir à bâtir avec nous. D'ailleurs, l'a-t-elle dit ? Elle a dû s'en aller en se taisant, comme d'habitude. Ton père putatif – Gloria espérait bien les marier, ces deux-là, cousins ou pas ! – entre deux godets a craché qu'après tout, on n'est jamais sûr que du ventre qui vous relâche. Héléna l'a regardé comme si elle découvrait soudain qu'elle avait failli baiser avec un tas de merde. Nous, nous étions fous de colère contre lui. A-t-elle cru que nous avions la même idée ? Sans doute. Elle est partie, dans une ville au bord de la mer. Elle en a changé souvent. Ce qu'elle aimait, en réalité, c'étaient les ports.

Le seul qui savait quelque chose à son sujet et au

tien, c'était Deux de l'Ozoir, l'oncle de celui qu'on croyait ton géniteur. Comme dans beaucoup de ces familles où l'on procrée longtemps, l'oncle avait l'âge de son neveu. Il était amoureux d'Héléna. Lui ne l'a jamais perdue de vue, et n'a jamais rapporté ce qu'il apprenait à son sujet. A sa mort, et il a vieilli vite, il avait un souffle au cœur, comme on disait, c'était un « enfant bleu », on a revu ta mère le temps d'un passage chez le notaire, et puis elle a redisparu, et si le notaire savait où vous trouver, tous les deux, il nous l'a caché. Elle ne voulait décidément pas de nous. Moi, j'avais déjà perdu François quand j'ai tenté de te situer. Puis Georges est mort, et ma quête n'a plus eu de cesse. Par ma faute ; je ne me suis pas doutée un instant que tu avais pris ton vol à travers le monde. Il a fallu qu'Héléna meure pour que j'aperçoive son nom et le tien dans la rubrique nécrologique d'un journal, un de ceux que je ne lis guère, mais je m'envolais de Roissy ce jour-là, et j'ai pris ce qui me tombait sous la main. Voilà. Il y avait bien une adresse ; tu as déménagé et mes lettres m'ont été renvoyées. En plus, des bruits couraient, tu étais mort, ou fou, tu avais une destinée parallèle à celle de Jaime *, le neveu d'Adeline, qui était revenu puis reparti puis revenu, sans jamais réussir à s'arrêter tout à fait. Moi, je me disais que lui et toi, au fond, vous étiez les seuls à tenir de Gloria plus qu'on ne le pensait. Elle a couru les hommes, vous couriez les continents, vos bougeottes ne se ressemblaient pas mais ressortaient du même besoin d'aller voir ailleurs si l'herbe est plus verte. Des nomades, des gitans, des roms. À foison, dans la vie d'Adeline et dans le lit de

---

* In *Les Ports du silence,* même auteur.

Gloria. Va savoir d'où tu sors. Et que veux-tu, certains jours, j'ai eu envie, moi aussi, de m'élancer vers l'inconnu, où le connu se répète à l'identique, seulement on ne le comprend pas tout de suite, non ? Il n'y a eu que mon Georges pour me tenir sans m'enfermer, et puis José m'apportait l'ailleurs à domicile, si semblable à ce que nous connaissions que j'ai admis le plus simple, on part neuf fois sur dix pour laisser le passé derrière soi, quand ce n'est pas pour « partir »...

— ... Vieux capitaine.

— Tu l'as dit, bouffi !

Elle gloussait, ses belles mains aux joues. Ses yeux, dans cette lumière montante, étaient jeunes, dévoraient le jour avec un appétit neuf. Je me souviens avoir soupesé l'évidence, qu'elle n'était pas près de mourir, au contraire de ce qu'elle annonçait !

Dans la voiture nous ramenant à Mexico, Pauline s'est endormie aussitôt assise, je serais tenté de dire par discrétion, et j'ai joui de presque deux heures pour ruminer ce qu'elle avait ajouté alors qu'elle rangeait les verres dans sa mallette de dégustation, enveloppait la bouteille vide dans la serviette dont elle reformait les plis avec... oui, avec amour.

— C'est alors que les paysages sont entrés dans mes comptes, jusque-là, je ne regardais rien, crois-tu que c'est bête !

Elle avait gorgé ses yeux, et peu importait le moyen. La télé, parfois, à condition de choisir, n'était pas une si mauvaise chose.

— Et puis je me laissais lentement gagner par l'immobile, l'âge gelait mes articulations les unes après les autres, pour m'aider peut-être à renoncer, ou plutôt à ne bouger qu'à bon escient. Et je ne sais plus si je l'ai rêvé, mais il me semble que j'ai entrevu des visages, ces curieuses têtes en ogive, faites pour porter les grandes coiffures de plume, et j'ai eu envie, soudain, d'entamer ce voyage, j'en avais juste le temps. C'était celui de la dernière chance, et tu vois, tu étais là, dans le hall. Evident, imparable. Je me suis arrangée pour m'asseoir à côté de toi, le reste, tu connais.

J'ai pris sa main, qu'attends-tu de moi, Pauline. Nous nous sommes toisés, et elle s'est mise à rire.

— Tu as raison, *Moi* n'*ira* plus ! J'ai détesté mon prénom, tu sais, peut-être parce que c'étaient les femmes qui m'en affublaient encore. Il faut une voix d'homme pour dire Pauline.

— Georges t'appelait comment ?

— Ma belle Amande... personne d'autre n'avait ce droit. (Elle se pencha pour prendre ma main.) Je lis sur ton visage que les voyages sont devenus des pénitences. Pourquoi n'essaierais-tu pas de t'arrêter ? Le domaine attend son nouveau maître. Après tout, tente l'aventure, c'est une autre façon de partir, non ? Oh je sais, tu vas me parler de Jaime et d'Adeline, mais *lui*, il aimait ses routes et ses ponts, il aimait cette vie où l'on ne pose aucune pierre pour ne pas avoir à la quitter ! Et je ne ferai rien pour te retenir si tu veux t'en aller, je te le promets. D'ailleurs, je vais bientôt crever, alors...

José me surveillait en silence. Moi, je laissais mûrir, je laissais croître l'envie obscure de *rentrer*. Etais-je vraiment parti ? Chaque fois que j'avais amorcé de nouveaux départs, on m'avait installé dans la routine, mis dans l'obligation de pérenniser ce que j'entamais, on avait accroché la durée à mes commencements. J'étais né pour les mises en route, on m'avait ligoté dans les mises en place, et l'extase des débuts avait cédé très vite, trop vite, devant les répétitions harassantes. Maintenant, j'étais fatigué rien qu'à l'idée de mettre un doigt dans un engrenage élaboré par un autre, alors que je ne m'intéressais même plus aux miens !

— Je n'ai pas envie de « prendre la suite », Pauline, je n'ai pas envie d'entrer dans le vieux système de la continuation. C'est ce que les fils de Gloria ont fui, peut-être, et le tien.

Brusquement, j'eus envie de frapper fort, on ne s'adonne pas à l'héroïne pour une histoire d'amour mais devant un avenir bouché, penses-y !

Elle m'interrompit avec violence.

— François ne valait pas la corde pour le pendre. On ne lui a rien imposé, il voulait peindre, il a peint. Sans grâce, c'est ça qui l'a tué. Tu as raison, on ne se tue pas pour du vin, on se tue dedans parfois. De toute façon, ce n'est pas ce qui me tracasse, Georges innovait sans cesse, et Gloria ! La crois-tu assise sur un tonneau quatre-vingt-douze ans de sa vie sans bouger ? Mais moi, j'imagine au ras du sol, et c'est autre chose que je veux. En tout cas, aujourd'hui j'en suis sûre, même si je ne suis pas de taille. Ce que je refuse, Frédéric, c'est de laisser retomber tout ce que nous avons construit de nos mains, nous, les Donnavent, dans les poches d'un Etat aussi prévaricateur que l'est devenu le nôtre. Cela, je crache dessus, plutôt foutre le feu et mourir dedans ! Non, non, tu prends, tu tiens, tu mènes où tu veux et comme tu penses. Puis-je mieux dire ? Tous les débuts sont à toi, il suffit que tu les inventes, on trouvera toujours des exécutants si tu te vois déjà dans autre chose ! Frédéric, on m'a déjà proposé de vendre, demande à José si ce n'est pas vrai, et le lendemain de la mort de Georges, il y avait trois acheteurs à la porte ! Ces bougres-là n'ont même pas attendu qu'il soit en terre ! Si c'était cela qui me travaillait... Allons, Frédéric ! Leur insistance m'excède au point que nous avons mis une chaîne en travers de la sente pour empêcher les voitures de passer. Au moins, ça nous préserve des paresseux ! Plus ils sont riches, plus ils sont gros, et plus marcher vers ce qu'ils désirent est fatigant. Oui, au moins cela me donne la mesure de leur intérêt quand ils renoncent ! En tout cas, moi, ça me renseigne. (Elle soupira)... Ce qu'il faut, Frédéric, ce sont des envies neuves, et même si tu décides de brader les vignes... Ah ! peu importe après tout ! J'ai bien essayé mais je suis trop vieille, il me vient les idées de tout le monde ! La seule que j'ai eue, c'est de transformer la chapelle que Dieu a désertée depuis beau temps, il poussait de l'herbe dans les travées ! C'est un endroit où l'on pourrait exposer les collections de porcelaine chinoise que le baron Constant a rapportées de ses campagnes avant de finir en pièces détachées ! Adeline ne pouvait pas les voir en peinture, je parle des vases. Car pour les morceaux du baron, elle a beaucoup joué avec, comme tu le sais peut-être ! Elle m'a donné les porcelaines, « j'ai horreur de ce fourbi fragile, disait-elle, je n'aime que les hommes et les chevaux ». Seulement, mon truc n'a pas marché, tout ce que j'ai récolté, ce sont les antiquaires proposant des sommes ridicules pour m'en *débarrasser* !

J'ai senti poindre l'habituel ordre des choses, et l'obligation de le lui désigner, c'était une belle amorce, Pauline, pas assez ambitieuse.

— Comment ça ?

— Tu voulais le beurre et l'argent du beurre, non ? La présence et l'absence des gens, et finalement, personne. Le grand public qui fait le succès de ces entreprises, n'a rien à cirer des porcelaines de Chine, Pauline, il y faut les snobs, les gros paresseux pleins de fric. Ceux pour qui visiter *sur rendez-vous* représente le fin du fin, et montrer patte blanche, et même payer, avec dégustation de crus à la clé, payer pour voir s'abaisser devant eux, devant eux seuls, ta fameuse chaîne en travers de leur route ! Ce truc-là mérite détour, ne crois-tu pas ? Au début, peu de monde, c'est clair ; mais une bonne table, tes vins les plus fins, quelques locomotives en prime, le tout au *château*... Ne jamais renoncer au Chââââteau, Pauline, aux appellations contrôlées présentées dans une revue de luxe, même en graissant la patte du rédacteur en chef. Deux périodes, juin et septembre, réservées à l'usage exclusif des revenus à six chiffres mensuels. Vous rencontrerez Untel, vous aurez une conférence sur les porcelaines chinoises du XIIe siècle, collection unique, etc. Le reste... au vulgum. Bien sûr, un chef de cuisine, trois étoiles pour l'occasion. Tu ajoutes un soupçon d'humanitaire, quelques photographes correspondants des meilleurs journaux de droite, un zeste de télévision locale *mais* reprise par satellite, pour relancer quand il le faut. Pour l'humanitaire, des porcelaines aussi, à vendre, bien sûr, donc sans qualité mais avec le sigle, le poinçon, les armoiries, tout ce qui *distingue* du lot, et quand l'humanitaire est en période galopante, quelques tapisseries détournées d'un musée, moyennant un échange, jamais d'espèces, que crois-tu, mais ton vin, le deuxième cru, paré pour la circonstance d'étiquettes Premier Choix, personnalisées... (Pauline le coupa.)

— Cela te titille ? On dirait qu'il y a du mépris dans ton affaire.

— Il y en a. Seulement, il faut savoir ce qu'on veut, Pauline. Dans tout commerce de luxe, la part de dédain est importante chez le vendeur, et de jobardise chez l'acheteur. Comment crois-tu que je brade mes avions ?

Ce que tu places, c'est le bruit autour, tu *dois* le comprendre et l'admettre, ou alors ne rien tenter de ce genre.

— Tu en es revenu ?

J'ai souri sans répondre. Puisqu'elle lisait si bien sur mon visage, qu'elle y déchiffre aussi la lassitude du montreur de vent. Au moment où je lui crachais ce que je croyais n'être qu'une réponse à la fois dilatoire et définitive, je sus qu'elle était vraie, je sus que j'en avais marre de l'existence que j'avais menée jusque-là. Mon visage a... je l'ai senti changer, et j'ai vu sur mes deux vis-à-vis qu'ils y décryptaient ce dégoût éprouvé soudain. José, avec douceur, a demandé si je voulais rester seul. Sans un mot de plus, je les ai laissés, je suis parti droit devant, vers le temple de la Lune.

Enjamber les énormes marches a mobilisé mon corps, tuant un peu la fournaise que le désespoir installait dans ma tête. C'est dans ces instants-là que surviennent les pensées les plus incongrues, comme un garde-fou : au regard de la gymnastique que j'accomplissais, j'étais sûr que les prêtres, jadis, avaient dû installer des marches intermédiaires, le temps des cérémonies, pour conserver, vu leur taille, un tant soit peu de dignité, celle qui dissimule la cuisine du pouvoir et des influences !

Sur le second palier, à bout de souffle, j'ai retrouvé mes inquiétudes. Elles ont recommencé à brouiller la mince estime de moi que je conservais encore.

Au bas du temple du Soleil, Moira et José, assis côte à côte, se tenaient par la main et regardaient sans la voir la lumière en face d'eux. Elle blanchissait, lente, inexorable. Une buée tremblante noyait l'esplanade en créant l'illusion de milliers d'ombres en marche vers je ne sais quel sacrifice. Les pierres implantées là depuis des siècles ont changé de couleur, leurs contours érodés sont redevenus ce qu'ils étaient avant l'émiettement, pendant que s'estompait la base des édifices. C'était beau, intemporel, inquiétant. Je n'aime pas plus l'irrationnel que je n'aime le rêve qui m'obsède.

Mes amis se taisaient. Je crois qu'ils ont su dès cet instant ce qui m'agitait, et que l'on sort seul de ce gouffre, plus métaphysique que moral. Si l'on en sort.

De mon perchoir, le paysage exerçait à plein sa violence à la fois immobile et changeante. J'étais déjà venu ici, en des saisons différentes, des années différentes, pourtant il y avait quelque chose d'immuable dans les variations de la luminosité, dans cette ombre violette et cernée d'or qui naissait à l'ouest, comme l'annonce d'un orage toujours en suspens et qui n'éclaterait pas, jamais. Peut-être en est-il de même avec la colère des dieux, une simple attente de nos esprits coupables, une attente sans fin, même quand nous ne sommes plus rien qu'une existence.

Maintenant, la tension de l'air devenait presque étouffante. Je suis redescendu, calme, j'avais l'impression, tout compte fait réconfortante, que j'abandonnais derrière moi les lourdeurs du présent, et j'ai pu dire, sans exaltation, sans fatigue non plus, qu'ils avaient gagné, que j'acceptais. Tout, y compris l'échec ou la réussite. Mais qu'il me fallait du temps.

Ils n'ont pas commenté. J'ai vu les épaules de Pauline se redresser, son regard s'éclaircir. Elle a dit, vous deux, aidez-moi. Elle s'est levée, elle a risqué quelques pas lents et lourds, en nous ordonnant de ne pas bouger, elle s'est penchée vers le sol pour ramasser un fragment de roche noire que nous n'avions pas repéré.

— J'aime assez l'idée de marquer ce jour d'une

pierre négative, a-t-elle déclaré. Parce qu'en fait, Frédéric, *tu ne dis pas non*. Mais y a-t-il en toi quelque chose qui dise oui, et à quoi ? Ne réponds pas, s'il te plaît.

Elle respirait fort, comme si tous les chagrins accumulés depuis quatorze ans cherchaient une issue et qu'elle la leur refusait. Puis elle est revenue s'asseoir dans son fauteuil, et, sans un mot de plus, nous avons pris le chemin du retour.

Dans la voiture, j'ai murmuré qu'il ne faudrait pas m'en vouloir si jamais je repartais un jour. Elle a dit, tu es libre, tu restes libre, j'espère que tu le comprends. C'est nous-mêmes qui posons nos licous, il faut te le répéter jusqu'à ce que ça rentre ! Pas de sentimentalité entre toi et moi, mon garçon. Ce qui me mène, c'est une volonté abstraite, et ce qui te meut aujourd'hui, c'est la conscience de *ton* malheur, pas la pitié du mien. Surtout pas. Parce qu'alors, je te maudirais.

Tout cela fut assené sans qu'elle se retournât vers moi. Ils m'ont déposé devant l'hôtel avec un geste d'adieu. Juste avant, j'avais gribouillé mon adresse professionnelle, et Pauline avait ricané avec un peu de hauteur, Paris est un de ces endroits où il faut être né, sinon il vous dévore... Il y avait de la malice dans son œil.

J'aurais voulu l'embrasser, donner l'accolade à José, mais je me suis contenté de suivre du regard l'arrière de la grosse Buick s'éloignant entre les arbres à fleurs qui semaient leurs pétales sur les passants. Et puis je suis rentré m'occuper des ventes pour lesquelles j'étais venu dans cette putain de mégapole. Dans le hall, une forte femme rousse riait en déclarant à ses compagnons que, dans sa vie, les fous rires avaient souvent remplacé l'aspirine. Je l'ai enviée. Moi, je ne ris pas assez souvent pour calmer mes migraines !

Chapitre 2

FRÉDÉRIC

Le lendemain j'ai repris mes occupations avec lassitude ; les réflexes ont fonctionné sans me donner les satisfactions que j'en tire parfois. Mes partenaires m'ont trouvé distant, oh sans le dire, juste l'œil étonné dans des visages d'une courtoisie inébranlable. Au vrai, je n'avais pas envie de célébrer les clauses « secrètes » mais habituelles de nos contrats, par la beuverie ordinaire, téquila poivrée sur téquila poivrée. Pour ne rien changer aux rites ou à l'idée qu'ils en ont, ils avaient convié des « hôtesses », dont une Vénus de poche à mon intention, et j'en ai déduit, peut-être à tort, qu'ils avaient en tête une ultime tentative, à moins que ce ne fût un remerciement pour des avantages que je n'avais pas eu conscience de concéder. Je n'étais pas vraiment moi-même au moment des signatures.

Quoi qu'il en soit, peu importe. J'allais emmener souper le cadeau vivant avant de le raccompagner intact. S'il ne l'était plus, ce ne serait pas de mon fait ! Oh, pas par dédain, il faut que chacun mange, et certaines de ces filles y parviennent tout juste. Ma mère est passée par là, jadis, sans dissimuler que ce n'était pas une bonne façon de survivre. Et puis j'aime les voir se gaver, j'aime sentir monter en elles toutes le sentiment que je ne les prendrai pas mais qu'elles seront de toute façon payées. L'une d'entre elles m'a jeté un soir, avec une sorte de colère, que tout de même, on a sa dignité... J'ai soupiré, ne voulait-elle pas comprendre ? En sortant de la voiture, elle m'a caressé la main, je ne le dirai à personne, je te le promets. Peut-être ai-je une vocation de Père Noël, ma jeunesse n'en a pas connu, Noël pour moi, c'était regarder par la fenêtre le sapin des autres.

La réalité est à la fois plus rude et plus simple, je ne désire pas ces filles. En outre, ce jour précis, je ne me libérais pas l'esprit de ce que Moira m'avait proposé la veille, je savais que je ne jouirais ni du babil ni du plaisir de voir manger ma « conquête », ouvrant au-dessus des plats des yeux d'enfant. Quel âge avait celle-ci ? Si je les laissais continuer, bientôt ils me les chercheraient à la maternelle !

Les seuls propos de Pauline n'expliquaient ni ma torpeur ni la désaffection triste que je ressentais. Tout ce qu'autrefois j'avais exclu de ma mémoire revenait en raz de marée. Depuis combien de temps ne savais-je plus ce qu'était le bonheur de vivre ? Et chercher à me le dissimuler ne réussissait qu'à élargir son absence, qu'à entacher de nullité le moindre désir.

Avant d'embarquer mon tendron, j'ai salué les officiels encore absorbés par les retombées de la réunion, avec une énorme gentillesse. Cela aussi les a surpris.

Cette fois, j'ai déposé ma jeune amie chez elle sans même l'avoir nourrie, et je suis parti au hasard d'avenues vides qui ne l'étaient pas vraiment. A Mexico, il faut compter avec les ombres, elles sont très vieilles et très puissantes.

Il faisait froid. Je veillais à marcher loin des trottoirs et loin des murs, la vigilance ne m'avait pas quitté, mais qu'on pût m'attaquer restait une idée floue, presque abstraite. Il n'était pas encore arrivé qu'on m'agresse, et j'ignorais quelles seraient mes réactions, la fuite, les cris, la lutte ou ce je-ne-sais-quoi de fatal qui parfois me pousse à vouloir subir. Je sais très bien qu'en moi patientent des abandons funestes, ou des attentes.

Je ne me suis préoccupé ni de me perdre ni qu'à l'hôtel on s'inquiétât de moi. J'avais peu d'argent en poche, de quoi répondre à qui réclame avec des arguments irréfutables. Les bijoux et les montres de luxe ne sont pas mon fort, je m'habille mal, j'ai cet air vide qui n'appelle ni les bonnes paroles ni les coups... Allez savoir ce qui dissuade quelqu'un de vous accoster. On ne me demande jamais rien, ni la bourse, ni la vie, ni sa route... Pourquoi est-ce le genre de question que je me pose quand je marche sans but ? Personne non plus ne s'enquiert auprès de moi de sa destinée. Les femmes – du moins celles qui ne réclament pas d'argent – me fuient plus encore que n'importe qui. Oui, pourquoi ? Je ne cherche pas la réponse, je n'ai pas vraiment envie de savoir. Elles devinent sans doute mieux que les hommes que je demeure étranger à ce qui passionne le reste du monde. Oh le sexe me rattrape, me cambre et me couche, pourquoi pas ! Seulement, je me vois baiser. Il y a dans quelque recoin de ma tête un voyeur qui me regarde les prendre, tenter de les réjouir, et qui se répète, avec un sentiment amer, elles sont belles, elles sont charmantes, et après ? Après, elles s'endorment, moi aussi, demain est un autre jour.

J'allais. Les silhouettes autour de moi ne sortaient ni du passé ni du quotidien ; déjà furtives, elles s'effaçaient quand j'approchais. Au fond, la vacuité qui m'habite à ces moments-là, car il n'y a pas qu'à Mexico, est une arme, celle de l'indifférence. On attaque qui a peur pour sa peau, voilà tout.

Je suis arrivé devant une petite église baroque, de plain-pied, quasiment au ras des voitures. Une église drive-in ? Pas une seule pierre qui ne fût recouverte de mosaïque, incrustations, volutes... une pièce montée ! Les jambes molles, je me suis assis le dos contre la porte et la tête dans les bras. Des rapprochements me venaient à l'esprit ; j'ai parcouru tant de villes, je sentais poindre dans mes souvenirs en vrac une église semblable, campée sur un trottoir, longue, étroite comme une fusée sur sa rampe de lancement. Bruxelles ou Londres ? Il est plus simple de dire que j'ai somnolé, longtemps peut-être, une fatigue me harassait qui n'était pas physique. Puis j'ai deviné des présences, des murmures, des rires. Une forme est venue se pencher. J'ai relevé la tête ; un adolescent me regardait. Il était grave, ses yeux noirs m'évaluaient. N'était-ce pas le gamin de la veille, celui qui poussait le fauteuil de Pauline sur le Zoccalo ? J'ai dit pour lui et moi, *ahora pequeño !* Il s'est redressé, les mains aux hanches, j'ai cru que t'étais mort. Qu'est-ce que tu fais là, Hombre ? Ici, ce n'est pas un quartier pour les gens comme toi.

J'ai soupiré, les gens comme moi sont de tous les quartiers parce qu'ils sont de nulle part.

Mon espagnol l'a surpris, toi aussi tu parles des tas de langues, comme la vieille maman ?

— Je parle la tienne en tout cas. Qu'est-ce que tu t'es acheté, dis-moi !

Il s'est reculé. Derrière lui, trois ou quatre gamins

dépenaillés jouaient avec de vieilles balles de tennis sans s'occuper de nous.

— Et da Silva, tu le connais bien ?

— Première fois que je le rencontrais.

— C'est vrai qu'il est parti de chez nous sur un bateau, et qu'elle l'a pris avec elle quand il était jeune ?

— Je crois que c'est vrai. Mais comment sais-tu que je la connais ?

— Après le Zoccalo, je vous regardais de loin tous les trois. Combien ça coûte, le bateau ?

— N'y pense pas, bonhomme, maintenant seul l'avion relie les continents.

— Je m'appelle Federigo.

Il est venu s'asseoir près de moi.

— Elle est retournée chez elle ?

— Non, pas encore.

— Elle est bien, une vraie dame. Tu sais, c'est elle qui voulait que je la pousse à toute vitesse.

— Que veux-tu, c'est une dame qui aime la vie.

Il m'a regardé avec dans l'œil, un apitoiement bref.

— Et toi tu l'aimes pas trop ? Bon, j'm'en vais. Tu lui diras que j'ai acheté la chemise et le pantalon. Embrasse-la.

— C'est vrai ? Pour la chemise ?

Il a haussé les épaules.

— J'ai donné le billet à la grand-mère, qu'est-ce que tu crois ? Son idée, à la vieille dame, c'est une idée de riche. Il se frottait les mains en prenant des airs blasés, mais c'est pas grave, raconte-lui la chemise et le pantalon, elle sera contente.

J'ai hoché la tête.

— Pas la peine, ces « idées de riche » comme tu dis, parfois c'est une vision de pauvre.

Les autres s'étaient arrêtés de jouer bien avant que je m'en avise, et s'étaient rapprochés. Ils se regardèrent ; le plus âgé s'avança, je vais t'expliquer, moi, les visions de pauvre, comme tu dis, c'est de savoir si t'as du fric ou pas. Sa voix était méfiante, rude.

J'ai sorti les billets que j'avais froissés dans ma poche.

— Tiens, en voilà.

— Tu t'en fous ?

— Oui. Et si tu as envie de cogner, vas-y.

Ils restèrent silencieux un moment avant de crier, *loco*, t'es complètement *loco*, mec ! avant de s'envoler comme une poussière dans le vent.

Les billets retombaient sur mes jambes avec lenteur, chiffonnés, moites. Argent sale... Ha ! Ha ! Ha ! Federigo revenait sur ses pas en courant, t'es con ou quoi ? On en avait pas après toi, parfois on cavale après les touristes, jamais après les paumés.

Avec un certain dédain, il m'a conseillé en s'éloignant de rentrer à mon hôtel, le jour va se lever, et ça va puer dans une heure. A l'endroit où tu es, moi je reste pas.

Je suis reparti vers mon palace à l'américaine ; il avait raison, j'étais paumé. Sur le lit, sans même me déshabiller, j'ai sombré dans un sommeil aussi morne que celui de la veille, et cette fois, les ombres qui me dévoraient avaient un visage.

Au réveil, j'ai décidé de ne pas regagner la France comme j'étais censé le faire aussitôt après la conclusion des contrats. Dans notre partie, on rend compte de vive voix ; les clauses qui se sont murmurées n'aiment ni les téléphones ni les fax ni les télex. Je ne raffole pas assez de ce genre de... oh, ce genre de riens, de conneries !

J'ai loué une voiture, une grosse bagnole qui avait dû connaître trois ou quatre générations de propriétaires, et je suis parti en direction du sud-est, vers Xalapa, vers cet étrange musée où l'on *descend* au cœur d'une pyramide à l'envers, jusqu'aux têtes massives et peu amènes de la sculpture olmèque. Elles avaient quelque chose à me dire, c'étaient elles que j'avais entrevues sous le voile de mes Erinyes personnelles, presque sans surprise.

Je commençais à ressentir les effets de l'altitude et de la pollution, sortir de Mexico m'avait pris deux heures pour douze kilomètres, épreuve haletante, les yeux brûlants et le cœur au bord des lèvres. J'ai fini par jaillir dans la campagne, hébété.

Souvenir confus d'une petite route sans bitume, engorgée de terre et serpentant vers un bouquet d'arbres. Je me suis assis contre un muret de pierres sèches, recroquevillé dans la vacance trouble des montées d'asthme, où l'on se dit que mourir serait reposant.

Après avoir soufflé comme un vieux chien, j'ai dû sombrer quelques instants, c'est chaque fois pareil, on s'endort dans une extase carbonique qui n'est pas désagréable si l'atteindre est éprouvant. La même qu'en vol, parfois...

J'étais presque bien. Vivre, c'est respirer. Au début. Puis ce qui s'était estompé dans l'asphyxie, réapparaît, l'âpreté du quotidien, les nécessités vitales qui entassent les heures dans le fardeau jusqu'à la prochaine crise. L'asthme n'est pas qu'une maladie du corps, avouons-le de temps en temps. En vol, je n'ai jamais de crise.

Le ciel était clair, on était, oh, je ne sais même plus en quelle saison. L'hiver, je crois, mais l'hiver équatorial en altitude. Beau et piquant.

Au bout d'un moment de pure satisfaction – à vider ses poumons sans y penser, on ne sait pas ce qu'on perd –, j'ai repris conscience de mon entourage. Des moutons. Pas beaucoup, et des moutons maigres sur de l'herbe jaune. Un vieux les surveillait, de loin, tout en chiquant. Son chien regardait de mon côté, pas lui. Quand je me suis levé, le chien s'est redressé, les oreilles rabattues. Le vieux a dit quelque chose que je n'ai pas compris, et la bête s'est recouchée.

Les yeux de l'homme riaient. Toute son attitude signait une connaissance tranquille de mes intentions : on ne vole pas tout un troupeau dans une voiture de location.

Je suis passé devant lui et nous avons dit « *Salud* » presque ensemble.

— L'air est bon, par ici.

— Oh, l'air est toujours bon, señor, quand il n'y a que les troupeaux...

Que répondre à ça ? J'ai repris ma voiture et la route. Je n'avais pas envie de me hâter, pas envie d'arriver, pas envie de m'interroger une fois encore sur les lendemains qui chantent dans l'existence des autres.

A Xalapa, le seul hôtel que je connaissais tombait en ruine. Des petits carreaux de mosaïque se détachaient quand on frôlait les murs, la condensation dégouttait de partout, la chaleur pesait. L'agrément de l'endroit tenait à de longues lianes qui glissaient des fleurs bleues par tous les trous. Et si j'allais dormir hors la ville, sur un bord de mer du côté de Veracruz, ou dans un pré le long de la route des crêtes ?

J'eus honte. Le Pedro Alcovar, que j'avais connu jeune, avait rattrapé les années, pris du ventre et perdu l'espoir de transformer l'endroit en un « 5 étoiles à l'américaine », ce dont il avait eu l'ambition en des temps reculés. Peut-être se consolait-il avec ses fleurs rampant au hasard des fissures, et qui donnaient un genre, c'est le mot !

Je n'eus qu'à regarder la glace où les moisissures rouges avaient rongé le tain, pour me dire qu'on devenait lentement méconnaissable à soi-même lorsque le temps entartre les vies, les murs, et jusqu'à la jeunesse des femmes.

Quelques instants plus tard, l'adolescent portant mon sac parla de son père, qui m'avait reconnu, paraît-il, et me remerciait de ne pas avoir oublié *la Casida* malgré sa décrépitude.

Pourtant, râlait le jeune homme, faudrait pas grand-chose. Nos yeux se sont croisés, j'ai murmuré qu'il suffirait, comme toujours, d'un peu d'illusion. Rougissant, il est ressorti en hâte et se cognant à la porte. Peut-être n'avait-il déjà que de courtes espérances. Parfois, on aimerait ne jamais cesser de voir la vie *devant soi* !

J'ai dîné dans une gargote, certes, mais les tacos ressemblaient enfin à ce qu'ils doivent être, craquants, sans la dureté de ce qui chauffe et réchauffe sur un coin de feu en attendant le gogo ! Je rêvassais sans rêve, l'esprit vide, je mâchais.

Cela me remit en mémoire une réflexion de ma mère, « Quand tu es comme ça, Frédéric, tu ressembles à un vieux bœuf ! ». J'avais douze ans mortifiés ; si j'en croyais mon reflet dans les glaces, j'étais un blond aux yeux verts les jours de vent, mes dents étaient larges et blanches, je me trouvais beau.

Deux ans plus tard, la puberté m'avait rejoint, avec son bagage habituel ; mes cheveux fonçaient, mon regard tournait au gris sans rémission, mes dents paraissaient trop grandes pour ma bouche, et c'était aux chevaux qu'Héléna me comparait depuis peu. Voilà ce qu'il en coûte de grandir !

Plus tard encore, j'ai dû consentir un arrangement entre moi et moi aux différents âges. Ce qu'il est séduisant, ce Frédéric, murmurait-on désormais, et les mères me réclamaient sans que je susse toujours pour qui, d'elles ou de leur fille, on sollicitait ma personne les jours d'anniversaire. Je dansais bien, les mères aussi. Je me suis demandé, au moins une fois, ce qui, chez les puceaux, attire certaines femmes. Le vide pédagogique ? Et qui devais-je croire ? Ma mère, les copains qui me traitaient de jeunot ou ces quadragénaires m'apprenant à jouir ? A vingt ans, je baisais comme un chef, disaient-elles, et m'ennuyais comme un lion. A vingt ans, le désir vous tient aux couilles pire qu'une envie de pisser, c'est paraît-il bien connu ! Et puis, rien. Le plaisir n'était que du plaisir, et je n'étais pas l'animal triste qu'on m'assurait devoir être après l'amour. Peut-être parce que je savais que ça n'en était pas.

J'ai terminé mon repas, j'ai déambulé dans la ville à demi morte, l'épidémie télévisuelle avait gagné Xalapa, et, par les fenêtres ouvertes, des bribes de phrases, des lueurs bleues jalonnaient mon avancée de la même façon qu'ailleurs ! Les rues vides s'ouvraient dans ce bruit de fond, j'allais, je tournais, à la recherche d'un épuisement qui me donnerait peut-être une nuit sans rêve.

J'ai longé des murs, des trouées, une retombée de chèvrefeuille qui dégringolait de très haut, et je suis resté là, dans cette odeur fine qui avait imprégné mon enfance du temps où j'allais passer le dimanche chez le vieux Deux de l'Ozoir. Certains disaient qu'il était mon père de la main gauche ; moi, je l'appelais « Oncle ».

Il donnait de l'argent à ma mère, toujours après le même cérémonial, au soir, quand elle venait me rechercher. Elle s'asseyait un moment près de lui, dans le fouillis odorant qui saoulait presque, le vieux tendait ses mains noueuses, elle les prenait, les massait longuement tout en parlant à voix basse, mais le murmure lui allait bien. Elle glissait dans la nuit des mots que je ne comprenais pas, et qui, à mes oreilles d'enfant, ressemblaient à des roucoulements de palombe. Une autre fois, j'ai reconnu des phrases qu'on nous avait enseignées à l'école, et c'est ainsi que j'ai découvert ce qu'elle lui récitait, de la poésie. Quand la voix s'éteignait, il retirait ses mains, il haletait un peu, merci ma fille, et il se levait. Ma mère demandait si j'avais été sage, il disait oui bien que cela ne fût pas toujours vrai. Il nous raccompagnait jusqu'à la porte du jardin, et là, il tendait une boîte avec un ruban mal noué, en balbutiant que c'était pour elle, quelques douceurs. Jamais il ne m'a embrassé, mais son regard était attentif tandis qu'il empoignait mon épaule, pour me pousser dehors ou pour me toucher, simplement. Là aussi, est-ce qu'on ne finit pas toujours par additionner ? Qu'elle acceptât un cadeau ou qu'il la payât pour je ne sais quelle joie ancienne, il s'agissait de douceur, en effet.

A la mort du vieux, on a découvert qu'il était ruiné,

qu'il ne laissait quasiment rien, et ma mère, comme les autres apparentés, est revenue de chez le notaire avec une boîte à musique, son seul « héritage ». Quelques jours ont passé, le notaire a écrit, il avait oublié de lui remettre la clé de la musiquette, « ce qui ne changera guère votre misère, ma pauvre petite ». Les cousins, les héritiers déçus, avaient claqué les portes des armoires désertes, accusé le vieux sapajou d'avoir tout perdu sur les tapis verts. Ils s'en étaient retournés les mains vides, toisant ma mère, si tu te contentes des meubles, on te les laisse, tu pourras toujours les utiliser comme bois de chauffage...

Maman souriait de plaisir, elle aimait le bois. Tout en cirant une grande armoire en citronnier que j'ai conservée, que je ne regarde jamais sans une mélancolie à peine teintée de regret, elle chantonnait, vois-tu mon garçon, les armoires n'enferment pas que du linge. Celle-ci est très ancienne, Renaissance, dirait-on. Et selon moi, combien de femmes avaient-elles replié leurs draps sur de la lavande pour que leurs nuits soient belles ?

Elle m'enseignait une certaine façon de vivre que je n'ai pas su reprendre à mon compte, je le comprends maintenant.

Un dimanche, à l'heure où peu de temps auparavant elle arrivait chez l'oncle, belle et lente, afin de « me récupérer », comme elle disait, elle s'est assise le long du mur, sur le mince sentier qu'il fallait suivre avant de gagner le jardin où nous l'attendions, lui et moi, et elle a parlé. L'odeur du chèvrefeuille nous parvenait atténuée. Le nouveau propriétaire de la baraque n'avait pas déraciné les souches malgré leur âge, sept mètres de fleurs cascadaient de son côté et relarguaient des odeurs jusqu'à nous. Ma mère a commencé tout bas, en nommant cette fois ce qu'elle modulait de son timbre grave, un peu sourd, et qui évoquait ces choses du corps qu'on tait et pourtant s'approfondissent à les nommer.

Après Verlaine et Baudelaire, Saint-John Perse et Bonnefoy, elle s'est arrêtée longtemps. Elle était rêveuse, un peu triste, comme alanguie. Et puis nous sommes rentrés. Elle a sorti la clé, remonté le mécanisme de la boîte à musique, et nous avons écouté jusqu'au bout, la chanson d'un mal-aimé qui résumait sans doute sa vie douloureuse. Partir, une fois de plus...

A la dernière note, nous avons entendu un déclic. L'automate qui chaloupait sur une sorte de valse, a basculé du socle en crachant des pièces d'or.

Ma mère est tombée à genoux. Elle pleurait. J'ai demandé avec âpreté, c'est vrai ce qu'on dit, qu'il était mon père ? Elle ramassait les pièces, une fortune, elle murmurait pour elle seule, ainsi c'est ce qu'il voulait dire avant de mourir, quand il a soufflé qu'il avait pris soin de tout... Elle a saisi ma tête entre ses mains savantes, Frédéric, il n'était pas ton père. Il a été mon amant, autrefois, il y a des temps et des temps, j'étais si jeune... et il a toujours pensé que tu étais son fils, mais je le répète et je te le jure, tu ne l'es pas. Seulement, il m'a beaucoup aimée. Mieux que d'autres.

— Mais il était vieux, maman.

Elle a souri, les plus vieux ont été jeunes un jour, tu sais, et moi, j'ai commencé tôt, il fallait bien.

Quelque temps après, nous avons quitté la petite ville pour une plus grande, où j'ai poursuivi mes études grâce aux jaunets de Deux de l'Ozoir, et où ma mère a brodé de bleu ses robes blanches, ses longs doigts gracieux s'attardant sur un motif tandis qu'elle rêvait.

A quoi ? De temps en temps, elle disparaissait, un jour ou deux, plus parfois, j'étais déjà plus grand, ingrat et solitaire. Ma mère aimait les hommes... auquel d'entre eux pensait-elle, avec sur sa belle bouche ce bonheur émerveillé et plein de peine ?

Parfois, j'essaie d'imaginer qu'envers l'oncle, elle a été charitable, sans voir plus loin que la compassion, et qu'elle lui a menti. A d'autres moments, je sais qu'en vieillissant, des envies deviennent des leurres avant de se prendre pour des réalités, parce que mourir sans rien derrière soi est douloureux. Du coup, je comprends Pauline, je la devance même. Je n'ai rien à léguer, que l'ennui qui me banderille depuis quelque temps, et je ne sais même pas à qui !

Avant de me décider à retourner dormir, je suis allé voir les heures d'ouverture du musée. La rue était sombre et sentait le chèvrefeuille elle aussi, à moins que je n'aie transporté l'odeur avec moi depuis l'enfance. Après une longue montée qui me fut un calvaire, il me fallut deux allumettes pour déchiffrer le cartouche sur la porte : le musée était fermé pour réfection.

Le désespoir m'a jeté à terre comme un gamin capricieux. Ce n'était plus de mon âge, oui et alors ? Tous mes excès d'angoisse, quelle que soit l'heure où ils me saisissent, ressemblent à la peur du noir, à la peur de l'avenir, à la peur de l'inconnu, et l'inconnu, d'une certaine manière, c'est toujours la mort.

Et c'est un fou presque mort en effet qui cognait sur cette porte, j'avais arpenté tous ces chemins pour rien, j'avais couru toutes ces routes, de douze ans à la cinquantaine, pour RIEN !

La porte s'est ouverte, un vieux bonhomme sec et

sombre s'est penché vers moi en riant, alors on est tombé, alors on a mal ? Il me tirait par la manche pour que je me relève, avec de petits rires niais. Son regard était plus sagace que ses gloussements, et nous nous sommes compris d'emblée. On ne tue pas l'enfance à vouloir l'oublier.

A regret, je me suis redressé, la colère chagrine que je maîtrisais tout juste encombrait encore ma voix de frémissements, presque des sanglots. J'ai tout de même réussi à lui expliquer que j'avais traîné ma vie sur des milliers de kilomètres pour revoir son musée, et dans un sens, je ne mentais pas ! N'avais-je donc couru le ciel au-dessus des océans, et des dizaines de fois entre Paris, Mexico, Houston, Tokyo, Sydney, Séoul et bien d'autres villes où j'avais officiellement des avions à vendre, en réalité des armes à placer en sous-main, que pour arriver devant une porte close ?

Il m'a entraîné dans une courette. Il y poussait un énorme magnolia dont les fleurs commençaient à tomber. Dessous, deux sièges en rotin se faisaient face ; il m'a poussé dans l'un, remettez-vous, respirez, les cris servent à quoi ? La nuit est douce.

Nous sommes restés silencieux un moment. Je m'apaisais, mais avec au cœur une amertume qui ne se dissipait pas. Il s'est penché pour me taper sur le genou, allez-y, racontez.

Je ne pouvais que ramasser en quelques phrases ce qui dans mon rêve récurrent avait soudain changé, l'apparition de ces énormes faces de pierre sous les voiles de ma terreur nocturne. Autrefois, je ne m'étais guère attardé auprès des figures olmèques, j'étais sensible bien davantage aux jades, aux visages incas ou aztèques taillés dans une opacité lumineuse, à ces gravités introverties que j'imaginais vouées au culte d'un dieu sans âme. Quand j'étais enfant, on m'avait raconté au sujet de ces divinités monstrueuses une histoire oppressante où des carcasses chauffées à blanc avalaient les hommes et leur excès d'âme pour s'en constituer une ! Je m'étais à peine interrogé sur l'énormité des larges faces convulsives, si différentes des sérénités bouddhiques. A dire vrai, je crois que je les avais fuies. Maintenant, il fallait se demander pourquoi on les installe devant soi, pourquoi leurs dimensions, leurs convulsions ou leurs sourires aux yeux clos ? En Turquie, en Asie, au Mexique, à l'île de Pâques, quel besoin obscur de laisser une trace de cette ampleur ? Le temps les érodera, si lentement qu'on peut espérer ne jamais les voir s'émietter, mais il y parviendra. Alors pourquoi, pourquoi ce besoin que les choses durent après soi...

Il a souri, je ne suis qu'un gardien, monsieur. Moi, elles ne me gênent pas, ces grosses bouilles, je n'en connais pas d'autres que celles qui sont là, je n'ai jamais voyagé. Elles n'ont pas l'air heureux, ça c'est sûr, elles boudent, elles font la lippe. On dirait que ce qu'elles regardent à l'intérieur d'elles-mêmes ne leur plaît pas. Ce que vous avez à l'intérieur de vous ne vous plaît peut-être pas davantage, et c'est pour ça qu'elles vous terrorisent, non ?

Il me tapotait l'épaule pour améliorer la muscade de son petit discours, moi, j'en aime une, une seule, celle qui n'a pas de chapeau. Elle est au bas des marches, rappelez-vous, dans le jardin aux bambous. Ils l'ont replacée dans la pose qu'elle avait quand ils l'ont découverte, couchée face au ciel. Il y en avait une autre en pendant, j'en suis sûr, allongée face contre terre, sinon rien de la première n'aurait de sens. J'ai beaucoup lu les livres des archéologues, vous savez, de ceux qui ont conseillé de bâtir ce machin en béton suintant ! et d'après eux, certaines divinités vont par deux, toujours, comme la nuit et le jour, le noir et le blanc. Mais c'est l'humain qu'on nous montre, non ? Vous avez combien de visages, señor ? Moi, il a fallu que je les identifie un par un, avant de les fondre en un seul.

Il s'est levé, ne bougez pas, je reviens. La nuit maintenant était profonde. Je sentais par instants un velours chaud me frôler dans un petit bruit d'ailes ; les fleurs continuaient de tomber, mais ce n'était pas elles qui voletaient autour de moi. Quand l'homme est revenu, avec une longue bougie qu'il a glissée dans une sorte de chandelier en fer, planté en terre comme une lance, j'ai vu une forme sombre passer entre la lumière et lui.

— N'ayez pas peur, c'est Tiritit, ma chauve-souris, ma petite vampire, elle vient boire dans les fleurs. Elle n'est pas farouche mais elle n'aime pas la lumière. Vous la repérez, là-bas, sous l'auvent ? Elle attend que nous éteignions pour reprendre sa chasse. Pourtant, c'est pour elle que j'allume la bougie dont la flamme attire les insectes, elle a moins à se fatiguer, après.

Il me sourit, s'il n'y avait que moi, vous savez... j'aime la nuit noire. Il s'est rencogné en silence.

Moi aussi, je l'avais aimée. Seulement la nuit noire n'existait plus qu'en des endroits reculés où je n'allais guère. Brusquement, j'ai ri, à un vieux souvenir d'ombres et d'éclairs ! A Toulouse, un soir. La ville entière s'était éteinte sous un orage violent qui paraissait jaillir en déluge de tous les points de l'horizon. Les éclairs trouaient l'œil comme des poignards, il pleuvait si fort que l'eau cascadait en dévalant les marches du parking. J'étais alors au beau milieu de la place du Capitole, et je n'ai pas songé à courir pour m'abriter. L'air autour de moi tissait une de ces toiles qu'on déchire et qui laissent passer la lumière par les trous. C'était inquiétant dans la confusion ; il était difficile de comprendre pourquoi cette peur était si belle. De brusques concentrations de lumière sur un petit endroit de la place, d'un coup la rendaient précise comme une épure réussie, et puis tout retombait dans une moiteur sombre, indistincte. Entre chaque coup de tonnerre, juste le silence de l'eau. Les quelques voitures en circulation s'étaient arrêtées, phares éteints, et les éclairs montraient derrière les pare-brise des visages à la fois émerveillés et peureux. On ne devinait les maisons et les colonnades que par la chaleur sortant des murs. En même temps, il en montait une plainte, un murmure ponctué de cris, cela s'enflait, s'interrompait pour reprendre un ton au-dessous, cela n'avait pas de cesse, ni de sens. La ville tout entière, de ses rues vides à ses demeures où chacun se terrait sans doute, s'était mise à geindre dans le vent, à gémir sa peur de la mort.

Oui, c'était la mort que j'attendais, immobilisé par une espérance, au centre de la place comme au cœur d'une cible. Je l'ai toujours attendue, je crois, même si j'en viens à me dire que c'est d'une coquetterie sans poids ; après tout, en vol, j'ai eu mille occasions de crever sans les saisir.

Autour de nous deux, dans le silence du jardin, la nuit creusait son refuge. La bougie s'était éteinte sous un coup de vent, l'humidité montante se chargeait d'odeurs résineuses, le froufrou de la chauve-souris était la seule trace d'une quelconque survie de l'endroit. L'homme et moi ne bougions plus. Je l'entendais respirer avec lenteur, aux écoutes de ce qui m'échappait, le murmure des statues peut-être. J'ai fini par entendre le bruit régulier d'une goutte tombant d'un robinet de jardin sur une bassine en métal, mesure d'un temps à l'écart des pendules.

Je m'étais apaisé. Peut-être ai-je dormi, je ne sais pas... Mes yeux percevaient de nouveaux contrastes. Etaient-ils imaginaires ? Cependant, j'ai deviné une lueur à quelques mètres, mouvante, un peu rouge, puis quelque chose s'est laissé tomber sur mes genoux, doux et tiède, et la chauve-souris, avec un grincement surpris, s'est renvolée aussitôt. Le gardien a dit qu'elle aimait le contact, je l'ai tirée des griffes d'une chouette, monsieur, il y a des lustres au moins, et soignée. Depuis, elle ne quitte plus l'endroit malgré les chats, mais elle ne les redoute guère, elle sait qu'ils sont nourris. C'est une petite bête soyeuse, laide et douce. Est-ce grave d'être laid ? Je ne la vois pas, je devine sa présence tendre, je devine les crapauds que l'humidité attire quand il pleut. Parfois, on ne devrait réfléchir qu'à la douceur des peaux, monsieur. Je connais des beautés répulsives, pas vous ?

Il disait tout cela comme on calme un enfant. Oui, j'ai bien dû m'endormir dans ce ronron de vérités aimables.

Le ciel a blanchi. J'étais couvert de pétales, un chaton s'était installé sur mes chaussures, somnolant, une de ses pattes jouait encore avec mes lacets. Le gardien s'était tassé, les mains sur les genoux, et ses traits, troublants comme un miracle, me parurent dans le sommeil bien plus jeunes que ses mains décharnées. Troublants, oui, et puis j'ai pensé à l'innocence des gens qui dorment... Il faut toujours que je justifie mes trouvailles.

J'ai voulu m'éclipser sans l'éveiller, mais la gâche de la porte était dure, et le cliquetis, après le silence, m'a paru bruyant, une bombe. Je me suis retourné. Il m'examinait, sans bouger, souriant. Il eut un rire, il faudrait que je la graisse, non ? Revenez, monsieur, revenez donc avant la nuit, je vous mènerai à la statue du jardin. Vous verrez, elle ne vous veut aucun mal.

J'ai refermé la porte derrière moi, doucement. Le matin était frais, la lumière pâle. J'ai descendu les avenues en pente faible, que j'avais eu la veille l'impression d'escalader ! Changement d'humeur ! Je courais presque, avec une allégresse de corps méconnue depuis trop longtemps ! Parfois, la chair vous dit que tout va bien alors que l'esprit s'y refuse encore, cela me surprend... Bon. Cela surprend.

A l'hôtel, le patron derrière son comptoir m'a salué, des malices dans l'œil, comme si j'avais découché avec sa bénédiction. C'est ce qui me décida à l'interroger, je crois, mais je l'aurais fait, de toute façon. Le gardien du musée, qui était-ce ?

Le gardien ? Quel gardien, le musée n'en a pas ! Le señor Alcovar paraissait interloqué.

Je n'avais pas rêvé ! J'ai décrit le vieil homme, et il s'est mis à rire, ah, vous voulez dire Eusebio ? Pas plus gardien que vous et moi !

Selon lui, la municipalité n'avait plus un sou, les salles basses prenaient l'eau les jours de tempête, et que Veracruz fût à trente kilomètres ne changeait rien à la chose, ce machin avait été construit en dépit du bon sens ! En plus, le touriste devenait rare durant l'hiver, par conséquent on fermait. Et que Eusebio y jetât un œil de temps en temps, comme si quelqu'un aurait jamais l'envie de barboter trois tonnes de granit pleines de grimaces, eh bien cela ne dérangeait personne. D'autant que les jades étaient sous clé, évidemment !

— En tout cas, se lancer dans une tournée l'occupe, et qu'est-ce que ça coûte de le laisser venir si ça lui chante !

Mais il était dans la petite cour, il habitait la maisonnette attenante, il...

Alcovar riait, et son fils, les pieds nus et mouillés d'avoir barboté dans l'eau savonneuse qui imprégnait les dalles, riait aussi. Tous deux s'arrachèrent la parole pour expliquer qu'Eusebio entrait partout sans rien dérober, et ressortait comme il était entré !

— On le dit horloger, serrurier, voleur repenti ! Je vous demande un peu, voleur, lui ! En tout cas, il est adroit avec les serrures, ça oui !

Tous ceux qui l'aimaient savaient qu'Eusebio habitait une masure du côté de la colline, et l'appelaient le Petit Démon de la rue Sequeiros. Il était arrivé en ville il y avait déjà, oh longtemps, le petit n'était pas né !

— Il n'est jamais là où on le croit, ajoutait Alcovar en se frottant les mains, il entre dès que les habitants sont au travail, il s'installe, parfois il fait le ménage, la vaisselle, il épluche les légumes. Il aide un peu, quoi. Les femmes surtout, celles qui se débattent seules. Ailleurs, il abandonne un signe de son passage, une fenêtre ouverte qu'on avait fermée, dans la corbeille un caillou poli à la place du fruit qu'il a mangé. On ne sait pas l'âge qu'il a. Vieux, très vieux. Moi, j'ai l'impression de l'avoir toujours vu rôder, même quand j'étais gosse. Mais tout le monde ne l'aime pas, vous savez. Ses apparitions, là où on ne l'attend pas vraiment, rendent certaines gens mal à l'aise quand ils sont coupables.

— Coupables ?

— Ah, tenez, venez donc prendre un verre de maté, on va vous raconter.

Le fils, ravi, nous a suivis tout en expliquant que l'arrière-grand-mère était une Indienne du Pérou, voilà pour le maté, disait-il. Moi aussi, je l'adore, Eusebio, il me donnait des bouts de gâteau quand j'étais gamin.

Alcovar, installé sur une chaise basse, son gros ventre écartant ses cuisses, se penchait vers moi pour mieux suivre les effets de son histoire. Eusebio est un... comment on dit chez vous ?

— Un lutin ?

— Oui, à peu près ça. Sauf qu'il... Ah voilà, chez nous c'est comme partout, je suppose. Il y a ceux qui paraissent ce qu'ils sont, et les autres. Ceux-là, Eusebio leur apprend à vivre. Il s'arrange pour leur montrer qu'il les a devinés dans leur vrai. Par exemple, un de ces types tirés à quatre épingles, un gandin, quoi ! Et chez lui, c'est la porcherie. A son retour, il découvrira un cochon dans sa chambre, un cochon vivant qu'Eusebio aura trouvé je ne sais où, et vous pouvez imaginer le dégât que ça fait, un cochon ! Depuis, ce gaillard-là vit dans une maison propre, un vrai sou neuf, et je dirais même qu'il y a pris goût !

Il regarda son fils en riant, pas vrai, gamin ? Tu te souviens, petit, la mère Juliana et les chats. Et je t'aime les bêtes, et je les adore, et je t'emmerde le pauvre monde en criant haut et fort que les autres martyrisent les leurs ! Elle n'en avait pas, évidemment, font du bruit et des saletés ! Un soir...

Les deux hommes riaient, rouges de plaisir, on la détestait, vous savez ! Un soir, elle est revenue dans sa villa après avoir défilé derrière des banderoles, à Veracruz, contre la vivisection aux USA, je vous demande un peu ! Elle a vu jaillir devant elle une bonne trentaine de matous affamés qu'elle a chassés dans la rue à coups de fusil. Et là, elle n'a pu manquer de voir sur le trottoir d'en face, Eusebio avec une des pancartes qu'elle avait agitées toute la sainte journée, et qui conseillait NOURRISSEZ-LES, NE LES EXTERMINEZ PAS. Elle en est restée courte, la bouche réduite à rien. Ma foi, elle l'a plus jamais rouverte sur des bêtises et c'est aussi bien, moi j'vous le dis.

Le fils, les pouces dans les entournures, renchérissait, voilà, c'est ça qu'il fabrique, Eusebio, il se prend pour le justicier number one. Moi, je lui ai dit un jour, Eusebio, mon cher, tu regardes trop la télévision, et puis Zorro monte à cheval, pas toi, et puis, tu n'as plus l'âge. Et savez-vous ce qu'il m'a répondu, qu'il n'était qu'un miroir, un de ceux qui ne mentent pas, et que je ferais mieux de m'occuper de mes études, parce que moi non plus, j'allais ne plus avoir l'âge ! En plus, lui ne regardait pas ces conneries que nous avalions comme un dessert, chaque soir pétrifiés devant le petit écran, et je crois qu'il avait raison. Nous, maintenant, on ne regarde que les films de voyage.

Les deux hommes me souriaient, attendris.

Je suis allé me laver, le fils trottinant derrière moi pour pouvoir ajouter en sourdine qu'Eusebio aimait les femmes aussi, vous savez bien, les laides. Il leur offre des fleurs qu'il va piquer dans le parc autour du Palais de Justice. Là-bas, personne n'a encore osé lui dire quoi que ce soit ! Et moi, se rengorgeait le garçon, je sais qu'il faut les aimer comme les autres. Déjà qu'elles n'ont pas de chance, les pauvres !

A l'évidence, pas mécontent de son apparence. Dans ses yeux, cependant, une vraie douceur. Un bon élève qu'Eusebio avait là.

Je me suis senti en vacances à peine relevé de l'espèce

de sieste qui m'avait permis d'effacer ma nuit sans sommeil. J'ai marché le long des jardins, et poussé une pointe jusqu'aux collines en cherchant l'ombre des cyprès, c'était délicieux. De là-haut, on voyait le port de Veracruz. En tout cas, je devinais de l'eau, peut-être un mirage, celui d'une ville blanche immobilisée dans un tremblement de l'air.

En fin de journée, avant de retourner voir Eusebio, je suis entré dans la pâtisserie de Xalapa, non qu'il n'y en ait qu'une, mais parce qu'en était sortie une dame à petit chapeau de paille noire, regardant à l'intérieur de son sac de friandises avec une avidité plus jeune qu'elle.

Quand j'ai dit que je voulais *uno di cada* des gâteries présentes, la boutique s'est mise à vrombir, un essaim de demoiselles assez bas-du-cul mais souriantes, s'est élancé de bocal en plateau et je me suis retrouvé sur le trottoir avec trois kilos de petits fours dans ce que ma mère appelait du papier fou. Etait-ce pour fêter un anniversaire ? J'avais dit oui, au hasard, et l'essaim était passé à la vitesse supérieure, pour me dégoter, dans des tiroirs grinçants, de vieilles étoiles, chenilles dorées, papillotes diverses et bougies torsadées pour... quel âge ? 100 ans. Elles se sont regardées, les yeux ronds, puis la plus jeune a caché son rire dans sa main, *o, por Eusebio, certamente*, et celle-là m'a caressé les doigts quand elle m'a tendu le paquet.

Je me souviens avoir entrevu, tout en trottant vers le musée, qu'il existait encore quelques ports du silence où pouvoir repriser ce qui me restait d'âme avant de mourir ; Xalapa en était un, sans doute. Eusebio y avait imposé des solutions à la mesure de bien des gens, si j'en croyais les Alcovar, drastiques parfois et pourquoi pas ? Etait-ce vraiment de délicatesse dont j'avais besoin ? En réalité, je ne savais pas ce dont j'avais besoin.

Vaguement, j'ai regretté d'avoir laissé Pauline prendre l'avion sans lui parler encore une fois. Etait-elle repartie de bon cœur, avec ma réponse à demi crédible ?

J'ai appelé Mexico. Du courrier patientait, m'a-t-on déclaré. La France m'avait réclamé avec insistance, où j'étais attendu, pour ne pas dire espéré, le plus vite possible.

Le petit jeune homme de la réception demandait gentiment s'il pourrait dire à mes patrons, dans l'éventualité d'autres appels, que j'avais réussi mes tractations, cela simplifierait.

Certes ! J'en riais tout seul. J'avais réussi, oui, c'était cela, réussi à vendre plus d'avions de chasse que prévu, qu'il le leur explique, qu'il ajoute aussi, pour leur gouverne, que j'étais dans l'obligation de me soigner.

— Ah, vous êtes à l'hôpital ? Très bien, je mentirai comme il faut.

Bon garçon, j'adore les Mexicains. Urbains mais pas dupes. En voilà un disposé à l'évidence aux accommodements avec le Ciel. Décidément, la relève d'Eusebio me paraissait assurée.

— Je m'appelle Eugenio, monsieur, et merci pour vos bonnes paroles. Au fait, il y pensait seulement maintenant, mais un *pobrecito* des bas quartiers était venu demander après moi, à plusieurs reprises. A celui-ci, que devait-il annoncer s'il revenait ?

J'ai raccroché, perplexe. La nuit s'était précisée d'un coup, il fallait que je me hâte.

Je suis parti en courant. Le chemin ahané la veille

avec tant de lenteur, me parut bref, et la petite porte où j'avais tambouriné était ouverte. Eusebio cria, quand je la poussai, installez-vous, je nous prépare quelque chose à manger.

Assis sous le magnolia, je jouissais de ma respiration, et les odeurs de térébinthe, qui arrivaient jusqu'à moi, donnaient à l'espace environnant la familiarité des senteurs de jadis que ma mère rapportait chez nous, en revenant de ses courses ou de ces curieux rendez-vous qui la laissaient comme désertée de sa joie. Je crois qu'elle retrouvait, à longer quand il pleuvait les allées de cyprès bordant le cimetière, une extase ou un apaisement, ou tout autre sentiment que j'ignorais mais qui lui façonnait une bouche épanouie, et je ne savais pas, au moment où elle m'embrassait, si j'aimais cette odeur elle-même ou la douceur qu'elle avait fait lever. Ma mère aurait dégusté Eusebio, de toutes ses attentes ferventes et fiévreuses, elle l'aurait aimé.

— A quoi pensez-vous donc ?

— A ma mère. Elle vous aurait plu, vous lui auriez réjoui l'âme.

— Elle est morte ?

— Oui, elle est morte.

Eusebio portait un plat fumant, avec des quantités de tacos, et je vis, dans les ombres du jardinet, s'allumer des yeux. Les chats s'approchèrent. Il les chassa à coups de torchon, après nous s'il en reste ! Un chaton, celui de la veille sans doute, avait grimpé le long de mon pantalon jusqu'au paquet de gâteaux que je tenais encore contre moi, les rubans l'intéressaient fort.

Alors que je racontais l'histoire des cent ans que je lui supposais, mon hôte a rajeuni d'un coup, et je me suis dit que Peter Pan, centenaire, lui ressemblerait.

Déjà, il m'expliquait qu'il allait distribuer les sucreries à qui de droit, qu'il partagerait son « siècle » avec quelques enfants du voisinage. Son rire grêle était un peu tendu, et j'ai compris que ces enfants-là n'étaient pas des favorisés de la chance.

Nous sommes un pays riche en pétrole, disait-il avec un soupir, qui n'enrichit pas tout le monde, *hombre*.

Un peu plus tard, repus, nous contemplions les chats se nettoyant après s'être régalés de nos miettes, quand Eusebio m'a touché le genou en désignant un buisson. Un museau tubulaire surmonté de deux minuscules perles noires, observait l'alentour. Les chats sont demeurés la patte en l'air, les oreilles un peu couchées, puis se sont éloignés pour continuer leur toilette à l'écart du hérisson qui trottinait vers les assiettes. Eusebio s'est penché, a posé le taco dont il ne venait pas à bout, et la bête a plongé son groin dedans, secoué par deux ou trois soubresauts. Eusebio, gloussant, murmurait que cette bestiole aimait le piment, seulement ça lui fait le même effet qu'à vous, elle éternue.

Ces animaux m'attendrissent. L'oncle, à la fin de l'automne, bêchait son jardin pour aérer la terre et la débarrasser des gros vers blancs qui dévoraient ses patates et ses poireaux ! Il m'attrapait l'épaule pour que je me penche, et j'assistais, avec une curiosité prudente, à l'arrivée de la mère hérisson et de ses deux petits, cahotant de toute leur vitesse jusqu'à la tranchée ouverte, et s'emplissant, avec des bruits énormes pour leur taille, d'une ventrée de larves de hannetons. Ces mêmes coléoptères qu'on attachait au bout d'un fil avant de les lâcher au beau milieu de la classe quand le maître avait le dos tourné.

Songeur, je guettais les secousses qui agitaient la

bête mangeuse de poivre, et je me répétais qu'évoquer ainsi mes jeunes années n'était pas forcément revenir sur une enfance glorieuse. La mienne ne l'avait été que de brefs instants, quand je m'oubliais pour observer le monde ; très vite, je comptabilisais chez mes petits camarades ce qu'ils avaient et que je n'avais pas !

— Amigo, on va voir les statues ?

Eusebio se tenait devant moi avec une lanterne sourde. Il souriait, visite clandestine. N'est-ce pas divin de pouvoir jouir de ce qui se dérobe aux autres ? Justement, je commençais à me poser la question. Je n'ai rien dit, je me suis enfoncé avec lui dans des profondeurs de béton qui sentaient la mousse et l'eau.

Eusebio, mélancolique, regrettait à haute voix qu'on ne sache plus construire comme jadis, croyez-vous qu'il pleuvait dans les pyramides inca ? Ici, au moment des grosses pluies de fin d'été, cela cascade de partout. Je le leur ai dit, fallait mettre du bitume aux angles et aux arêtes, mais c'est très laid, voilà ce qu'ils trouvaient à m'opposer, « Ça la foutrait mal ! ». Drôle de réponse, non ? Mauvais maçons, pas malins de surcroît.

Dans le jardin de bambous, le gros visage dormait. Eusebio avait abandonné sa lampe et je l'entendais marmonner dans le noir, dire à un masque aux traits violents que la haine conserve ceux-là seuls qui n'ont pas essayé le bonheur. Le jardin était à ciel ouvert, et dans la profondeur bleu marine, brillait une planète, je ne sais pas laquelle. D'ailleurs, cela n'avait aucune importance, j'étais bien.

Les objets ont commencé à vivre, mis en branle par leur passé. Agitaient-ils leurs souvenirs, dans le friselis d'eau qu'on percevait à travers des épaisseurs de murs ou de silence ? Le gros bruit du monde avait fui pour laisser place à des grignotis patients. J'ai toujours cru ma mère quand elle disait percevoir la mastication des vers dans les montants de la vieille armoire. Comme aurait dit Eusebio, peut-être, n'entendent que ceux qui écoutent !

La pierre était tiède, lisse par endroits. Quand je me suis assis contre elle en calant mes pieds sur la bordure en bois de l'étendue de graviers, j'ai cru m'accrocher au seul point fixe de l'univers. La terre avait accéléré jusqu'à prendre sa vitesse de croisière dans le concert des gravitations. Je n'avais pas peur, je savais que nous tournions à cinq cents mètres à la seconde, que mon immobilité n'était qu'un effet de mon poids, je savais que rien ne s'arrêterait avant, ni d'ailleurs après ma mort, et que m'y jeter en hâtant l'heure ne changerait pas la face du monde ! Je savais aussi qu'il est un seul recours face à ce genre d'accès, c'est croire à l'indifférence des pierres tandis que l'humanité tout entière se rassure avec les divinités qu'elles représentent. Les dieux existent quand on les espère, pas davantage. Mais le savoir est une chose...

J'ai rêvé. Les limbes voilés de mon rêve écartaient leurs masques, de longues mains s'approchaient de moi pour une imposition lente, de celles qui calmaient la fièvre quand j'étais petit. Le visage de ma mère, sévère et doux, obnubilait mes yeux avec une force incroyable. Elle demandait, finiras-tu par comprendre, Frédéric ? Tu es et n'es que pour toi seul. Qui d'autre s'en souciera ? Pour tous, tu résides en des actes, des refus, des accords, des projets ou des inerties. Mais toute existence, grégaire ou isolée, est relative. Choisis donc d'être pleinement ce que tu es, sans te soucier de ce que l'on en pensera ! Jusqu'ici, on s'est servi de ton intelligence, de ton obstination, et Pauline n'est pas épargnée par ce genre de calcul. Quitte à devenir le vassal que la vie parfois nous oblige d'être, choisis ton maître. Ce peut être une idée, rappelle-toi, la nuit n'est pas différente du jour, rappelle-toi, chacun choisit la place du soleil dans sa vie, rappelle-toi, Frédéric... Enfant, tu le regardais en face.

Le petit matin et sa rosée m'a réveillé. Je frissonnais, un vent léger faisait se heurter les bambous, clic-clac, et quelque part de l'eau coulait. Loin.

Quand je m'éveille ainsi, le monde est un univers plus sonore qu'il ne le devrait pour le repos de mon âme ou ce qui m'en tient lieu. Très vite, je me renferme dans le coton d'une surdité commode, elle me garde à l'écart, mais il reste ces instants, si courts et si longs, où le bruit est un ennemi féroce. Il s'était apprivoisé soudain.

J'ai escaladé les grandes marches du musée endormi, dans des tourbillons de questions inutiles, les statues s'ennuient-elles dans leurs vitrines ? Parfois, j'imagine qu'elles remontent le temps, retournent vers les lieux où leurs rôles ont été définis, où les prières et les invocations finissaient par les saouler, jusqu'au jour où les unes et les autres ont cessé de retentir, et la poussière peu à peu a englouti la divinité retombée dans l'indifférence. C'est quand elles sont mortes qu'on les installe dans le désert des musées. Est-ce que le jade dépérit comme les perles qu'on ne porte plus ?

Sous le magnolia, Eusebio, assis très droit dans son fauteuil, dormait, le chaton sur les genoux. Je me suis glissé à côté de lui, j'avais envie de voir le jour se lever en sa présence.

J'étais en paix. Pour la première fois depuis longtemps, j'étais en paix. J'avais cinquante et un ans, je travaillais pour les avionneurs et les marchands d'armes depuis un quart de siècle, c'était assez.

J'allais monnayer mon départ ; ce serait facile, j'avais en main des dossiers pour lesquels on ne m'enverrait pas des tueurs mais de l'argent : rien à taire qui ne soit connu ou supposé, et puis il faut des intermédiaires, n'est-ce pas, pour faire le sale boulot, pour servir de bouc-émissaire le cas échéant. En revanche, j'avais beaucoup à... vendre, mes intermédiaires justement, ceux qu'il fallait rincer et de combien, ceux pour qui l'on devait prendre des gants, ceux avec qui la politesse élémentaire n'était pas même utile.

Elle pèse lourd dans les vies, cette corruption « normale », et qui l'est tellement qu'il n'est plus besoin de s'entourer de précautions pour en user ! j'avais aussi d'autres noms à fournir en prime, ceux des quelques ruffians qui prélevaient leur dîme à la maison-mère, si je puis dire. Ceux-là m'avaient rendu l'existence encore plus difficile que leurs homologues d'en face !

Le chaton bâillait, Eusebio bâillait, tous deux les yeux fermés. Au bout d'un moment, le vieil homme m'a souri, alors, comment s'est terminée cette discussion ? Car vous avez parlé, beaucoup, avec véhémence, mais je crois que cela se passait entre vous et vous.

Il s'est levé, le chat dégringolant de ses jambes avec un petit cri. Cette bête avait encore les grosses pattes veloutées et maladroites de l'enfance, elle tombait en les écartant bien. Drôle, indignée, elle fronçait le nez sous la tache noire qui ponctuait son pelage d'une virgule, et tout de suite, elle a voulu grimper le long de mon pantalon.

— Les chats vous aiment, remarqua Eusebio. Et les enfants ?

— Les adultes me fuient vite... Les enfants devinent tout de suite que j'ai douze ans pour la vie entière.

Il a hoché la tête, vous venez de grandir, mon ami, vous venez de rejoindre la maturité essentielle, celle qui n'ampute que de la niaiserie et de la puérilité sans entamer la belle enfance.

Il riait, vous devez penser que je suis un vieux philosophe de comptoir. Dans cette ville, on dit que je suis un « simple ». Et ce n'est pas si simple, bien sûr. Pour supporter ce que je mets en lumière, beaucoup préfèrent que je sois l'idiot de village à qui l'on pardonne tout, même la vérité. Mais cela importe-t-il puisqu'elle a été dite ! Je pense à l'opinion des autres, ceux qui ne dégustent pas les évidences...

— Quel âge avez-vous, Eusebio ?

— Cela aussi importe-t-il ? On ne réclame l'âge des gens que lorsqu'on ne réussit pas à les « cadrer », à les loger dans le siècle autrement qu'avec un paquet d'années ! Pour certains, mon ami, l'âge est garant de l'expérience. Par malheur, ce n'est pas vrai.

Alcovar, le patron de votre hôtel, et son fils m'appellent le vieux Zorro. Ils n'ont pas tort, j'ai un potentiel d'indignation qui ne s'est pas épuisé. Vous avez douze ans à vie, dites-vous. Moi, j'ai l'âge de Zorro chez qui le temps n'inscrit rien. Mon âge est là, comprenez-vous. Le reste, l'état civil... C'est d'un intérêt mineur. En tout cas, les friandises de mon centenaire vont faire merveille, je vous rassure là-dessus.

C'était une manière délicate d'avouer que son rôle auprès de moi était terminé, il avait d'autres urgences.

Avant de le quitter, j'ai croisé son regard. Ses yeux étaient larges, profonds, des yeux vivants. Il m'a souri, nous nous sommes donné l'accolade, et je suis parti en résistant à la tentation de me retourner.

A regret. J'étais apeuré comme un enfant qui s'éloigne du nid pour la première fois. J'aurais voulu avoir le culot de lui demander ce qu'il était *avant*, mais il ne m'aurait sans doute pas répondu. Et c'est vrai que cela n'avait aucune importance, pas plus que n'en prendrait la décision de tout balancer pour un futur que je n'imaginais pas. Jusque-là, j'avais toujours pesé longuement mes actes... sans jamais un soupçon de brutalité primaire. Ma mère en avait de l'amertume, tu ne sais pas bouillir, m'avait-elle dit un jour, tu es comme l'eau des asperges, tu frémis.

J'ai réglé ma note pour une chambre où j'avais si peu dormi, j'ai serré la main d'un Alcovar désolé, son fils ne pourrait me saluer, il était parti jouer au foot. Revenez nous voir, cela fera plaisir au gamin, vous lui raconterez le monde !

Pauvre ! Raconter le monde... j'ai remonté la route d'un trait, et à Mexico, découvert que le monde se passait de moi sans mal : Toulouse n'avait pas rappelé, les seules traces d'intérêt tenaient dans une grande enveloppe déposée par Pauline, et une petite note avertissant que Federigo était venu tous les jours (souligné).

J'ai demandé qu'on me l'envoie dès qu'il se présenterait, et qu'on me prépare le voyage du retour pour le surlendemain.

Cela n'a pas traîné, le gosse est arrivé un quart d'heure après, en même temps que mon billet d'avion. Le gamin devait guetter quasiment devant la porte, et les gens de l'hôtel se croire obligés de me renvoyer dans mes eaux le plus vite possible. Tout le monde sait ce que je vends, tout le monde n'aime pas le parfum de la poudre.

Personne, dois-je le préciser, n'a élevé la moindre protestation quand j'ai envoyé Federigo sous la douche, et du personnel acheter des vêtements. Le jeune homme de la réception souriait aux anges, il avait enfin réussi à me ranger dans une catégorie même si ce n'était pas la bonne.

J'ai traîné le gosse à Teotihuacán ; il était 5 heures du soir, le ciel était fade, les temples montraient leurs guenilles, et la magie n'a pas joué. De là, nous sommes allés chez José Carveilho da Silva, qui a hoché la tête avec un sourire résigné, Pauline avait dû lui commander de céder à tout ce que je demanderais.

Bah ! la vie est simple quand quelqu'un défriche avant vous ! C'était partie d'un entregent manœuvrier que je reconnaissais volontiers à la vieille dame, pourquoi ne pas en user ? Et puis je ne réclamais pas la Lune : José allait recommencer pour Federigo ce que Pauline avait accompli pour lui, jadis. Plus tard, je prendrais la suite, plus tard ou jamais.

Federigo, à qui j'expliquai l'arrangement, a murmuré « bien, chef ! ». Puis il a souri, j'ai pas le goût d'obéir, mais je vais essayer. De toute façon, c'est mieux que de crever à petit feu dans les jupes de la mamita qui vit par habitude ! Elle ne m'aime pas vraiment, elle aime le fric que je rapporte à la maison, c'est tout. Il a pas d'odeur, non ? Et puis tu viendras peut-être me rechercher, qui sait ?

Que voulait-il, qu'attendait-il ? je ne demandais pas mieux que... Il m'a pris le coude, il a craché, j'aimerais déjà vivre, mec !

On s'est quittés comme ça. Je ne savais qu'ajouter, lui n'avait pas envie de l'entendre.

Je crois que, dans la voiture qui me ramenait à l'agence de location, un peu comme un cheval rentre seul à l'écurie, j'ai pensé, eh merde !

Pour conclure par une certitude, il y avait enfin une chose que je ne savais pas vendre, c'était moi !

Chapitre 3

FRÉDÉRIC

Dans l'avion, j'ai lu et relu la lettre de Pauline. Pragmatique en diable par certains côtés. Si je persistais dans ma décision, disait-elle, j'avais le nom du notaire, lequel me fournirait en sus des intitulés de comptes, toutes les indications de gestion assorties du prénom du comptable, celui-ci supportant mal de s'appeler Malavis.

— J'avais l'endroit où l'on remisait les clés du « château », et l'état civil de l'individu à qui l'on confiait celles des chais sans qu'il en soit le maître. Le maître, c'est moi, précisait Pauline sans commentaire superflu, libre à toi d'en reprendre la charge après ma mort ou de mon vif si je t'en donne l'occasion.

— J'avais les astuces aimables convenant à chacun des négociants ; quelques raisons sociales étaient cerclées de rouge, A NE PAS FRÉQUENTER. Le pourquoi n'en était pas donné, mais je comprendrais vite, écrivait-elle. Il ne suffisait pas d'avoir pignon sur le quai des Chartrons pour être digne du Cercle du Vin qu'elle et Georges avaient institué. Sa réaction dans l'avion m'éclairait déjà.

— J'avais la parentèle, l'honorable et l'autre, la plus intéressante, ajoutait Pauline, ils se foutent du tiers comme du quart, il leur faut tout, enfin tout ce qui leur fait joie, le reste, ils le laissent aux premiers ! Ils te séduiront, en bloc ou en détail : le père a décidé que le XXe siècle ne lui permettrait pas de s'épanouir, donc il vit aux environs de 1750, sous le Régent, et aux dernières nouvelles, il écrivait – sous la chandelle – quelques réponses à la Merteuil d'une Tourvel qui n'aurait pas sa langue dans sa poche. Enfin, c'est ce qu'il raconte après boire...

La fille de cet homme va t'intriguer, ajoutait Pauline, c'est un vrai phénomène de cirque ; elle élève des sangliers comme d'autres des Fauves de Bourgogne, pour le compte de chasses privées, lesquelles s'en mordent les doigts assez vite : les bestiaux qu'elle leur concocte ne se laissent pas appâter par trois-quatre glands ! Elle n'a d'angélique que le prénom ou alors, c'est l'Angélique du Roland Furieux. Une beauté. Difficile, il vaut mieux aimer les géantes à toison, car elle se perd dans une chevelure sombre comme l'enfer au-dessus d'un mètre quatre-vingt-cinq de chair enveloppée, et bien sûr, la plupart des gars ont reculé, du moins officiellement. Elle a donc trouvé son bonheur dans la sauvagine, et c'est un sacré « fusil ».

Certes, il y eut une mère, génitrice inévitable, mais la compagnie d'un « ours » tirant l'eau à la pompe et celle des sangliers et de leurs laies à poil noir, arpentant la maison en propriétaires, ne lui ont pas donné l'envie de rester à demeure. Sa fille la dominant d'une tête garnie de rudes frisons, on comprend qu'elle soit partie. Ou morte. Au vrai, on ignore.

C'était au sein de cette communauté bizarre que vivait Armand du Jonc, détenteur des clés ; orphelin de l'Assistance, il avait appris à tresser des paniers, d'où son appellation. Le vin l'a séduit, expliquait Pauline. Ce gaillard avait une passion pour Georges, qu'il a transférée sur moi sans problème. A toi d'assumer sa succession si..., car il est très malade.

Pauline reprenait son énumération de tout ce qui m'appartiendrait si... toujours les si ! Un petit trousseau de clés, celles des tiroirs enfermant les souvenirs, les bons comme les mauvais, et la liste des « objets indispensables à la marche du monde » ; là aussi, se pencher de près sur les pourquoi et les comment serait utile. Je ne sombre pas dans les cachotteries, disait-elle, j'espère seulement que ta mère t'a appris à juger par toi-même, sinon, il faudra t'y mettre.

Et puis il y avait la lettre proprement dite.

« Frédéric, il ne s'agit pas d'accepter pour moi, il faut que tu l'entendes comme je le dis. Ton choix est double, tu refuses d'entrée de jeu, ou tu te reprends plus tard, tu t'y plais ou t'y déplais, et donc tu gardes ou vends, je m'en lave les mains dès lors que tu me libères du poids d'un patrimoine inutile depuis la mort du fils. A une condition, tu ne vends pas à n'importe quel japonais prenant le vin pour du saké. Et comme je ne donnerai confiance à personne, une clause réservataire t'évitera une telle tentation, si tant est que tu y succombes.

« La seule question, qui attend réponse, en réalité, se pose en d'autres termes que : accepter ou non une donation. Es-tu heureux ? Je ne te parle pas du bonheur tel que le conçoivent nos contemporains, fric, statut social et sexe. Es-tu dans ta peau comme je me suis installée dans la mienne, non sans mal : au plus près serré ?

« Le "bonheur" courant, tu en es nanti, je l'ai bien vu : tu as l'argent qu'il faut pour te moquer à l'aise de la réserve des gens quant à ton apparence, tu es important à la mesure de ce que j'ai recensé autour de toi, chauffeur au départ et à l'arrivée, palace et considérations distinguées, bref le luxe. Ce n'est pas toujours le luxe que j'attends de ce qui m'entoure : il y a beau temps que je préfère une couche où je dors comme un loir, au lit dernier cri-matelas chic-sommier choc, qui va me briser les reins.

« Quant au cul, mon beau, tu satures. Ce qui ne veut pas dire que tu baises trop : tu baises sans âme, comme il ne faudrait pas. Je comprends le désir, je vais jusqu'au coup de chaleur, Frédéric, celui qui mord sans lendemain, mais l'usage de ta queue comme d'un outil, ah non ! Et ne vois pas là un puritanisme imbécile, j'ai aimé l'amour, désiré d'autres hommes que Georges, le désir a des indépendances qu'il ne faut pas sous-estimer. Tu dois en savoir assez, des femmes de la famille, pour admettre que ce qui nous retient parfois, ce n'est pas la moooorale, ni la crainte ni ce qu'en pense le pékin, c'est tout bonnement l'amour. Je te parle du cœur, ici. On manque de mots, vois-tu ; et celui dont nous, Français, disposons de nos jours, ne recouvre plus qu'une gymnastique où l'on tire au but comme au foot, 4 à 0, victoire ! C'est toujours un match perdu, mon pauvre ! C'est ce que je sous-entendais quand je te conseillais de t'en remettre aux paysages, eux ne placent pas ta réussite ou ta déconfiture au taux actuariel brut ni à la fortune du sexe !

« Ta mère savait vivre. Je l'ai connue ; je n'ai pu t'en parler de vive voix, cela ne sortait pas. Aucun de nous n'a compris qu'elle ait choisi ce total retrait de la famille. Les enfants naturels, on en avait l'habitude et tu n'en aurais jamais été qu'un de plus. Peut-être a-t-elle aimé une fois pour toutes, l'existence après cet homme ou cette folie n'avait plus d'importance, ni l'argent ni la façon de le gagner ni les autres gaillards lui courant aux fesses, car ta mère était superbe, petit. Ces types, elle devait les prendre, pourquoi pas, mais les garder... Et puis certaines amours, ou le souvenir qu'elles laissent, se vivent dans le secret, c'est-à-dire dans la solitude. J'ai aimé Georges de cette manière qui ne dit pas son nom, même à l'intéressé. L'absolu est lourd à porter pour celui qui s'accommodait du relatif. L'absolu de Georges, vois-tu, c'était le vin. J'avais suffisamment vécu avant de le rencontrer, pour comprendre d'entrée de jeu que j'allais aimer depuis l'étage au-dessus ! Mais quoi, si tu ne devines pas que Roméo et Juliette, à seize ans, ont le bel et seul âge pour mourir d'amour, tu ne pigeras rien à rien, jamais. Donc, j'aimais Georges et Georges aimait son vin. Pas le boire, mais s'adonner à son alchimie... Ma foi, il m'aimait aussi. En plus. Qui ça dérangeait ? Pas lui, et c'est mieux que de n'avoir aucune passion, crois-moi. Quarante ans de vie conjugale heureuse ne remplacent pas les exultations, les débordements, les alacrités des passions exclusives. Il a eu les deux. Et voir celui qu'on aime, heureux par la vertu d'autre chose que l'amour, si on aime vraiment, c'est bien. Pour ta mère, pareil.

« Ce que j'en devine, Frédéric, c'est qu'un jour, on sait : celui-ci ou celle-là, et l'humanité tout entière moins un n'est plus que de la roupie de sansonnet. Qui va s'exciter sur de la roupie ? Héléna aimait les corps, oui, ta mère ! dans la droite ligne de Gloria, comme nous autres. Nous avons toutes le feu au cul. Et au-dessus de ces incendies, un cœur. Autre affaire ! Chez les Donnavent, un cœur s'ouvre une fois, pas deux. S'il s'ouvre. Nous préférons crever debout que concéder par lassitude, c'est ainsi. Tu ne vas pas changer les

Donnavent après quatre générations de forcenés de l'amour-fou, dis-toi bien ça !

« Tu entendras les gens avouer "j'ai du goût pour". Bien sûr, et l'on déguste, sans déplaisir, et même on y revient, le problème n'est pas là. Seulement ça ne suffit pas. En tout cas, à nous, cela n'a jamais suffi. Tout vient des deux premiers, je crois, de Laura et de Jean. Vieille histoire, mais qu'y peut-on, nous avons été conçus dans une litière en flammes et nos chiots courent de race.

« Que veux-tu que j'ajoute ? Nous sommes âpres mais bons, gentils mais rudes, taiseux mais coupants si on nous force à dégoiser, bref nous sommes comme il y en a des tas. La différence est ailleurs, nous sommes avides de passion, c'est notre *pierre d'angle*... Frédéric, ce nom-là est dans la famille dès l'origine, même si Donnavent a dominé, et depuis, nous ne pratiquons pas le détail, c'est tout ou rien !

« Qui est ton père ? Nous l'ignorons. Ta mère... tu sais que la mer n'est pas loin de nos murs. Dès le printemps, on embarquait la marmaille et nos gens dans les chars, plus tard les camions, et zou, on partait tous passer le dimanche à la mer, pour mouiller nos peaux sèches et nos cuirs brûlés par le soleil des vignes. Ta mère, après le bain, s'écartait vite, courait vers le port ; on l'y retrouvait au moment du départ, assise les pieds pendant par-dessus le quai, à regarder les bateaux, à les suivre des yeux jusqu'à ce qu'ils disparaissent entre les îles. Silencieuse et fermée, comme d'habitude. Elle levait son regard clair, n'expliquait rien, et nous suivait sans un mot, mais ce regard-là restait plein de voiles sous le vent. Car ce n'était pas les gros "barlus" qu'elle guettait, et puis qui va s'éprendre d'un matelot de ferry, qui ça pousse à jouir, veux-tu me dire !

« D'ailleurs, l'unique amour de ta mère, ce fut toi, très vite, c'est plus simple ainsi. Pour elle tu es devenu tout l'océan, tous les marins en un seul. Elle aurait dû ne pas te cacher que ton père était un rêve de haute mer, et qu'il s'était évanoui à l'image de tous les rêves. Héléna, mon Dieu, cette femme si belle, était close sur ce qui nous est apparu comme un mystère, celui de ta naissance. Les marins, ou le marin nous ne savons pas, n'étaient je pense que l'incarnation de ce qu'elle désirait pour elle. Je ne suis pas seule à imaginer ce qu'elle aurait pu extraire de sa vie si elle avait été moins fragile, moins rêveuse aussi. De toute façon, ce n'était pas une femme d'actes. Elle parlait, m'a-t-on dit, lorsqu'elle consentait à ouvrir la bouche et ce n'était pas souvent, de naviguer sur les eaux difficiles ; elle s'y voyait depuis l'enfance sans jamais essayer de les rejoindre...

« Je m'empresse d'avouer que je n'ai jamais revu ta mère, tout ce que je te raconte, je l'ai déduit à partir des petits bouts d'information que nous abandonnait Héloïse, ta marraine, quand elle revenait de ses visites. Héloïse vous adorait tous les deux, et respectait le désir d'Héléna de ne plus rien accepter de nous. Il a certainement dû se passer quelque chose que nous ignorons, c'est tout ce que je devine. En tout cas, personne de la famille ne l'a chassée, ça, je te l'affirme.

« Dieu merci, tu étais un garçon. Au début, Héléna espérait sans doute que tu embarquerais sur sa rêverie. Mais qui peut se vanter de transmettre ses fantasmes comme la couleur de ses yeux ! L'as-tu déçue, c'est probable. On ne réfléchit pas assez, Frédéric. La semence, celle qui t'a fabriqué pour moitié, provenait peut-être d'un homme qui ne trouvait sa plénitude que dans l'immobile, comment savoir, ou prévoir ? Tu es parti, certes, tu as voyagé, certes. Dans tes avions. Que veux-tu, le romantisme fout le camp, de nos jours, les longues traversées farcies de songes debout sur la dunette, c'est bien fini. Mais après tout, sais-je à quoi tu penses quand tu pilotes tes avions-Rafales ? Et qu'as-tu retiré de tes errances programmées, de tes voltes à la limite du décrochement, du *voile noir* que tu as bien dû frôler, si je ne m'abuse ! Oui, qu'en astu retiré à part du pognon, autrement dit du pipeau ? Le fric n'intéressait pas ta mère, mon garçon. Est-ce qu'au moins, tes dollars te tiennent chaud l'hiver ? La question est là, et moi, je te le dis tout net, j'en doute. On ne fait pas son lit de vie et de mort dans du papier-monnaie.

« Dans ces conditions, pourquoi ne pas essayer autre chose ? »

PAULINE DONNAVENT DE PASTURE

P-S : Mon Georges s'appelait Martin au départ. Il a préféré notre nom, comme d'autres avant lui. Les femelles de la Famille sont des goules, elles avalent jusqu'au patronyme de leurs hommes, et avec leur consentement. Que demander de plus ? Toi, face à eux, qui es-tu ? Le fils de ta mère, un Donnavent de la main gauche, mais tu « donnes au vent », que tu le veuilles ou non. Si tu en as le courage, regarde donc le petit portrait de Gloria dans l'un des tiroirs dont tu auras bientôt les clés. Peut-être refuseras-tu cette identité-là, évidente, peut-être cherches-tu encore la tienne, celle qui t'écartera des ressemblances qui sont nos joies. C'est ton affaire, mais nom de Dieu, trouve, et vite, et choisis une bonne fois ! J'aimerais assez mourir en paix.

J'ai remué beaucoup de souvenirs autour de cette lettre. Pauline avait raison sur bien des points. Ma mère n'avait jamais parlé de mon père parce qu'elle n'en connaissait rien, je suppose, un marin parmi d'autres, à travers qui l'océan lui-même l'avait fécondée.

Et je l'ai déçue, oui. A chacun de mes retours, elle voulait savoir, comment était-ce, *là-bas*. Qu'avais-je à lui décrire, sinon ce que sème le monde des affaires, partout de la même façon, des buildings, des bordels, des bagnoles, des bidonvilles et du fric ou de la misère. En vérité, on ne me laissait que le temps de voir s'étaler sur un carré blanc les signatures que j'étais venu solliciter, obtenues à coups de démonstrations limites, de maniabilités à ne pas mettre entre toutes les mains, de cibles atteintes, quand ce n'était pas à coups de reins, les épouses au vu des virtuosités en plein ciel sont parfois des intermédiaires incontournables. Au lit.

Grâce à moi, ma mère sur la fin de ses jours a vécu dans une aisance luxueuse qu'elle ne réclamait pas, tout ce qu'elle voulait, elle a fini par le chercher dans les livres, par le trouver dans les lettres interminables qui lui parvenaient de l'étranger, couvertes de timbres ; Maria, qu'elle appelait Nobody*, lui détaillait par pure amitié son monde marin, énumérant les ports d'ailleurs, les rives et les hommes qui les accostent. Ma mère, avec des soins jaloux, enfermait ces lettres dans une ancienne boîte de chocolats, dont bien sûr un bateau ornait le couvercle. La boîte persévérait dans « l'être » des friandises, comme dit le philosophe !

Parfois, quand je survenais sans l'avoir avertie de

* In Ailleurs, sous un ciel pâle, même auteur.

mon retour, je la découvrais penchée sur une de ces missives, les yeux pleins d'extase, à respirer je ne sais quel air du large caché entre les lignes. Nobody courait les mers sur un voilier, ouvrait les jambes comme maman les avait ouvertes, et j'avais fini par admettre que pour survivre, on se sert de ce qu'on a – m'y prenais-je autrement ? – et par m'en foutre. Nobody attendait l'éclair qui l'épinglerait entre les deux épaules sur les quarantièmes rugissants. Et ma mère l'enviait.

Et puis maman est morte comme elle avait vécu, sans parler beaucoup, avec entre les mains les poèmes de Supervielle, et, j'espère pour elle, un goût d'eau sur les lèvres, à quelque « six mille mètres de silence ». Elle était jeune encore, mais n'attendait plus rien, ni des autres ni de moi. Je ne crois pas qu'elle avait mis une croix dessus ; elle avait choisi, c'est tout : le rêve ou le néant.

Oui, j'ai déçu ma mère. Elle ne m'en a jamais rien dit, ne m'en a pas voulu, je le sens désormais, depuis ma nuit de pierre dans les bras de la déesse olmèque. Est-ce qu'on ne finit pas toujours par accepter ? Le partage des rêves est un leurre. Par malheur, certains en crèvent.

*
* *

A Blagnac, le chauffeur attendait. Comme des dizaines de fois auparavant, mais en ce jour précis cela m'a levé le poil, le palace de Mexico avait averti le siège dès l'obtention de mon billet. Ce besoin forcené d'être « au courant », qu'on monnaye, et qui sert à quoi ? Tout ce qui leur était nécessaire était déjà entre leurs mains, par Fédéral Express et depuis une semaine !

Le chauffeur : Ramon, portugais, l'œil andalou, et grand pour un Lusitanien. Il arbore le genre anglais qu'on lui impose, blazer sur pantalons sombres. Généralement muet, et pourtant d'une présence palpable. Dans la voiture, il m'a dit tout à trac, et c'était la première fois qu'il *se mêlait*, comme il le précisait : au siège, ça barde, ils ont une peur de chien que vous les lâchiez !

— Personne n'est irremplaçable, Ramon.

— Eh bien, ils n'ont pas l'air de le croire ! En tout cas, ils n'ont pas marché dans cette histoire de maladie à Mexico. Le petit Burger, rentré bien avant vous, et je suppose que vous vous en êtes débarrassé, disait que vous étiez florissant... Encore un qui déblatère n'importe quoi, n'importe comment. Florissant ! je vous demande un peu !

Ramon, lui, parle un français précis. Il lit, beaucoup. Sur le siège, à côté de lui, des romans, des essais qu'il dévore quand on l'oblige à nous attendre dans les aéroports ou les gares. Certains le retiennent dehors, à somnoler dans son engin, bien après des heures décentes, comme si appeler un taxi était au-dessus de leurs forces. Mon cher, il est payé pour ça ! Je ne m'habituerai jamais à... à cet irrespect majeur de la personne.

Parfois, quand l'un de nous sortait une énormité, je voyais son dos se tendre, il souffrait dans son corps, je crois. Je sais qu'il méprisait à fond un ou deux de ces types jonglant avec les milliards et les fautes de syntaxe. Les premiers, disait-il, servent d'absolution aux secondes. Un genre d'Eusebio, en plus jeune. Son visage devenait illisible dès qu'il baissait les yeux ; les autres prenaient ça pour de la peur, d'autres encore pour de l'obséquiosité. Peut-être étais-je le seul à deviner qu'il s'agissait de prudence. Il avait envie de leur taper dessus, et il se retenait.

Mais qu'est-ce qui l'amenait à dire que...

Il m'a coupé la parole, pour eux, je suis aussi muet qu'un meuble, et ils causent ! Ils sont persuadés que durant votre séjour, des compagnies étrangères vous ont aligné des propositions, solides, alors ils envisagent d'augmenter vos commissions l'air de rien, ou de menacer. Texto, commandant. Franchement, ils me prennent pour quoi, à discuter de leurs histoires comme si j'étais une portière de la voiture !

Sur les rocades, mauvaise heure, nous étions bloqués. Ramon s'est retourné, qu'allez-vous décider ? Moi, j'aimerais bien que vous restiez.

J'ai souri, il était gentil, mais pourquoi ?

— Est-ce que je sais ? Avec vous, même si vous n'êtes pas causant, je suis un homme, pas un zombie. Et puis vous avez une tristesse dans l'œil, quelque chose d'humain, quoi ! Les autres sont des robots. De sales robots.

L'embouteillage se réduisait, il démarra, et je l'entendis marmonner en tapotant son volant, sont nés tout habillés, ces mecs-là !

Il m'a déposé devant chez moi, vous redescendez quand ? ils vous veulent très vite, vous savez !

Eh bien, ils attendraient. J'avais besoin d'une douche, d'un petit déjeuner, j'avais besoin d'un peu de musique pour apaiser le ronronnement sourd que l'avion glissait dans mes oreilles et qui persistait durant des heures, une fois le voyage terminé. Bientôt, je ne pourrai plus jouer au fou en plein ciel, je le savais si eux ne s'en doutaient pas. Pour l'heure, j'avais besoin de digérer le retour. Que s'imaginaient-ils ? Que je retrouvais leurs gueules avec un bonheur sans limite ?

J'ai dû penser tout haut ; Ramon souriait, très fort, le genre anglais était loin. Je connaissais le numéro du portable, non ? Il reviendrait me chercher à la demande. Et il a eu ce geste tellement... oui, tellement de chez moi, en définitive, de me serrer le coude sans rien ajouter.

Il est marié, Ramon, il a trois enfants. Je sais qu'au moment de ses vacances, il prend la route en short et torse nu, avec un sentiment de délivrance et d'exaltation. Ah, transporter *son* petit monde vers *son* soleil et *son* océan, pendant que les coincés du quotidien, les abrutis qu'il véhiculait chaque jour, partent en croisière de luxe, histoire d'aller s'enfermer dans un autre carcan, celui de la mondanité.

Je me demande ce qu'il a pu devenir, Ramon, j'aurais peut-être dû m'en informer avant de claquer la porte !

Dans l'appartement, le silence de l'inhabité, sûrement. J'y passais combien de jours chaque année ? Oh, j'avais une gouvernante, à demeure, comme on dit. Elise. Son rôle essentiel avait été d'assister ma mère durant ses rechutes. Quand j'étais en période d'essais, je savais que Héléna n'était pas seule, qu'elle ne mourrait pas seule.

Douce Elise, lente, invisible. Quand je revenais de mes voyages, elle me regardait toujours comme si je surgissais du vide. Après la mort de maman, elle s'est postée devant moi sans rien dire, puis elle a fini par murmurer que je n'avais sans doute plus besoin d'elle, et je lui ai proposé de tenir la maison. Ce qui ne signifiait rien, je ne reçois pas, les rares femmes que j'ai séduites m'attirent chez elles, et j'ai si peu d'amis que je les traite à l'extérieur ; c'est dire leur rang dans mon intimité ! Certains cuistres m'appellent le phacochère, cela recouvre sans doute une vérité ; ce porc sauvage ne court pas toujours de compagnie, et moi, je piétine en solitaire, rugueux, taiseux, de palace en palais arabe avec une étiquette inamovible : pilote d'essai et marchand d'avions de combat. Je ne suis pas sûr de bien savoir moi-même comment on rentre dans sa souille après avoir rejoint l'armée de l'Air dans la foulée de l'école Navale, section aéronautique. J'ai aimé voler, oui. L'air est mon élément, ma respiration. Il ne faut pas chercher à comprendre ce qui préside à nos choix, l'asthme que je dissimule n'est pas seul en cause. Il m'arrive de penser que j'ai choisi l'air contre l'eau, l'avion contre les bateaux du rêve de ma mère... Je n'ai jamais voulu visiter plus loin mes profondeurs. Nous réglons tous des comptes, même quand nous croyons ne pas avoir à s'y mettre.

Et puis, voler, c'est aussi s'éloigner des autres. Vous avez beau leur apparaître doré sur tranche, vous devinez vite que dans la narine de ceux que vous aimeriez connaître davantage, vos activités installent une odeur de mort. La mort est toujours là, en transparence, dès que vous dites à quoi vous devez votre « fortune ». Y a-t-il de bonnes fortunes ? Je me le demande.

Après ces reflexions d'ascenseur – à croire que les états d'âme ne me tarabustaient que durant les lenteurs hydrauliques qui me hissaient chez moi ! – j'ai posé ma valise pour prendre mes clés, et la porte s'est ouverte d'un coup, Elise, dressée sur le seuil, criait « Nobody est morte » !

Nous nous sommes regardés ; ses yeux affolés demandaient de l'aide. Elle s'est accrochée à moi : Frédéric, l'amie d'Héléna est morte. Perdue en mer.

Elle sanglotait, son corps mince torturé par un chagrin étouffant. Nobody, Nobody, elle répétait le nom comme pour se convaincre que la femme qui le portait avait existé. J'ai réussi à pousser Elise dans l'entrée, à refermer la porte, ainsi maman avait partagé son amie avec elle...

— Nous la connaissions toutes, qu'est-ce que vous croyez, nous l'admirions toutes. Elle était tellement libre, tellement détachée. On croyait qu'elle avait trouvé son dernier port en Turquie, sur la côte Egéenne, et puis non, elle a repris la mer, et...

Elle montrait un paquet ouvert sur la tablette du couloir, c'est arrivé en urgence, vous comprenez, et vous ne reveniez pas, alors je l'ai ouvert.

Les sanglots reprirent, toutes ses petites affaires, Frédéric, tout ce qu'elle possédait, autant dire rien. Elle devait ignorer que votre mère est morte, ou alors son testament est, était, je ne sais pas moi, ancien.

Le colis venait de Turquie, accompagné d'une lettre qu'une voisine avait traduite pour elle ; c'était d'un triste ! Un vieil homme se racontait, avouait qu'il aimait Maria, qu'il l'aimait comme on aime sa fille.

Elise n'avait pu s'empêcher de lire et relire ce qu'il disait, elle s'en excusait sans fin, elle pleurait dans ses mains, Maria, oh Maria ! Moi, je me taisais, la gardant contre moi et caressant ses petits cheveux séchés par les permanentes ; je comprenais enfin mille détails qui m'avaient alerté naguère sans m'intriguer davantage, l'intimité que ma mère partageait avec elle et dont je croyais qu'elle était née peu à peu, leurs fous rires qui s'interrompaient à mon approche, et elles m'examinaient par en dessous, avec des airs de gamines coupables. Maman a duré trente-quatre mois avant de mourir d'une maladie bizarre dont elle paraissait se remettre quelque temps, et qui la pétrifiait à nouveau dans la lenteur, dans un dépérissement sans affres. Ma mère, regardant ses doigts amaigris qui perdaient leurs bagues, disait de sa belle voix sourde : « Je meurs de ne plus vivre, Frédéric, pourquoi chercher plus loin, il n'y a pas d'autre raison. »

J'ai soulevé la vieille Elise qui n'était pas si vieille, je l'ai portée jusqu'à sa chambre, posée sur son lit, ne me quittez pas, pleurait-elle, j'ai embrassé sa joue qui sentait le musc et la poudre. Au fond, je n'avais réussi à les imaginer, ma mère et elle, que sous les apparences de deux chipies égarées loin du temps qui s'écoule pour les autres. Cette histoire me prenait au dépourvu. J'ai hésité, puis appelé mon assistant, je ne viendrai pas tout de suite, c'était impossible dans l'immédiat, j'avais un problème familial à régler.

Ce jeune con s'est exclamé, mais quelle famille ? On croyait que vous n'aviez plus personne ! S'il avait été là, je me serais laissé aller à lui botter le cul, ce dont j'avais envie depuis pas mal de temps ! J'ai pris ma voix de miel pour lui rappeler les précautions élémentaires des rapports commerciaux, accorder créance sans hésiter aux arguments censés *généralement* satisfaire tout le monde, lui compris. Il ne ferait pas florès chez la plupart de nos clients s'il ne se rappelait pas que c'est nous qui vendons, que c'est nous qui devons avaler les couleuvres pour *vendre*, et les mensonges, et les faux arguments ! Alors, qu'il commence donc par avaler ce que je lui disais, je passerai au siège dès que j'aurai réglé un problème privé.

J'ai raccroché avec violence. On avait foutu cet imbécile dans mes jambes parce qu'il était sorti des grandes écoles, et il y en a un certain nombre... Pourquoi celui-là ? parce que son papa était aux Affaires et peu disposé à ce que les provendes tombent dans une seule poche ! Ce petit teigneux sans finesse allait être mon dernier incendie dans cette boîte ! Vingt-six ans, encore la morve au nez et déjà pourri. J'avais de quoi museler l'intelligent jeune homme, assez brillant pour un diplôme de Sciences Po, et pas à suffisance pour se méfier des ingénieurs, parvenus, disait-il, à l'ancienneté. On nous les fabrique sûrs de soi, au point de nous croire sourds, aveugles et muets, la conscience muselée. La mienne ne l'était pas.

De sa chambre, Elise appelait comme une corne de brume. Je n'ai plus qu'à mourir à mon tour, hurlait-elle. Je l'ai giflée, pas d'hystérie, ce n'était pas le jour. Quand elle a cessé de tousser après que je l'ai forcée à boire du cognac, je me suis assis en face d'elle, genoux contre genoux : résumez, Elise.

Eh bien, Maria était morte en mer. Elise, calmée, me toisait. Elle s'était redressée sur le bord du lit, peignait ses cheveux courts avec ses doigts, et ce geste lui redonnait de la jeunesse, un air de vulnérabilité que je ne me rappelais pas lui avoir jamais vu. Il fallait se répéter qu'elle n'avait que quinze ans de moins qu'Héléna, alors que ce dont je me souvenais le plus facilement, quand il m'arrivait de penser à elle durant mes voyages, c'était sa tête tout contre celle de ma mère, les deux penchées sur des albums de photos, et la sienne grisonnait davantage. Visages jumeaux dans leurs attitudes, leurs sursauts, leurs rires, leurs désarrois.

Des années plus tôt, j'avais cru l'engager par voie d'annonces, et d'ailleurs elle s'était présentée le journal à la main. Ma mère l'avait choisie parmi une dizaine de postulantes, presque confuse de trouver « celle-ci très sympathique »... Ma naïveté était un rien comique au bout du compte, et j'eus du mal à feindre une sévérité dont je ne ressentais pas le besoin.

— Vous et maman m'avez roulé dans la farine, Elise, c'est sans importance, mais aujourd'hui, je veux apprendre le fin mot de l'histoire, vous m'entendez, tout, même ce que Héléna n'a jamais détaillé et que je sais cependant.

— Vous savez ?

— Ma vieille, ma mère prônait la vérité qui repose du mensonge, disait-elle. Elle n'a jamais caché qu'elle avait dû se vendre pour pouvoir nous nourrir tous les deux. Qu'elle vous connût, en revanche, elle ne me l'a pas avoué. Et dites-vous qu'elle cherchait à vous ménager, **vous**, avec moi elle ne prenait pas de gants !

C'est le moment qu'ont choisi le téléphone et le nouveau PDG, enfin celui qu'on avait nommé récemment à la tête de l'entreprise, et qui côtoyait ses pairs du département « Finances », à défaut de se commettre avec ceux qu'on envoyait au charbon ! Il voulait me voir sans attendre, vous m'entendez, Donnavent ?

J'ai respiré un bon coup, écoutez-moi, Phipps. Au passage, je vous signale que je suis le commandant Donnavent, pour vous comme pour les autres. Je ne fais pas partie de votre personnel, je suis détaché auprès de vous par le Boulevard Brune. Cela dit, vous avez les contrats, juteux, avec des rajouts de commandes, et ne me dites pas que vous les attendiez, j'enregistre vos « bons conseils » avec soin, moi. Que demandez-vous de plus ? Que j'explique la marche du monde au connard dont vous m'avez chapeauté ? Que je précise qu'on décroche le treizième de la douzaine à coups de démonstrations dangereuses et de performances personnelles ? Il y faut plus que 4 000 heures de vol, que d'ailleurs il n'a pas, s'il est doué en revanche pour s'emplir les poches avec votre fric, tout fils Machin qu'il est. Vous vouliez en être sûr ? vous l'êtes, et maintenant, à demain. J'avais prévu de passer au siège cet après-midi, mais les interruptions répétées me ralentissent un peu plus, et maintenant, ce sera demain. Ou jamais, c'est à vous de voir. Je n'aurai aucun mal à me recaser ailleurs, Mister Phipps, je suppose que vous le savez. Bonsoir.

Bravo ! criait Elise, bravo, tu as bien raison ! Oh pardon, monsieur Frédéric.

Je tapais déjà un autre numéro.

— Elisabeth, changez la formule du coffre de mon bureau et rappelez-moi avec le portable sans en référer à personne. Si on vous demande de la fournir, vous déclarez que je l'ai modifiée avant les dernières négociations car je ne faisais plus confiance à Jean-Luc Burger. Vous n'en savez pas davantage, d'accord ?

Ma secrétaire a gloussé, je me décidais enfin ! Elle a raccroché sur un : « C'est entendu, commandant », qui n'appelait pas de commentaire. Elle et moi sommes arrivés en même temps dans cette maison, ou presque : je l'ai engagée deux jours après ma prise de fonction et nous « émettons » sur la même longueur d'onde. Elle comprend vite d'ailleurs. Une heure après mon coup de fil, elle sonnait à la porte et déclarait avant même d'entrer, voilà, elle avait vidé le coffre, il suffit de souffler dessus pour l'ouvrir, souvenez-vous ! Elle m'apportait le contenu. Un grand sac-poubelle trônait sur le palier, derrière elle.

Nous avons ri, le sac est lourd, disait-elle, mais avec le diable du gardien, ç'avait été un jeu d'enfant de le porter jusqu'au taxi.

— Bon, j'y retourne. Si je me dépêche, ils ne s'apercevront même pas que je suis sortie, je suis passée par les archives du second sous-sol. Elle clignait de l'œil, avec une jouissance fraîche et rose comme ses joues. Les femmes ont de la chance, un rien les rajeunit.

Ses yeux brillaient ; tout en dégringolant l'escalier, elle a crié qu'elle avait un conseil à me donner, celui de réclamer une prime de silence, parce que le petit Burger serait difficile à déraciner, son père venait d'être nommé à la Défense, mais personne ne m'obligeait à rester muet sans contrepartie, pas vrai ?

Elise, derrière moi, riait, ça barde, on dirait ! Les mêmes mots que Ramon. Dans ses yeux, les larmes avaient séché, et sous ses boucles grises elle avait dix ans bagarreurs. Je l'ai détestée vingt secondes, j'ai envié cette faculté de rebond que certains vont chercher du côté de la cour d'école. Moi, je l'avais perdue, si j'en avais jamais eu la jouissance.

Pourtant, il faudrait la retrouver.

J'ai pris mon Elise par les épaules, comprenait-elle ? J'allais sans doute devoir me battre, non pour rester mais pour quitter les avionneurs dans de bonnes conditions. Il serait nécessaire de vendre les deux appartements, si toutefois ce qu'on m'avait proposé tenait la route. Aussi devait-elle réfléchir à ce qu'elle désirait pour elle-même, me suivre ou retrouver son indépendance, tout en sachant que je continuerais à la payer quelle que soit sa décision. J'ai arrêté sa protestation d'une main sur la bouche, tu n'en as pas fini avec moi, Elise, je crois comprendre que tu connaissais maman depuis toujours. Tu me raconteras, mais pour l'heure, j'ai plus urgent.

Elle me regardait avec ravissement, vous continuerez à me dire tu, n'est-ce pas, Frédéric ? Je suis une sorte de parente à la mode de Bretagne, c'est mieux, croyez-moi, qu'une mère qui vous colle sur le trottoir à seize ans.

Elle a pivoté sur ses hanches étroites, oh, j'oubliais de vous dire qu'un notaire a téléphoné, avec un nom à coucher dehors. Il s'appelle Portoreille, le numéro est sur la table de nuit.

Cela tombait bien, c'était justement le notaire que je voulais voir. Ce nom, toutefois... j'ai appelé avec quelque hésitation, qui allais-je avoir au bout du fil ? Une voix tonitruante a gueulé, Etude Portes-Hareilh, j'écoute.

Une voix d'homme, c'était le bon. J'ai murmuré, Donnavent.

— Pardon ? Mon cher monsieur, il faut parler plus fort, je suis sourd comme un pot et j'ai cassé mon appareil.

— Commandant Donnavent.

— Ah, enfin ! Cher monsieur, ma secrétaire est partie au galop porter mon engin de mort à réparer. Je serai opérationnel dès son retour. Avant, ce serait un peu compliqué. Elle vous rappelle, voulez-vous ? Elle s'occupera de vous caser dans le planning de toute urgence, la petite mère Moira me corne aux oreilles depuis huit jours qu'elle n'a pas la vie devant elle.

Grosse voix, gros rire. Tout en sachant que les voix sont trompeuses, j'ai bâti l'image d'un notaire assez haut en couleur. En articulant bien, j'ai demandé si son étude était équipée pour conserver des documents, et il s'est mis à rire aux éclats, certainement pas, cher ami. J'ai une sorte de boîte qui date du siècle dernier et qu'on ouvre avec une épingle à cheveux !

Ce n'était pas ce qu'il appelait une sécurité ! Il me conseillait donc de me rendre à ma banque, quoi qu'on dise, on « casse » assez peu les salles de coffres, je serai tranquille et lui aussi.

Sur un rugissement de bonne venue, il ajouta que sa

secrétaire arrivait, il allait me la passer, Aaaarmande, au trot ma fille, téléphone.

J'étais un peu dépassé. La dite Armande, précise – son élocution avait dû s'aiguiser en même temps que baissait l'audition de son patron – me casa le lendemain, entre 18 et 19 heures. Elle supposait que la fin de journée m'arrangerait. Adresse, codes de l'immeuble, tout y passa, non sans une pointe de virulence.

— Nous avons trois codes, monsieur, qui démontrent la paranoïa de l'époque, les portes au demeurant restant ouvertes deux fois sur trois. Autre démonstration de l'incohérence de nos concitoyens. Aussi serez-vous gentil de refermer derrière vous !

J'ai mis Elise au courant. Elle paraissait requinquée, sifflotait entre ses dents tout en remettant de l'ordre derrière moi, c'est fou ce que les hommes sèment le bordel dès qu'ils paraissent ! Elle plastronnait, le regard provocant, mais cela valait mieux qu'une nouvelle crise de larmes, et je n'ai pas réagi. J'avais commencé à trier les documents apportés par Elisabeth pour isoler ceux que je voulais mettre à l'abri, et dont l'essentiel était constitué de « preuves ». Le reste... mon Dieu, dans une vieille boîte, ce n'était que l'écume de ce que j'avais retiré des mains de ma mère quand il avait fallu l'hospitaliser à domicile, papiers et menus objets ; elle voulait absolument que je les emporte, que je les cache. Très agitée, elle disait : « Ferme la boîte, Frédéric, ferme-la bien, je ne veux pas qu'on y mette le nez ! » Plus tard, elle était morte sans plus y penser, et je n'avais pas jeté ce fatras, toutes ces strates d'existence qu'on garde, qu'on ne regarde plus mais qui restent là, comme une signature des années... J'ai failli tout bazarder dans la poubelle, des lettres, des photos, de vieux clichés de mon enfance, puis de l'adolescence, des sépias fanées, un portrait de ma mère jeune. Belle, oui, avec un regard déjà perdu, non en elle-même mais là-bas, ailleurs... Maman très tôt s'est découverte étrangère à tout ce qui faisait la banalité des autres. Une enveloppe froissée. La lettre était encore dedans. J'ai hésité, balancé, repris. Je ne reconnaissais pas l'écriture.

Héléna, je sais que tu m'aimes. Tu m'aimes trop ou alors je n'ai rien compris. C'est bien possible, qui comprend autrui ? Ma seule amante, Héléna, c'est la mer. Tu es belle, douce, tranquille, intelligente. N'importe quel homme sensé établirait son bonheur avec toi. Moi, je ne t'offrirais qu'un cœur inféodé, la mer me tient et ne me lâchera plus. Il vaut mieux que je parte dès maintenant, avant de faire ton malheur.

La grande écriture d'Héléna avait barré la missive en travers : Quand admettra-t-il mes attentes personnelles ? Il ne m'intéresse que dans la mesure où il ne s'attarde pas. J'ai besoin de son odeur d'eau, c'est tout.

J'ai rêvé longtemps là-dessus, sur cette fausse douceur de ma mère. Personne n'a vu qu'elle savait très exactement ce qui lui était nécessaire. Rien de ce qui se tramait dans sa famille n'entrait dans cette visée, c'est pour cela qu'elle était partie, pour rien d'autre, je crois. Ils avaient dû vouloir l'enfermer dans leurs propres définitions ! Vieille histoire. Je me suis rappelé ce qu'elle avait crié à une assistante sociale, un jour où l'on s'était inquiété de la vie qu'elle m'obligeait soi-disant à mener. Qui vous demande de le *récupérer* pour la société, et de me réhabiliter ? Certainement pas moi ! Votre société m'emmerde.

Elle avait voulu ce tête-à-tête avec son fils en évacuant le reproducteur, et maintenant je n'ignorais plus pourquoi. Sans la moindre illusion ; calme comme à son habitude, lorsque j'avais voulu apprendre à voler, elle avait cloué au sol mes hésitations : « Les enfants partent, Frédéric, toujours, même quand ils restent, ce qui est une erreur. Mais dis-toi bien ceci, si tu ne coupes pas le cordon, je m'y emploierai à ta place, et je te le répète, que tu t'envoles ou que tu t'entêtes à côté de moi, c'est ton problème, je n'ai besoin de *personne*, même si j'ai besoin de rêve. J'ai rêvé avant toi, je rêverai après. Fais ta vie. » Héléna était rude. Elle m'aimait, cela j'en suis sûr, mais bordel, ce n'était pas un amour facile ! Et moi, j'ai eu besoin d'elle, longtemps, parce que je le comprenais enfin, je ne savais pas rêver seul.

Voler m'exaltait, me poussait hors de ma pesanteur terrestre, voler remplaçait physiquement mes aspirations vers le haut, mais je ne rêvais toujours pas. Ma mère, au fond, avait gardé pour elle la « faculté des songes ».

Je me suis surpris à rire, était-il vraiment trop tard pour devenir adulte ?

Chapitre 4

FRÉDÉRIC

Mon entrevue avec l'exécutif du Consortium au grand complet, fut houleuse. Du début jusqu'à la mi-temps des tractations, j'ai laissé parler les administrateurs sans bouger un cil. Devant mon inertie, les uns après les autres s'égosillèrent, mais que voulais-je au juste ? Plus d'argent ? Un contrat en béton garantissant l'avenir même quand ? Nous savons bien, voyons, Donnavent, pardon, Commandant, enfin nous nous doutons bien que ces vols jusqu'à ? Ah l'âge, ah oui l'âge ! Mon vieux, c'est absolument justifié de s'interroger là-dessus, nous comprenons, rassurez-vous ! Nous-mêmes...

C'est là qu'ils reprirent leur souffle, et là que les choses se précisèrent dans un silence soudain, complet, atterré. Je venais d'étaler sur la table quelques échantillons représentatifs des manœuvres du petit Burger. Des photocopies. Les originaux ne sortiraient du coffre que dans deux cas de figure.

Les leurs étaient étonnantes. Burger n'était pas vraiment le seul à s'inquiéter qu'on aille regarder de près ses comptes et décomptes !

Oui, deux cas seulement : ou ils acceptaient mes conditions, et tout le paquet était à eux sans réserve

– je ne voulais rien savoir quant aux suites, ce qu'ils obtiendraient du papa « grâce » aux malversations du fiston –, ou ils les refusaient, et l'ensemble des preuves irait à la rédaction de quelques journaux bien choisis.

Que me donnerait de plus cette divulgation publique ? Des plaisirs d'ordre moral. A défaut d'une contrepartie financière de leur part, je m'en contenterais d'autant mieux que le bénéfice serait à peu de chose près le même, les journaux qui tombent dans le sulfureux payant souvent cher ce genre de scoop. Me croyaient-ils aussi... désintéressés qu'eux ?

Quand vous leur répondez avec ce qu'ils appellent « le sens des réalités », « ces gens-là, monsieur », deviennent tout de suite beaucoup plus intelligents.

Les cris ont repris de plus belle. Pour ne pas perdre la face, ils auraient défoncé le mur du son, mais la tonalité avait changé et nous le savions, eux et moi.

Le jeune Burger frémissait de la tête aux pieds ; si la haine pouvait tuer, je serais tombé sur place. D'ailleurs d'autres nuances dans la détestation devaient l'agiter aussi. Est-ce malin pour un diplômé de Sciences Po de se faire descendre en beauté par un « officier un tantinet primaire », comme il m'avait un jour défini, après avoir déclaré que les pilotes encaissaient tant d'accélérations qu'ils en étaient assourdis avant de devenir idiots ! Mais où donc va la France, mon cher, si les « manuels » se mettent à gagner plus que nous ! Je connaissais fort bien ses leitmotive. Au cours de nos voyages, il devait les avoir distillés en quatre ou cinq langues au moins, et c'est lui qui avait offert à ma « surdité » les différentes versions du même propos, me permettant cet après-midi-là de sourire avec une énorme gentillesse. J'ai usé d'un coup toutes mes capacités d'hypocrisie, c'était la grande occasion.

Phipps, assis sur son fauteuil de président dans une immobilité totale, ne vivait plus que par les yeux. Son regard, qui n'était pas dénué d'une admiration venimeuse, a croisé le mien. Il a pincé la bouche, demandé des précisions, comment avais-je été alerté ?

Simple. Burger facturait des services, compris d'habitude dans mes prestations mais qu'il avait été nécessaire, affirmait-il, de réviser à la hausse. Les clients avaient à peine rechigné, il y avait d'ailleurs là matière à réflexion, et Burger constatant qu'aucun ne me réclamait d'éclaircissements, avait monté une sous-traitance, bidon bien sûr, plus exactement utilisée moyennant un pourcentage, et par le biais de laquelle l'homme de paille encaissait les factures. Ledit portait un nom ne différant du mien, comme ça se trouve, que par une lettre. La magouille avait fonctionné deux ans sans aucun problème. Et puis, grève des postes ou pur hasard : un des règlements s'était égaré, et la réponse du client au rappel du sous-traitant était arrivée au siège, très logiquement, dirais-je. A la grande surprise de ma secrétaire qui s'est informée auprès de moi, non sans perplexité, elle connaît nos tarifs. J'ai à mon tour enquêté, je me suis mis en contact avec les acheteurs, j'ai récolté auprès d'eux relevés ou factures anciens, toutes traces sans équivoque... l'ensemble était entre mes mains, y compris la dernière opération recueillie à Mexico. Il avait bien fallu « tomber malade » pour lui laisser le temps de se conclure, n'est-ce pas ? Bon an, mal an, Burger s'était fait deux millions de francs quasiment sous mon nom et sans aucune peine, il était temps que cela cesse. Je m'étais expliqué avec la comptabilité, qui avait fort bien compris mon désir de me blanchir en personne auprès du Conseil. Evidemment sans deviner à quel prix. Lequel restait à débattre.

Phipps s'est levé.

— Je crois que nous allons nous entendre, commandant Donnavent. Passons dans mon bureau.

Inutile. La suite, quant à moi, était d'une telle simplicité qu'il n'était nul besoin d'en discuter en privé : je voulais partir avec les honneurs. Le mien, rétabli, et puis d'autres, plus terre à terre : une prime de départ, calculée sur une ancienneté élargie, augmentée d'une sorte de... prix de consolation. Après tout, la somme des deux serait beaucoup moins élevée que ce qu'avait détourné le gamin et qu'ils allaient récupérer d'une manière ou d'une autre. Dans le cas présent, les malversations ressemblaient à un placement à court terme, bien que je ne pusse préjuger des délais ni de la rentabilité, conjoncturelle. Les preuves seraient en de bonnes mains, j'en étais assuré.

Ma secrétaire avait cessé de prendre des notes. Je la connaissais assez pour repérer le frémissement de la jubilation sur ses traits impassibles. Elle n'était pas la seule à détester le petit Burger dont la morgue, étayée par la position du papa, n'avait épargné personne. Qu'il se retrouve à balayer même au figuré la poussière des archives en attendant qu'on le vire, mettrait du baume sur quelques amours-propres. Au fond, tout le monde y gagnait. Et puis l'ironie, quand elle s'en prend à quelqu'un d'autre...

Oh, je résume. Défendre mon bout de gras, contre ceux qui voulaient le rétrécir, a duré des heures, éprouvantes mais plus pour eux que pour moi. Certains demeuraient sur la réserve ; une réserve anxieuse. Ils devaient se demander si je n'avais pas sous le coude d'autres paperasses aussi révélatrices.

Je crois que je m'amusais. Oui, c'est cela, et soudain

je me suis demandé ce qu'avait ressenti Eusebio quand la militante de la défense des animaux s'était retrouvée face à ses contradictions. J'allais avoir le temps de creuser la réponse.

Quant aux derniers protestataires, ma décision étant prise, que pouvaient-ils ? Rogner, équarrir, sauver trois francs six sous ? Je n'ai pas démordu de mon gâteau. Et puis avais-je à prendre en compte le dernier lambeau de vanité qu'ils défendaient ? je les devinais enragés plutôt par l'ignorance où je les laissais de ce que j'allais réellement fabriquer de ma liberté, mais quoi ! Pendant vingt-cinq ans, ils étaient restés le cul sur leur chaise alors que je risquais ma peau pour augmenter leurs dividendes, ils avaient pris de la graisse dans tous les sens du terme, et ce matin-là, à examiner ma maigreur sans pouvoir éviter leurs reflets dans les glaces teintées qui jalonnaient le tour de la salle, ils la trouvaient onéreuse et peu réconfortante. A se demander *qui* avait la meilleure part du moment !

Phipps, lui, était calme. Il avait deviné, je n'allais rien entamer qui les concernerait de près ou de loin, j'en avais fini avec les avionneurs et ne passerais pas à la concurrence. Il a levé la séance, messieurs, terminons. Commandant, nous allons mettre nos offres noir sur blanc, et dans quarante-huit heures au plus tard, nous les confronterons aux vôtres. Nous trouverons, j'en suis sûr, un terrain d'entente.

J'ai salué l'assemblée sur le seuil de la salle, et décliné tout « contact » ultérieur. Vivant ou mort, je n'entendais plus discuter, mon notaire, doublé de mon avocat, prendrait langue à ma place. J'ai fixé mon ex-assistant qui se liquéfiait un peu plus, la chasse devait rester fermée, n'est-ce pas, ce serait mieux pour tout le monde.

Je suis sorti... florissant ? D'une certaine manière, et pour cette fois, le terme aurait satisfait jusqu'aux puristes. Je suis passé au garage. Ramon briquait l'une des voitures. Il m'a regardé sans sourire, je partais ? J'ai tendu la main, il l'a serrée, oui, c'était fini. Pas besoin d'en dire plus.

Dans mon bureau, Elisabeth avait rassemblé mes « menus » affûtiaux dans un sac de la Compagnie : ironie du hasard que s'en aller avec le sigle accolé à mes scories ! Elle avait l'air malheureux. Commandant, si vous reprenez des fonctions ailleurs, je... Je l'ai interrompue, sur un papier volant, j'avais inscrit quelques mots qu'elle a lus. Elle a fait oui de la tête, et j'ai refermé la porte derrière moi, très vite, je n'aime pas les adieux qui s'éternisent. Et puis, il ne s'agissait que d'un au revoir, Elisabeth savait trop de choses et de trop près ; au cours de la prochaine restructuration, inévitable, elle serait une des premières touchées. Elle l'a compris à ce moment-là. Sur le papier, je donnais les coordonnées d'un ami, au cas où elle aurait à chercher du travail.

Le silence m'accompagna jusqu'à l'extérieur des bâtiments, personne n'osait m'aborder. Mais des portes s'ouvraient, des gens sortaient, ébauchaient un signe discret avant de se hâter dans les couloirs, d'opérer un demi-tour pour me croiser encore, avec un sourire ou un clin d'œil. Le bruit de ma « démission » avait ronflé comme un moteur de jet des bureaux aux ateliers des metteurs au point, et c'est fou les raisons d'en jaillir qui les postaient sur ma route, pour deux doigts en V, pour quelques syllabes glissées dans une conversation de couloir ; ceux-là me regretteraient peut-être. Quant aux mécanos, ils s'étaient alignés derrière ma voiture personnelle, au garde-à-vous. Sans que nous ayons pu nous arracher un mot ni eux ni moi, ils sont repartis vers les hangars, tandis que je claquais la portière avec une envie noire de hurler à la mort. J'étais un loup veuf de sa meute. J'avais été si proche de ces gars, combien de fois leur avais-je confié ma peau...

Je suis arrivé chez le notaire dans un curieux état d'exaltation triste ; l'impression d'avoir refermé le passé derrière moi combattait ce que je savais d'une manière presque physique ; on n'en finit jamais avec lui.

Chez Portes-Hareilh, la fameuse Aaaarmande était une forte femme au visage agréable. L'œil m'a jaugé en un dixième de seconde, j'étais ponctuel, sans doute discipliné, précis sûrement, je me présentais comme ma mère m'avait bâti, solide et sans autre souci que d'équilibre. Etait-ce conforme à l'idée qu'on se fait d'un pilote d'essai ? Sans doute. Avant même que je me sois nommé, elle a clamé que, d'après le notaire, j'aurais sûrement besoin d'un bon avocat au pénal, un juriste de première force sur les résolutions de litiges d'ordre social ou économique. Elle a dit « de première bourre », je crois bien, ce qui m'a tout de suite mis en confiance, j'aime assez la trivialité chez les femmes quand elle poivre la parole plus que l'attitude.

Mais la réaction du notaire m'étonnait, étais-je tombé chez madame Irma ? Je marmonnais encore qu'elle s'est mise à rire, pas grand-chose n'échappait au tabellion selon elle, « le commandant est un homme de nuages et n'a peut-être pas les pieds sur terre », je vous le cite. Nous avons donc été prudents à votre place. Le notaire est un déductif, voyez-vous, pas moderne pour deux sous. Il dit que le jour où les ordinateurs réfléchiront, on reparlera de l'informatique, mais jusque-là... Il me laisse en user et ne s'en mêle pas.

— Vous connaissez bien ses antiennes.

— Et comment ! Je suis sa fille. Bon, allons-y, ils vous attendent.

Aucun des deux hommes qui patientaient dans le bureau ne ressemblait à l'archétype notarial tel qu'on se le représente souvent. Portes-Hareilh était maigre et tout en longueur, avec de fort belles mains. L'autre, l'avocat, était un gaillard rougissant qui me sourit sans rien ajouter aux salutations d'usage. Le notaire triturait son appareil de surdité, l'avocat sa cravate, tous deux m'examinaient avec un étonnement non dissimulé.

Suis-je resté, comment dire, séduisant ? Je ne séduis guère, en tout cas, peut-être parce que cela ne m'intéresse pas vraiment. Mais ce n'est pas ce qui semblait les atteindre comme un coup de poing ! Portes murmura, je comprends le choc que vous avez collé à ma petite Moira, n'est-ce pas Norbert ? Celui-ci hochait la tête avec une conviction grave. Abattue, plutôt. Moi aussi je repère vite les gens, surtout ceux qui me ressemblent.

Le notaire expliquait que l'étude fonctionnait en circuit fermé, sa fille, n'ayant pas refusé le modernisme, était à la fois sa secrétaire, son usine à logiciels et le rouage incontournable de l'étude ; le fils Norbert, docteur en droit, s'occupait des contingences, surtout quand elles étaient compliquées, les finasseries le mettant en joie, et tous les trois avaient connu Gloria sur sa fin.

— Si je puis me permettre, vous êtes son portrait vivant, ah nom de nom, c'est rare de voir ça ! A croire qu'Héléna vous a pondu sans aide en tirant tout du matrimoine ! Mais ce n'est pas ce qui nous occupe aujourd'hui, nous allons d'abord régler votre contentieux.

Le « jeune » Norbert était efficace. Le protocole d'accord que je désirais fut établi en deux heures, et serait diligenté au siège dès le lendemain. Les deux hommes estimaient que la réponse ne traînerait pas.

Après un silence, le fils a murmuré qu'il serait peut-être raisonnable de ne pas dormir chez moi, le « suicide » d'un certain secrétaire d'Etat, qu'on s'était bien gardé d'approfondir en son temps, lui revenait en mémoire. Il ajoutait que le père Burger ne raffolait pas de son fils mais n'aimait pas non plus les cartes forcées, or elles allaient suivre la remise des documents, était-ce clair pour moi comme pour lui ? Avais-je été prudent, avais-je suivi le conseil de son père en ce qui concernait ces brûlots ?

Quand j'ai énuméré les trois coffres dans lesquels j'avais éparpillé tout ce qui étayait mes exigences, les deux Portes se sont regardés à nouveau. Apparemment, le sang de Gloria parlait une fois de plus.

Armande, de son bureau, criait que dans la petite pièce des archives, le divan était garni de draps propres depuis le matin, à mon entière disposition.

Norbert a souri, ma sœur anticipe volontiers, c'est la pragmatique de la famille.

Je n'ai dit ni oui ni non, j'étais calme, indifférent. L'impression de distance avec moi-même demeurait, comme si tout ce carrousel ne me concernait qu'à demi. Voyez-vous, cher maître, j'ai toujours su que quelque chose ne dépendant pas de ma volonté ni du hasard me retenait de vivre autrement qu'avec déplaisir. J'en ignorais la qualité, je ne parvenais pas à le qualifier, il n'avait de réalité que pour moi. Seuls les avions m'assurent dans mon propre corps, les « plus lourds que l'air » font soudain voler en éclats mes réserves vis-à-vis de l'existence. Notion difficile à partager que celle d'un poids qu'on ressaisit quand on le perd justement, ou du moins quand on a l'illusion de le perdre parce qu'on plane au-dessus des lourdeurs terrestres. Il est dommage que j'aie été trop vieux pour l'espace et l'apesanteur ! J'ai ri. Norbert Portes me guettait avec une attention écarquillée, je devais toucher à ce qui le travaillait aussi, l'impression de tenir au monde par habitude, et peut-être par rien.

Mais pour en revenir aux « précautions » qu'ils prônaient l'un et l'autre, il ne me paraissait pas dans la logique des événements qu'on me cherchât noise. Je croyais Phipps tout à fait capable de boucler le jeune prévaricateur jusqu'à la conclusion de l'affaire, il avait trop besoin de ce que je détenais.

— Il lui faut des moyens de pression pour obtenir un renflouement qu'on lui a refusé jusqu'ici, et contre lequel d'ailleurs, l'Europe a de solides préventions. Il a donc intérêt, même s'il n'en a pas d'autre, à ce que je reste en vie. Surtout maintenant que vous m'étayez.

Armande a soupiré. Au fond, pour les femmes, je ne suis jamais sorti de l'enfance ni des besoins de protection. Elle poursuivait déjà, ce n'était pas à Phipps qu'elle pensait ni au jeune con, mais au papa, si on avait laissé le fils se confesser. Tous les trois voyaient en moi un sursitaire, c'était évident. Et leurs problèmes à eux, ceux de Moira ? Y pensais-je ? Je ne faisais que ça. J'avais monté ce cirque tout exprès. Non que je connusse Moira au moment où je m'étais décidé, mais je songeais à changer de vie depuis un moment déjà. Sa proposition avait servi de déclencheur.

— Soyons clair, bientôt je ne pourrai plus voler comme auparavant pour épater l'acheteur, Burger n'a pas tort, j'ai encaissé trop d'accélérations et de voiles noirs, je me détériore. Donc...

Alors, c'était bien. Il faudrait se revoir très vite, parce que Moira s'énervait, je voudrais mourir tranquille, leur avait-elle dit, et tous les trois la comprenaient. L'aimaient, pour tout avouer.

J'ai beaucoup apprécié cette petite déclaration de principe, et cela s'est vu. Nous nous sommes donc quittés fort contents les uns des autres.

Norbert Portes a tenu à me raccompagner jusque dans mon appartement. Le danger présumé avait sur lui l'effet qu'il n'exerce pas sur moi, et je me suis dit que cet homme avait de la chance ; malgré nos similitudes profondes, enfin celles que je lui supposais, il avait encore envie de jouir de l'existence. Il y avait beau temps que cet appétit-là m'avait quitté.

Devant nous, Elise a ouvert grands les yeux, les mains jointes sous le menton, mon dieu qu'il est beau !

L'homme a fui aussitôt, et je n'ai pu que crier par-dessus la rampe la reconnaissance que j'éprouvais pour lui et son père.

— N'oubliez pas ma sœur ! (Il avait l'air content), vous apprendrez à la connaître. En réalité, elle mène le train !

C'était donc le petit Portoreille, murmurait Elise, ravie par le beau brun qu'elle venait d'admirer avec tant de fougue. Moi, j'étais encore capable d'éclater de rire et cela m'a ravigoté tandis que je manipulais verrous et chaîne en expliquant pourquoi. D'ailleurs, je ne me suis pas contenté des fantaisies portières, j'ai chargé le fusil de chasse, mon accessoire de parade quand je suis invité par des clients qui veulent m'en mettre plein la vue. Je déteste tuer, mais j'aime marcher dans la campagne, même s'il faut avoir l'air... Tartarin. Voilà, nous étions parés.

*
* *

Nous avons pris le repas face à face, dans la petite cuisine sombre et sans grâce qu'on trouve presque toujours dans les vieux logements du début de ce siècle. Nos genoux se touchaient sous la table, et curieusement, Elise et moi y trouvions du réconfort. Je n'arrivais pas à lui prendre la main, ce qu'il aurait fallu faire, sans doute. Ma mère et elle se frôlaient sans cesse, se tenaient par le bras. Combien de fois ai-je vu Héléna s'emparer de doigts tout de suite consentants lorsque Elise paraissait nerveuse, caressante alors qu'elle m'avait, moi, si peu touché, même enfant, même en larmes ! Il est vrai que je fuyais le contact, rétif, un vrai poulain né en pâture... Peut-être ne nous étions-nous pas compris, elle et moi. Maintenant, il était trop tard.

Elise avait l'air songeur, un peu mélancolique. Dans un soupir, elle a dit qu'elle avait toujours été sensible à la beauté des hommes, et l'âge n'y change rien, vous savez Frédéric ! Quand j'avais seize ans, ce fut ma perte.

On allait enfin ouvrir le livre des confidences. Nous sommes allés nous asseoir dans la bibliothèque.

— N'allumez pas, s'il vous plaît, a supplié Elise d'une toute petite voix.

C'est dans la pénombre qu'elle a déployé sa mémoire et sa vie, une pauvre jeunesse ingénue qui ne s'était pas endurcie au fil des ans, et pourquoi pas ! Est-ce qu'on change, murmurait-elle, il y en a peut-être qui le font, mais moi, qui suis un peu bête ! Enfin, étais...

Oui, à seize ans, Elise avait cru ce que promettaient les hommes qu'elle regardait dans le ravissement, ces individus trop beaux pour être honnêtes, comme le lui répétaient les voisines, et méfie-toi donc de ceux que ta mère invite !

Elle ne les avait pas écoutées.

— Ils fréquentaient la maison, n'est-ce pas, ma mère les recevait à sa table, un surtout, pourquoi je me serais méfiée ? je ne devinais pas qu'ils m'évaluaient, l'un et l'autre, j'avais une fraîcheur complètement imbécile, ou une candeur, je le sais maintenant. Mais quoi ! Et puis ma mère m'a laissée sortir avec lui, et ça n'a pas traîné. Seulement, après deux mois de « bonheur », elle et lui m'ont annoncé que maintenant, dans mon propre intérêt, j'avais dix-huit ans si un flic m'interrogeait, et de toute façon, il valait mieux les éviter. Mon territoire était circonscrit, c'était arrangé, je n'avais plus qu'à m'y mettre ! Ma mère m'a fichu une rouste, histoire que je comprenne bien la situation, lui et elle étaient « associés », qu'avais-je cru ? J'allais gagner l'argent du ménage, en quelque sorte.

Elise avait tenu deux ans mais le rendement baissait, « tu t'es abîmée vite », commentait sa mère.

— Alors, ils m'ont refilée à un copain spécialisé dans les ports. Il paraît que les marins ont tellement faim qu'ils ne sont pas difficiles ! C'est là que j'ai rencontré Maria, dans un port en mer du Nord, et là que j'ai attrapé la maladie, oh pas ce que vous croyez, Frédéric, la tuberculose, tout bonnement. C'est humide et froid, les quais sur la Manche et autres mers. Alors on m'a soignée.

Oui, on l'avait soignée, et le jour de sa sortie de l'hôpital où le PAS et le Rimifon l'avaient remise sur pieds, sa mère et le Jules l'avaient conduite à La Rochelle par le train, là-bas c'était moins froid que Dunkerque ou Ostende. Seulement, Maria les attendait à la gare, avec quelques filles descendues tout exprès. Elise se rappelait encore, avec un énorme rire, le type recroquevillé en bout de quai, à demi castré, et le plongeon de sa mère dans l'avant-port à marée basse, après une course fantastique depuis la station jusqu'au bassin de plaisance, avec les « greluches au cul » ! Sept mètres de dénivelé. Pendant que la maman se dépatouillait du magma de vase, de cambouis et de poissons crevés qui tapissait les fonds, Maria avait entraîné Elise, l'avait remise au train direction la campagne, nantie d'une adresse et d'une lettre pour une « ancienne » reconvertie dans la cambrousse.

— J'étais comme un chat qui n'a plus de maître, maigre et affolée. Je ne savais plus où j'en étais parce qu'en réalité, je n'étais pas très maligne, du moins officiellement, je n'ai même pas le Certificat d'Etudes. Alors, il a fallu trouver ce qu'on pouvait fabriquer avec moi. J'étais nulle, je savais tout juste faire la ménage de façon correcte. Ça s'apprend, tout s'apprend, non ? J'ai tenu la maison de filles comme Maria, libres, fortes en gueule et qui soupiraient dès que j'ouvrais la bouche, tais-toi, Elise, t'es trop conne ! Et puis votre mère est apparue sur le port de Hambourg, à San Pauli. Maria avait amarré son rafiot près des bassins de radoub, elle parlait quatre ou cinq langues, vous savez, assez en tout cas pour approcher ces types venus d'on ne sait où. Et tout de suite, elle s'est attachée à Héléna. Aussi paumée que toi, affirmait-elle, mais autrement.

Ma mère était loin d'être sotte, paraît-il, seulement elle vivait dans un rêve ou elle vivait un rêve, qui pouvait savoir ? Elle avait essayé de travailler dans une conserverie, elle s'était fait jeter parce qu'elle n'était pas assez rapide. Elle a pensé à autre chose, comme toujours...

— Moi je suis p'tête bête mais j'ai une mémoire atroce, je retiens tout. Maria expliquait qu'Héléna était à la fois perdue et dure comme du silex. Elle n'a pas insisté dans la mise en boîte des poissons de la Baltique, elle s'est reconvertie, comme elles disaient toutes avec une ironie à usage interne. Les marins l'appréciaient, vous savez, ils disaient qu'elle ne vendait pas la passe mais de l'amour, qu'elle ne réclamait pas toujours du fric, et parfois elle le rendait à ceux qui avaient payé d'avance pour ne plus y penser pendant, des romantiques, quoi ! Pas à tous, bien sûr, mais aux gars qui avaient besoin d'un peu de... je ne sais pas, moi, de doux mensonges ! C'est difficile de voir raquer ceux qui rêvent mieux que vous, non ? Maria aussi plaisait, seulement, elle, fallait pas espérer qu'elle restitue quoi que ce soit ! Elle ne rendrait pas le prix du ventre, c'est ce qu'elle expliquait, toute leçon se paye, ma fille ! Moi, je ne comprenais pas toujours ce qu'elle entendait par « leçon », Maria ne s'attardait guère dans les détails, mais les marins s'en moquaient, ils demandaient après elle parce qu'elle parlait leur langue. Elle avait une espèce de chanson sur la bouche quand elle ne savait pas que je l'observais, et c'était l'histoire d'un marin qui partait avant le jour, le cœur lourd... Je crois que c'est de ça qu'elle les guérissait, vous comprenez, de ces départs obligés, parce que c'est vrai, on n'a pas toujours envie de partir au moment où l'on part ! Mais j'y reviendrai, à Maria, maintenant qu'elle est morte, c'est plus la peine de se taire sur ses secrets, pas vrai Frédéric ?

Elise est restée silencieuse un moment.

— Et puis elle s'est retrouvée enceinte... je veux dire Héléna.

En se penchant, Elise m'a caressé la main.

— Elle était très heureuse, votre maman. Quand elle était arrivée sur le port, la première fois, elle avait dit qu'elle venait d'avorter, que de certains hommes, la semence était comme du poison, qu'elle, Héléna Donnavent de Pasture, ne faisait pas d'enfant avec les jean-foutre. Alors, quand on l'a vue tellement joyeuse, on s'est dit que le passant, qui devenait votre père sans le savoir, lui avait donné du bonheur d'une manière ou d'une autre, ce n'est pas toujours le plaisir qu'elle cherchait, vous comprenez. Ce n'est pas...

Elle m'a souri, un peu triste, est-ce qu'un homme peut comprendre ?

— ... Faire un enfant, vous ne saurez jamais ce que c'est, et dans un sens, je vous plains, ça rime avec tout, le cœur, le ventre, les bras et les jambes. Un enfant, ce n'est pas neuf mois de fabrication pour lui seul, mais neuf mois de vie à deux. Et qu'est-ce que vous pouvez en deviner, pauvre !

Après la naissance, Héléna avait quitté le petit groupe des femmes libres, comme elles-mêmes se présentaient, pour rejoindre le Sud et s'installer à Port-Vendres où radoubaient les sous-mariniers. De là, elle « caboterait », disait-elle, jamais loin de la mer et jamais loin de l'endroit où parfois elle me laisserait à des nourrices pour deux ou trois mois durant la « saison d'été », il fallait survivre. Trier les haricots verts et les petits pois ne lui avait pas mieux réussi que les maquereaux au vin blanc. Elle avait mis des petites annonces chez les commerçants pour trouver des ménages, chez n'importe qui. Mais on la remerciait très vite, elle intéressait les maris malgré les chiffons à poussière et les odeurs de lessive, et les épouses préféraient passer l'aspirateur à sa place. Alors, elle avait arpenté les ports comme avant.

— Depuis le départ de votre mère, Maria s'éclipsait de temps en temps, et c'était pour aller vous voir. Vous aviez deux marraines, Frédéric, madame Héloïse, qui l'avait presque exigé pour se donner un prétexte à gâteries, ou tenter une fois de plus de ramener Héléna dans le giron des Pasture, et puis Maria. Seulement, ce qui menait celle-ci, ce n'était pas vous. Oh, elle vous considérait bien comme son filleul, c'est sûr, mais elle s'en venait avant tout pour mignoter Héléna. Maria admirait votre mère. Nous, à l'époque, on pensait qu'il lui manquait une case ; Maria ne s'y est jamais trompée. Plus intelligente que nous toutes, Héléna s'écartait de la vie ordinaire de son propre choix, comme elle.

Quand Maria remontait de ses virées dans le Midi, elle était alourdie par un poids dont les filles ne comprenaient pas la nature.

— Elle ne nous disait rien, seulement nous sentions qu'Héléna rêvait trop et Maria pas assez, c'est cela sans doute qui pesait sur elle. Au fond, elle s'envolait vers vous deux pour quitter le monde où le temps vaut deux cents balles la passe d'une demi-heure. Le retrouver devait lui coller des tonnes de regrets dans les jambes. Mais on vivait ainsi, il n'y a pas à sortir de là !

Elise haussa les épaules. J'ai fini par additionner. J'étais moins partie prenante que les autres, évidemment. Je crois qu'Héléna n'éprouva jamais le besoin de partir vraiment, jamais, alors que Maria a fini par s'y décider. Ah, je me souviendrai de ces quelques jours-là, juste avant qu'elle nous quitte, juste à son retour de Londres* où elle avait apponté son bateau, comme tous les hivers, Hambourg et Kiel étaient trop froids pour elle. C'était pas seulement le froid qui la chassait. Je crois qu'elle n'aimait pas l'odeur de choucroute qu'on reniflait depuis la fin octobre, et surtout dans les quartiers pauvres, c'est là qu'on habitait, on n'était pas des poules de luxe, juste des filles à marins, faut être lucide. Seulement, cette fois, elle ne s'est pas repointée sur la péniche avec laquelle elle réussissait tout juste à traverser la Manche, elle barrait un voilier, un vrai, fin et long. Avec un moteur auxiliaire, d'accord, faut se prémunir contre les sautes de vent, mais sûrement pas aussi puissant que le précédent !

Elle nous a très mal préparées à son départ, vous savez, elle nous a abandonnées quasiment la veille de sa levée d'ancre. Elle ne voulait pas qu'on pleure, elle était sensible, nous, nous étions sentimentales et ça nous perdrait, paraît-il !

Au début, elle l'affirmait pour nous rassurer, elle longerait les côtes, histoire de prendre en main son lévrier des mers, et puis après, à Dieu vat ! Alors, nous avons admis que sur les *embankments* de la ville des brumes, il s'était passé quelque chose d'impossible

* In Les Marins de la brume, nouvelle.

jusque-là, une rencontre, puis une décision mûrie d'un coup, mais sous quel feu ? Ce n'est pas elle qui allait nous renseigner. En plus, son chien n'était plus là, un braque que nous aimions beaucoup parce qu'il avait des yeux d'homme. Pas ceux qui paient, les autres, les princes de nos rêves d'enfant, s'ils existent. Moi, j'ai deviné qu'il y en avait un dans la vie de Nobody. Elle n'allait pas le retrouver, c'eût été à pleurer de bêtise ! Maria tout plaquer pour un mec, et puis quoi ? Non, il avait dû... dénuder les choses, je vois ça comme ça, il avait planté Maria devant sa réalité : pour des femmes comme elle, on n'atteint que ce qu'on touche, le rêve n'a pas assez de chair. Et elle l'a fait raquer comme les autres, quitte à lui redonner la moitié pour prix de la leçon. C'est votre mère qui me l'a dit, et c'était du Maria tout pur !

Si une femme comme elle pouvait encore aimer quelqu'un, alors oui, je crois qu'elle a aimé ce type, et que lui aussi en a pris plein la gueule ce soir-là ; en matière d'évidences on est deux à trinquer, elles détaillent pas !

A Hambourg, personne n'a jamais revu Maria, sinon pour la recréer entre soi, avec les souvenirs. Au début, on l'a rebâtie plus grande que nature, et puis elle s'est diluée peu à peu. Quand j'ai quitté la ville à mon tour, pour retourner au sana, combien restait-il de filles qui se la rappelaient ? C'est à peu près le moment où j'ai écrit à Héléna pour dire où j'allais, à Saint-Hilaire-du-Thouvet, en altitude ; j'avais rechuté. Cette fois, j'y suis restée deux ans, il a fallu me couper un morceau de poumon, et les toubibs m'ont prévenue, les bords de mer, fini, sinon la prochaine fois j'y resterais. C'est alors qu'Héléna m'a tout avoué, elle était malade, elle aussi, et vous vouliez la flanquer d'une dame de compagnie, elle le disait ainsi, ça la mettait en joie, vous savez. Elle m'a donné des directives, voilà comment j'allais m'y prendre. J'ai dit oui tout de suite, vous pensez. C'était si bon de la revoir, de pouvoir parler sans précaution de ce qui nous avait tenu le ventre, le cœur parfois, sans oublier notre Nobody, mais ce n'était même pas la peine d'évoquer ce qui allait de soi. Nobody, ou Maria, comme on devait l'appeler maintenant, malgré l'absence et les années, restait, je ne sais pas, moi, notre Trébizonde ! Non, c'est une ville, alors notre fée Morgane, et le Merlin des contes englobait toutes les mers, tous les océans... Elle les a parcourus avant de s'arrêter sur la côte Egéenne, un jour, à cause d'une odeur, à cause d'un goût sur la langue. Nous avons tous une ambroisie dans la tête. La sienne dormait là, dans ces garrigues fortes et musquées. Ce sont ces mots que je vous rapporte... et d'ailleurs, dormir n'est pas qu'un mot, elle fabriquait des oreillers avec toute cette herbe ! Et voilà qu'elle est morte, elle aussi.

Elise s'est levée, a couru dans le couloir et je l'ai entendue sangloter. Je savais que j'allais la retrouver debout contre la fenêtre, comme j'avais si souvent découvert Héléna, vacante, les yeux perdus, à patienter en attendant que la vie passe. Je tiens d'elle plus qu'on ne le croit.

J'ai patienté moi aussi, abandonnant Elise à ces pluies de larmes qui soulagent. Parfois j'aimerais m'y laisser aller, mais je ne sais pas pleurer, cela ne vient pas, comme disait une des petites filles qui jouaient en bas de l'immeuble quand le temps était au beau. Toulouse, c'est aussi cela, des gosses s'amusant dans les rues. Celle-ci un jour est tombée alors qu'elle courait derrière sa sœur, elle s'est cognée et n'arrivait plus à respirer, son corps fluet secoué de spasmes. La sœur, plus âgée, criait : « Mais pleure donc un bon coup ! » et la gamine a chevroté que ça ne venait pas. Nous la regardions, intrigué quant à moi ; la sœur a déclaré presque méchamment, « Faut toujours qu'elle fasse son intéressante ! ». Mais on aimerait pouvoir, n'est-ce pas, Suzie ! Et Suzie avait réussi un sourire tremblé tandis que je nettoyais son genou avec de la salive sur le coin du mouchoir, ce qu'Héléna appelait du « baume de son cœur » !

Elise est revenue s'asseoir en s'essuyant les yeux.

— Avez-vous lu la lettre du vieux Turc ?

Je n'y avais plus pensé. Son regard se désolait.

— Il le faut, Frédéric, c'est une belle lettre.

Elle a couru la chercher au milieu du paquet en fouillis.

— Lisez-la, je vous jure qu'il le faut. Pendant ce temps, je nous préparerai quelque chose à manger.

La lettre était longue, parfois maladroite.

« Madame Héléna, le notaire nous affirme qu'il faut vous envoyer toutes les petites choses de Maria, ce qu'on garde sans toujours savoir pourquoi, parce que Maria nous a laissé la maison mais la maison seulement. C'est un endroit bizarre que nous avons beaucoup apprécié quand elle y vivait. Maintenant, ce n'est plus pareil, forcément. Les enfants ne se posent pas ce genre de questions, mais moi je suis vieux et je réfléchis à ce que j'aimais du temps de votre amie.

« Je voudrais vous expliquer, Maria regardait droit, elle parlait avec ses yeux, ah je ne sais pas comment vous l'expliquer, Maria voyait à travers l'image qu'on veut donner de soi. Ici, c'est comme partout, je suppose, on aime faire croire à de la force plus qu'on en

a. Nous sommes un peuple qui pratique la lutte, peut-être pour ne rien avoir à prouver autrement... je n'en suis plus aussi sûr qu'autrefois, quand je jouais des muscles moi aussi, parce que j'ai été jeune comme tout le monde, et bêta, comme tout le monde. Aujourd'hui, ce n'est plus la peine, j'ai soixante-treize ans, et des tas d'arrière-petits-enfants courent derrière moi. Je voudrais les regarder vivre le plus longtemps possible, c'est tout et c'est suffisant.

« Avec Maria, on s'attardait devant la mer, parce qu'elle est belle, parce qu'elle bouge sans cesse, en même temps, elle ne change pas, c'est de l'eau qui danse...

« Maria ne se confiait pas ; ça m'était égal. Je me contentais de ce qu'elle me montrait d'elle, ce qu'elle avait été avant avait-il de l'importance ? Pas vraiment. Quand cet homme qui travaillait avec ma petite-fille, à Izmir, dans l'exportation, m'a dit d'où Maria venait et qu'elle avait commercé de son corps, eh bien, que vouliez-vous que je lui réponde ? Nous en avons aussi, des femmes qui vivent de leurs charmes, et ce n'est pas le mot qu'on utilise par ici, il ne s'agit pas de magie, ni de séduire ni... oh, il s'agit de fournir à ceux qui n'en ont pas, un ventre où prendre son bonheur. Et puis la vie m'a enseigné pas mal de vérités, petites mais utiles ; on n'obtient parfois que ce qu'on achète parce que la nature ne vous a pas gâté. Est-ce une raison pour ne rien obtenir ?

« Tous, nous aimions Maria. Elle vivait seule dans sa maison bizarre, elle ne tenait personne à distance et n'acceptait personne à demeure. Je ne crois pas qu'elle se soit vendue par ici, non, je ne le crois pas. Münür, le charpentier, l'aurait bien voulue pour lui. S'il l'a eue, ce ne fut que pour un peu de joie dans la nuit et c'est déjà beaucoup, je pense. Il est bon, Münür, il est comme le pain mais il a un bec de lièvre. Cela n'arrête pas tout le monde, certes...

« Quand l'autre est arrivé, un homme droit et dur, et après ce que le premier m'avait raconté, je redoutais qu'il la retrouve, parce que c'était celui qui l'avait envoyée sur les mers, parce qu'elle avait un autre nom pour lui, un nom qui blessait... J'avais demandé qu'on me le traduise, j'avais compris, du moins je crois, mais il n'empêche que vouloir s'appeler “personne”, c'est vouloir n'être rien pour les autres, et je ne le supportais pas. Oh, je n'ai pas à me plaindre, à nous elle ne l'a jamais opposé, pour nous elle a été Maria, tout de suite, seulement... Eh bien, quand il est venu, cet homme, j'ai pressenti le pire. Elle et lui étaient de la même race, des nomades, ou des errants. Depuis que le monde est monde, il y a ceux qui s'installent, et puis ceux qui n'y parviennent jamais. Le plus... drôle, c'est qu'on les envie, presque toujours. Et c'est vrai que s'arrêter pèse parfois.

« Dix ans, elle est restée dix ans parmi nous, mais qu'est-ce que ça a changé ? Il a suffi qu'il s'amène. Nous avons espéré qu'il allait s'enraciner, comme elle. Ah, c'est ce que je voulais croire, madame, parce que je n'avais pas envie qu'elle reprenne la route. Ou la mer, c'est pareil. Mais non.

« Oh, il était bien, je ne peux pas dire le contraire, c'était un homme... comment exprimer ça ? un homme-lige des océans, voilà. Il les lui fallait à tout prix, et au bout du compte, ça la tenait aussi. Car tout ce temps qu'elle s'est arrêtée, elle avait gardé son bateau, en se cachant de nous, de moi je veux dire, parce que les enfants savaient. C'est même mon petit-fils qui m'a raconté. On ne voit jamais que ce qu'on veut voir, n'est-ce pas !

« Emmener les gamins pour des promenades en mer, leur apprendre ce qu'on a appris, ça n'a suffi ni à lui ni à elle. Je voudrais penser qu'elle, peut-être... Mais non, ils étaient de la même eau. Alors, ils ont rembarqué. Ils sont revenus une fois ou deux, "en escale", comme on dit, et puis ils ont cessé. On ne les a plus jamais revus.

« Cela ne m'a pas surpris qu'ils disparaissent en mer, cela ne m'a pas chagriné non plus, c'est ce qu'ils voulaient. Un jour, elle m'avait parlé d'un éclair gris, de quelque chose d'irrémédiable qui les frapperait ensemble... c'était bien avant qu'il apparaisse, et je n'avais pas compris. Après, oui. Après, j'ai deviné que c'était ce qu'ils cherchaient l'un et l'autre. Il n'y a que la mort pour unir vraiment ceux qui s'aiment, parce que... oh, parce que la mort dure. Aujourd'hui, je trouve la vie longue.

« Voilà l'histoire, madame Héléna. J'ai préparé le paquet du mieux que j'ai pu, mais je peux vous dire que tout y est. Pas grand-chose. De lui, on n'a rien retrouvé. Le notaire, qui est un sage, m'a réconforté, enfin il a essayé, en affirmant que de par le monde, il y a toujours eu des voyageurs sans bagage. Cet homme en était un. Il s'appelait Rache, je crois qu'on peut dire qu'il était beau, et s'il ne m'avait pas enlevé Maria, j'avouerais volontiers qu'il me plaisait bien. Mais voilà, il nous l'a prise.

« On n'a jamais recupéré leurs corps, juste des débris du bâteau, quelques objets épars. Les garde-côtes, après la tempête, ont dit que cela s'était passé au-dessus de fosses très profondes, et qu'on ne les retrouverait sans doute jamais. Dans le paquet, madame, il y a un petit livre, de la poésie. Maria avait souligné certaines phrases ; je crois, d'après ce qu'on m'a traduit, qu'il est question de six mille mètres de silence. C'est beau et ça va bien à leur histoire, vous ne trouvez pas ?

« C'est tout, madame. J'ai rassemblé toutes vos lettres mais je ne les ai pas lues ; elles étaient au fond d'un tiroir dans la maison, enveloppée dans de la soie. Il vaut mieux que je vous les envoie, je n'arrive pas à décider de les brûler, c'est un peu d'elle qui restait, vous comprenez, et c'est comme si je la tuais une seconde fois.

« Si un jour vous venez en Turquie et que vous passez à Bodrum, ce sera bien de pouvoir parler d'elle.

« N'attendez pas trop, je suis vieux.

Avec mes sentiments »

NECMI AÇÂT

Dégagées du foulard, les lettres de maman étaient en vrac dans une enveloppe zébrée de dates et de noms de lieux, et j'ai fini par en déduire que Maria elle-même les avait mentionnés comme on jalonne l'absence. Je n'ai pas voulu les lire, pas ce soir-là, j'avais en mon compte d'émotions.

Le téléphone a sonné plusieurs fois, j'ai laissé le répondeur prendre le relais, mais il n'a enregistré qu'une respiration, et j'ai envoyé Elise au lit, avant d'éteindre tout l'appartement pour m'installer dans un fauteuil, avec, comme seul éclairage, le pinceau des phares dans la nuit des quais, le long du canal. J'avais le fusil à portée de main, et envie de rire. L'idée de tuer pour me défendre ne me taraudait pas vraiment, mais je m'y serais résolu sans effort. Autrefois, durant les récréations, n'avais-je pas crié comme les autres : « Viens-y voir si tu l'oses » ? C'était le même jeu, ce soir-là.

Plus tard, autre jeu où les dés seraient ce qu'ils étaient, pipés ou non. J'allais m'emparer de ce que Pauline voulait me voir prendre avec tant d'obstination, j'allais « jouer » avec. Peut-être longtemps, peut-être pas. On verrait bien.

Chapitre 5

LES GENS

(Le vieux Mathias parle pour ceux du village.)

Les vendanges avaient commencé depuis trois jours. Ce gars s'est approché, les bras dans le dos, attentif plus que curieux, j' crois que c'est le mot. Edouard a crié qu'on l' payait pas à regarder les autres bosser, déjà qu'il s'amenait en retard, tu prends un panier et tu t'y mets !

C' qu'il a fait. Il était rapide, il ouvrait pas le bec même pour respirer, au point qu'Edouard, toujours lui – une grande gueule mais brave comme le pain – a remarqué qu'on lui demandait pas non plus de franchir le mur du son. Le gus a souri mais y s'est pas arrêté pour autant.

Et quand la trompe a sonné, on s'est tous redressés mains aux reins, ce mec-là nous avait poussés dans nos retranchements et nous, histoire de lui montrer qu'on pouvait aller aussi vite que lui si on voulait, on en avait plein le dos. Sans en savoir plus qu'avant, d'ailleurs, il avait pas desserré les dents sinon pour un petit fredon qui devait être lassant à la longue mais qui nous avait donné le rythme. Bref, on était contents de s'arrêter, moi j' vous le dis !

On est allés droit vers la grande table. Les gens de l'exploitation la dressent dehors quand il fait beau, et y faisait beau, c'était un automne délicieux. Il nous a souri avant de nous quitter et de se diriger vers la bastide où il est entré comme chez lui. On en bavait des ronds de chapeau, dites donc, on n'avait rien senti venir !

Quand il est ressorti, la vieille Moira lui donnait le bras d'un bord, de l'autre à Joséphine, la cuisinière. Elle vient toujours nous rejoindre debout. On sait le mal que ça lui coûte mais pour nous c'est bien du plaisir, parce que... oui, c'est un peu d'honneur qu'elle nous offre Moira, et on y est sensibles.

Comme ce type semblait devoir s'installer à côté d'elle, on a fini par se douter qu'Edouard s'était lancé sans garde-fou, et on le guettait du coin de l'œil. Il était violet, le pauvre, il se faisait du mouron, sûr !

Moira nous a salués avec un beau rire, elle réussit ça très bien même quand elle souffre, et lui s'est pointé vers Edouard, la main tendue, j'espère que je t'ai donné entière satisfaction, mon vieux, puis il a rigolé, il a pris notre homme par les épaules, ne m'en veux pas, camarade, on doit toujours aligner ses preuves quand on arrive, non ?

Attablée non loin de nous, Moira grignotait pendant que lui mangeait avec appétit. Elle le regardait sans arrêt, avec sur les lèvres quelque chose qui ressemblait fort à son air d'autrefois, quand le Georges était encore en vie. Nous sommes quelques-uns à l'avoir connu, le Georges, et dégusté, c'était un oiseau rare. Parce que les hommes, dans cette famille de femmes, faut qu'ils aient des couilles, sinon ils disparaissent, avalés d'un coup ! C'est même surprenant, à mon avis. Sont des jeteuses de sort ou quoi ?

Au dessert, Moira, en tapant sur la table avec son couteau, a réclamé le silence et nous a présenté le gaillard. Frédéric Donnavent de Pasture allait prendre la suite dans la gestion du domaine, elle devenait trop vieille pour continuer. Bien sûr, pour le vin, elle s'attarderait un peu, on ne transmet pas le don comme le reste, pas vrai ? Et Frédéric devrait « *prouver* », là aussi.

Il souriait, le visage clos. Ce visage-là nous disait quelque chose, il ressemblait trop à Gloria dont il avait la bouche et le front. Y avait le nom, aussi, mais ses yeux larges... Bon sang, a murmuré le vieil Etancelin, c'est le fils d'Héléna ! Des yeux pareils, aucun des autres Donnavent ne les avait. Ça alors ! Le fils d'Héléna... Eh bien vrai, c' que c'est que d' nous, elle avait disparu un demi-siècle auparavant sans laisser de traces, et voilà que not' Moira avait dégoté le rejeton !

Après le café et la pipe qu'on prend le temps de fumer avant de retourner au boulot, il nous a suivis et s'est remis à la cueillette, comme nous. On dira c'qu'on voudra, c'était pas un paresseux. On était un peu ensuqués, faut dire, la fatigue du matin et par là-dessus, le pinard du domaine ! Lui n'avait presque rien bu. D'ailleurs, on ne devait jamais le voir pris de boisson ; comme tous les Donnavent, il raffolait des bonnes bouteilles mais ne les vidait pas !

Quelques jours après, les deux Portes-Hareilh se sont pointés, chacun son tour. D'abord le père, puis le fils qu'on trouve trop beau pour être vrai. Sa mère est morte en lui donnant le jour, et ma foi, on la comprend, elle a dû penser qu'elle pourrait rien réussir au-delà ! C'est donc le vieux et sa fille qui l'ont élevé. Armande avait treize ans de plus que lui, mais ce ne doit pas être de tout repos que devenir à la fois la sœur et la mère d'un morceau pareil. D'autant qu'il est pas gai, ce gars.

Forcément. Enfin moi, je sais que je n'aimerais pas être beau comme ça. A voir la tête des filles, quand elles zyeutent des types de cet acabit, on a l'impression qu'elles ont trouvé le baigneur de leurs rêves, celui qui dit chérie quand on le couche et rien d'autre. Certes, elles mettront le prix pour l'avoir, mais pas un sou de plus, je veux dire pas plus de sentiment que de beurre dans mes épinards. Je préfère encore être quelconque, tenez, parce que les femmes, c'est tout l'un tout l'autre : le cœur ou le cul, rarement les deux ensemble. Ce serait trop formidable, pas vrai ! Au moins, quand on est entre deux chaises, on devine pourquoi elles vous « aiment » ! Tandis que « sois superbe et ferme-là », brrr... Dans un sens, on devrait savoir que c'est pareil de not' bord quand il s'agit d'elles, seulement, c'est une autre histoire ! Et puis le cœur, chez nous, soyons francs, on le porte bas.

En tout cas, c'est vrai qu'on les avait jamais tant vus, les deux-là. Oh, c'est pas qu'avant, ils ne visitaient pas not' vieille Moira – on commençait à s'habituer à ce que le patron l'appelle Pauline, même si on avait tout de suite senti que c'était de l'appellation réservée, comme du temps de Georges – donc Norbert et le vieux aimaient Pauline et la mignotaient d'aussi loin qu'on remonte. Mais en l'occurrence, c'est du « jeune » Donnavent qu'ils avaient pris de la curiosité. Assottés, tous les deux. Le vieux avait sans arrêt des papiers à parapher : un par un, pour que ça dure, prétexte comme un autre, c'est sûr, et Moira l'avait compris aussitôt, qui leur a jeté sans hausser le ton, mes amis, on vous a jamais tant... Nous, on l'avait pensé mais on avait fermé not' gueule, on n'est pas plus bêtes que n'importe qui, seulement, on n'aime pas que ça se sache.

Norbert, lui, cherchait pas de prétexte, il s'amenait à découvert, filait droit aux chais où c' que Moira trônait sur la petite estrade des dégustations et fabriquait de l'enseignement appliqué. L'expression n'est pas de nous : on raconte nos vendanges à l'instit en retraite qui courait encore les vignes il y a peu ; maintenant qu'il a les mains nouées, il nous écoute en détail, comme il dit, et voilà ce qu'il en a sorti ! On déteste pas ; les gens qu'ont le sens des formules, vrai, ça distrait mieux que la télévision, des fois.

Quand le patron, enfin Frédéric... avec lui, on a très vite pris le pli, celui d'Edouard. Ces deux-là sont devenus copains comme cochons en un tournemain. Quand donc le patron en avait marre du jeune Portes pendu à ses basques, alors il l'entraînait dans les vignes et j' te cueille le raisin comme si la mort le poussait au cul ! L'autre suivait, aucun des deux ne parlait, et ils s'activaient tellement qu'on les laissait prendre de l'avance sur nousôtres, parce qu'on sentait bien qu'il ne s'agissait pas de nous donner l'exemple mais de ne plus penser.

On ne m' la fait pas, vous comprenez ; depuis l'âge de raison, j'ai vécu plus de cinquante ans à observer le monde – je veux dire les gens, parce que le monde, hein... vu d'ici, c'est tout de suite du pareil au même pour peu qu'on écoute un peu la radio... Et je peux bien vous avouer que je commençais à renifler du triste et plus que ça, du pas gai du tout.

Pendant ce temps, bien sûr, la terre continuait de tourner, les vendanges de se poursuivre un peu partout alentour, et Moira de renaître. L'hiver d'avant, on avait cru qu'elle n'en avait plus pour longtemps, et voilà-t-y pas qu'elle repartait comme en 14, un vrai taxi de la Marne révisé ! Cela tenait à trois fois rien, à l'espérance comme toujours ; chez certains, elle est vraiment chevillée au corps. Au fond, Moira, elle est comme tout le monde, il lui faut du nouveau sous l'œil, et lui, elle devait sentir comme moi qu'il était du genre insaisissable. Ma foi, c'est un genre qui donne du divertissement !

Le patron trimait dur, le p'tit père Edouard dans sa foulée. Vindieu, il le suivait comme son ombre ! Entre eux, y se passait, eh bien j' crois que ça s'appelle l'amitié. Edouard est un luron, fort en gueule et joyeux dans la tourmente depuis qu'il est tout petit. Dieu sait que ça l'empêche pas de bosser, râlait sa mère quand elle causait de son gamin, mais il arrête pas de blablater, ce gosse, et comme c'est un vrai dingue sur le boulot, qu'est-ce que tu veux qu' j'y reproche ! C'est vrai que parfois, on aurait aimé lui clouer le bec tellement il énervait, seulement sa mère, tout comme nous, avait à lui en vouloir que d' sa langue de vipère, et dans un sens, vu qu'elle était pas vraiment une crème, valait mieux ça qu'un cheveu dessus ! Dessus sa langue, hein ? pas sur la crème !

De toutes les façons, avec nous, l'Edouard, il est chouette, il n'en sort pas une tant qu'on le branche pas sur ses dadas. Si on lui cause foot ou retour du « fachisme », sûr qu'on n'en finirait pas, alors on déblatère sur la pluie et le beau temps dont il se fout carrément, et on reste cool, comme disent les mômes.

Donc, avec le patron, frère d'armes. Edouard a fait son service dans l'armée de l'Air, aucun moteur n'a de secret pour lui, et le v'là qui retombe sur un mec fortiche dans l'avion de combat ! Je suis sûr qu'il lui a pris l'épaule en hurlant de joie, ils allaient se retaper un coucou à eux deux, on allait voir ce qu'on allait voir ! C'est son rêve, à l'Edouard. Il a pas de femme, pas de gosses, pas de sous ; le peu qu'il gagne passe dans l'aéroclub d'Avignon où il engrange des heures de looping ou de planeur. C'est pas compliqué, il décrocherait la Lune pour avoir son zinc à lui. Chacun son truc, pas vrai ? Moi, quand j'étais jeune, je voulais élever des chevaux, comme les frères Esposite, même que j'ai travaillé chez eux tout un temps, avant la guerre. Après, évidemment, c'était plus pareil. Eh bien, les chevaux me sont sortis de la tête devant la réalité : on n'en trouve plus que sous le capot des bagnoles, et ça me branche pas du tout ! Mon truc à moi, voulez qu' j' vous dise, c'est la pétanque, je suis champion du département, non mais !

En attendant, les vendanges se tiraient et ça nous emmiellait fort, vu qu'on devrait s'éloigner du théâtre des opérations, forcément. Le vin pendant l'hiver, il a pas besoin de grand monde. En plus, la taille de novembre, l'entretien des travées, Edouard se les mitonnait depuis des années avec deux-trois gars, pas davantage, et y avait pas de raison que ça change.

Parce qu'on s'était rendu compte, je crois, sans savoir l'expliquer, que le Frédéric, tant qu'il aurait du travail sur la planche, tout irait bien. Seulement voilà, y avait les temps morts...

Parce que, voyez-vous, quand il regardait dans le vide, avec tout à coup un visage aussi périmé que le chêne du Champvert, on devinait qu'il interrogeait le temps qui coule et qu'il obtenait pas de réponse. Qu'est-ce qu'il foutait là ? Ce genre de question, bien sûr, on s' l'est tous posée au moins une fois dans sa vie. Encore faut-y qu' ça revienne pas trop souvent !

Edouard, il est super dans des moments pareils, il gueule, hé ! patron, à quelle heure on encuve, quand c'est-y qu'on rince, fait soif sous le soleil ! Et l'autre, il se remue d'un coup, il répond, ça vient ! avant de donner le signal de la pause. Mais l'hiver, dans quoi-t'est-ce qu'il va coincer sa peau, l'hiver ?

J' suis le seul, je crois, à m'être dit que faudrait le marier, et que la nénette plaigne pas sa tâche, des mômes, le plus vite possible, ça occupe même les hommes, bien que c'est pas leur blot. Parce que j'avais l'impression, funeste y a pas de doute, que c'était un brave gars qui pensait trop à ce qu'il fabriquait là, et, malheureusement, même les curés peuvent pas fournir quoi que ce soit qui réponde. Car, je vous le demande, se pointer sur terre pour égrener des louanges à Dieu comme on trie des lentilles, eh bien, ça ne suffit à personne, pas même à eux. Quant à moi, n'en parlons pas ! Et pourtant, Dieu sait que j'aime vivre ! C' que j'égrène, moi ? Bah justement, la vie. Quand on déguste les minutes, vous savez, c'est aussi gouleyant que du vin d'ici, et celui du Château Saint-Jean, il est fameux !

Chapitre 6

ÉLISE

Quand Frédéric m'a suppliée de le rejoindre à Saint-Jean, cela ne m'a pas vraiment surprise, mais j'ai réagi, râlé... Il a insisté, je ne devais pas rester seule dans ce trop grand appartement, de toute façon, il faudrait bien le vendre un jour.

Le pauvre ! J'aurais suivi le diable pour ne pas me retrouver entre quatre murs avec le passé comme avenir ! Il n'empêche, je me suis fait prier, ça donne du prix aux consentements. Et puis, derrière son explication à la mie de pain, j'en entendais une autre, que j'étais le dernier témoin de sa mère. Héléna, au bout du compte, a eu tort de ne jamais aller au fond des choses, de ne pas lui révéler que son père était un marin de hasard dont elle n'avait aimé que les rêves. Le nom de ce type n'avait aucune importance, qu'est-ce que c'est qu'un état civil ! Je porte celui du mien, de père, et pour ce que ça m'a servi face à l'amant de ma vieille, il aurait mieux valu m'appeler la sans-nom, ou de choisir un blaze étrange, comme Maria, et qui n'aurait pas eu de lien avec mes peaux d'âne ou mes robes de gala, un nom dénué de sens, voilà ! Mais bon.

J'ai deviné, dès les premiers jours de mon installation au domaine, qu'il ne m'appelait pas au secours, c'était pas le genre, mais que je venais à la rescousse de sa mémoire. Il avait les missives d'Héléna, et bien sûr, elles ne suffisaient pas. Les mots écrits ne restituent que la lettre. Il y manque ce qui donne du goût à la sauce, le ton, la nuance des voix, les regards. Mieux, les réponses de Maria. En réalité, c'est tout ce qu'il voulait et dont il me croyait dépositaire. Héléna murmurait autrefois : « Tu es mon oreille, Elise... » Ce qu'il espérait, c'est que je recrache ce que j'avais entendu. Les lettres de Maria, oui, je les avais, mais je n'étais pas sûre qu'elles lui feraient du bien ! Maria écrivait à la rude, comme elle vivait. Pour elle, les précautions oratoires ne servaient qu'à s'enfoncer dans l'erreur, et je pense qu'elle avait raison. Enfin, qu'elle n'avait pas toujours tort.

Il est passé aux aveux, ce cornichon, après m'avoir assurée de ses bons sentiments ! Au domaine, dans cet isolement que rien ne vient rompre, là-bas où tout le monde en dehors d'Edouard le salue sans se laisser connaître, et d'ailleurs Edouard se révèle d'après lui moins entiché de sa personne que d'avions, oui là-bas il a compris, du coup il a creusé le passé une fois de plus, c'est une fuite comme une autre. Et ce malgré la rancœur accompagnant l'état des lieux ! Parce que cinquante ans d'existence n'ont pas mis de nom sur ce qui le mine depuis le berceau. Cela ne relève ni de la précocité ni du glorieux ! Chez les gosses qu'on balance à la DDASS, le travail est vite fait, quant aux *chargés* de famille... certains s'y tiennent à deux mains jusqu'à la mort, et qu'est-ce qui est le mieux, voulez me dire ? On a tous un parent de mauvaise référence qui se balade dans nos vies comme un crapaud dans un diamant !

Chez Frédéric, le désespoir ne vient pas des avions

ni des avionneurs ou du dégoût des trafics, ce n'est pas le peu de chaleur de son rapport avec les gens du coin, réduit à de la politesse ordinaire, ce n'est pas le peu de nouveauté dans le travail de la vigne... la plupart des boulots deviennent vite une routine, et dans le pinard, ce qui varie, c'est le degré. Le soleil s'en occupe seul, et qui a jamais réussi à foutre le soleil en carte ! La vieille Pauline peut bien se gargariser avec le « don », comme s'il existait avant tout le reste, moi je me doute qu'on introduit du mystère dans ce qu'on aime parce qu'on a besoin d'ajouter de la valeur à la valeur de l'amour, surtout si on a les yeux en face des trous ! Ce n'est rien non plus de ce qu'on rencontre au détour de la société plus ou moins haute, plus ou moins nantie ; là comme ailleurs, les bouteilles sont à moitié pleines ou à moitié vides, de roteuse ou de picrate, c'est du pareil au même ! Non, ce n'est rien de tout ça, c'est lui, Frédéric.

Ce qu'il entreprend s'ouvre au vide quasiment dans l'instant, et il se retrouve devant le gouffre. Je me souviens de ce qu'il m'a confié un soir, comme s'il livrait une clé de l'univers alors que nous sommes tous passés par là, même si on ne s'est pas attardés ! « Comprends-moi, Elise, ça m'aspire, ça m'avale, et quand ça me relâche ou me régurgite, quelque chose de sournois, que je ne veux pas nommer, insiste, enchaîne les "où cela mène-t-il" aux "à quoi bon !" avant de m'abandonner un reliquat sans goût. Tu devines à quoi ça conduit ! »

Et comment ! Voler à mag 4 ou 5 le lui avait masqué, en tout cas avait accommodé le mauvais bouillon grâce aux essais à la limite du décrochage, avec au bout la surprise renouvelée d'être en vie. On pense apprivoiser le ciel, mais qui maîtrise le vent d'altitude, les courants descendants, les orages et les intempéries, qui peut s'en vanter ? Après ça, l'inconnu du vin, foutaise !

Certes, disait-il, je ne suis pas dans le raisin ni dans le sucre que certains ajoutent pour monter en degrés. Et tu remarqueras que ce sont presque les mêmes mots. Seulement, avec un prototype, on joue, on joue avec le profilé, le moteur, la portance, on s'amuse avec tout ce qui tient par des boulons, on se connaît soi-même à peu près, ensuite, à Dieu vat ! On sait tout-on ne sait rien, on peut se taper des *g* en pagaille ou casser du bois trente secondes après le décollage. De nos jours, malgré les sièges éjectables, c'est souverain et définitif une fois sur deux, et crois-moi, ça donne du prix aux retours au sol ! Tout ce hasard à peine contrôlé m'a tenu en vie, et je ne m'en suis pas rendu compte avant d'éprouver face au château et à son cru que ni l'un ni l'autre ne me sortirait d'un ennui fondamental. Quand j'ai lâché les essais en croyant que j'en avais marre... bordel, je ne sais pas ce que j'ai imaginé, qu'il y avait une cause *extérieure* à mon désarroi. Je n'y peux plus rien, Elise, la cause est en moi. Et ne me dis pas que j'aurais dû m'en apercevoir plus tôt, s'il te plaît !

Au fond, il était comme tout le monde, il lui aurait fallu du nouveau, toujours du nouveau, du vierge et du bel, comme dit le poète ; moi aussi, j'ai été à l'école, dans le temps !

Il aurait fallu qu'au moment où le neuf commence à s'user, on puisse le laisser à qui veut, au besogneux prêt à chausser vos bottes sans réticences, ça se trouve, « et se précipiter vers une autre énigme, sans aller jusqu'au mystère, vers une autre obscurité, puis l'abandonner à son tour dès que la lumière éclabousse... ».

Et qu'est-ce que tu crois, mon pauvre ! A quoi nous

servent les robes neuves, les changements de coiffure, les bijoux et les modes, à quoi servent les trous de mémoire qui gomment la vieillerie sur les choses et les gens ? Elle avait bien raison, la chambrière de Marie-Antoinette, quand elle disait qu'il n'y a de neuf que ce qui est oublié !

Il n'empêche, ces questions idiotes se sont installées dans sa tête, insidieuses, inlassables, dès qu'il eut admis que le vin du Château Saint-Jean se ferait avec ou sans lui : quelques gestes à maîtriser, et puis le constat habituel, « ça roule », comme devaient dire ses gars dans les ateliers. Hors le plaisir de la première fois, que reste-t-il ? Est-ce qu'on garde la peau quand on a mangé l'orange ?

Oh, je simplifie, mais un peu plus tôt – un peu plus tard... rien ne modifiera la chanson. Du coup, il a touillé sa mémoire puis la mienne, il a obtenu le compte des remèdes essayés avant lui, sans nul doute pour les mêmes raisons. Ce type, par exemple, ce chirurgien, boucher du miracle comme il s'affublait lui-même en rigolant. Il passait sa vie à réparer les démolis et les bancroches ! Il avait « travaillé » sur Frédéric pour une jambe gauche en miettes à cause d'un train d'atterrissage défectueux. « Et j'avais eu de la chance », disait Frédéric. Ses gars n'avaient pu que laisser cramer le proto après l'en avoir sorti juste à temps ; quant à sa guibolle, on parlait déjà de l'amputer sur place, tellement elle était moche et parce qu'il se vidait par la fémorale. Sans le vieux Fernand... à la retraite depuis sa naissance, celui-là, mais il l'avait repéré comme on se reconnaît dans un autre ; il est intervenu du bout de son mégot et le menton sur son balai, pourquoi on ne demandait pas au père Terdieu, oui, au père-la-cisaille, ça relevait de lui, non ? « Et Terdieu m'a opéré sept heures durant après quinze litres de transfusion ! L'hémorragie qui refusait de s'arrêter a dû assécher tous les donneurs de sang de la base ! Je leur dois gros, à mes gaillards ! »

Dans la salle de veille, Frédéric était encore dans le brouillard, ce qui ne l'avait pas empêché d'entendre un interne confier à l'infirmière de garde que le *vieux* était mort de fatigue mais bichait comme un pou ! Plus tard, à Terdieu venu voir le résultat de son travail de dentellière, Frédéric avait rapporté le propos.

« Il a ricané, très fort, qu'il ne réussissait que les cas difficiles, le tout-venant ne l'intéressait pas. "Vous, c'était plutôt pas mal, mais j'ai vu mieux." Reviendrait-il ? Il a hurlé que je devrais me tuer d'abord, alors on en reparlerait ! Aujourd'hui, j'interprète son regard, Elisa, un regard bien au-delà de sa plaisanterie douteuse. Tant que ce gars n'aurait pas ressuscité un mort... »

D'accord, mais cette avidité du geste impossible ressort de l'orgueil, non ? et qu'y a-t-il au fond de l'orgueil ?

Frédéric m'a gavée durant des semaines de ce genre de questions dont les réponses me paraissaient claires comme le jour ! Le pire était qu'il n'en voulait pas.

Ce fatras n'a pas pris forme aussi vite que je le dis, il s'en est fallu d'à peu près un an. D'autant que son histoire de boucher miracle m'avait remis en tête le joyeux temps où l'on me tripotait, moi aussi, où l'on me sciait des côtes pour me tirer d'affaire, selon mon charcutier personnel. Qui entrait dans la chambre comme on en sort, en coup de vent, et se contentait de gueuler, alors, n° 16, ces côtelettes, garnies ? Pour lui, je n'étais jamais qu'un pneumothorax de plus ! Je suppose qu'il faut des tâcherons là comme partout, qui se blasent vite, et à vos dépens.

En tout cas, Frédéric a ruminé avant de traquer chez les autres ce qui le taraudait, avant de comprendre ce que j'avais repéré de suite, qu'Edouard ignorait encore ce qui le jetait vers les avions avec cet appétit à dents nues et qu'il ne faudrait surtout pas le lui apprendre. Pareil pour Norbert, au petit désespoir sous résille, celle de l'affection qu'on porte à sa parenté ! Laquelle vous répare le moral jusqu'au jour où la reprise ne tient plus, où ladite famille se lasse.

Norbert, dont Frédéric parlait avec une sorte de hargne après l'avoir porté aux nues, avait paraît-il pointé des ressemblances dans leurs « ennuis », et cherchait à entraîner mon petit gars vers des solutions radicales dont il espérait que celui-ci prendrait l'initiative. Quitte à se désister au dernier moment ; beaucoup de garçons comme lui jouent avec l'idée de la mort avant de supplier qu'on les sauve ! Je n'aimais pas Norbert, faut bien le reconnaître, malgré sa belle gueule ! Evidemment, j'étais placée pour savoir qu'une jolie tronche ne fait pas le printemps.

Frédéric a fini par voir où l'autre le conduisait et grogné qu'il n'avait pas encore envie de mourir ! Au noir du trou, d'accord, mais avec ancré le souvenir de sa *maman*, de son secret, de ce qu'il ignorait d'elle et qui la rattachait à lui. Ma raison d'aller le rejoindre était là.

En outre, il avait rencontré la cousine Angélique, enfin ses bestiaux, lesquels l'ont remis droit dans ses bottes pour quelque temps. Passer une nuit entière à cheval sur une branche basse, en plein hiver, avec une compagnie de grognons au pied du hêtre, ça donne le temps de réajuster le prix de sa peau !

Un mystère que cette fille ? Pas vraiment. Angélique, au contraire de Frédéric, mâche l'existence à belles dents et ne laisse rien dans l'assiette ! Mais on n'en est pas là.

A ce vieux gamin de Fred, ne resta plus que la curiosité du malheur des autres. A ses yeux, « la déréliction emprunte à la fois au commun de ce qui nous anime tous, et à tout ce qui nous en sépare, parfois nous oppose ». Des phrases, en plus tarabiscotées. Moi je rétorquais avec violence qu'en effet, le chagrin de Jean n'était jamais celui de Pierre ou Paul, et ce qu'on trouve dans le malheur d'en face, souvent c'est une raison de présenter le sien comme pire encore, histoire de le valoriser !

Il ne m'écoutait pas, ou alors ce que je disais coulait sur lui comme de l'eau ! En définitive, il ne m'avait pas demandé de venir pour épiloguer mais pour prêter l'oreille. Cela aussi, je l'ai vite compris. Le vrai fils de sa mère !

A ses yeux, donc, Norbert, de plus en plus inconsistant, s'enfouissait dans une déprime sans visage. Combien de fois par jour ce paumé répétait-il « je ne sais pas ce que j'ai », ce qui recouvrait un sentiment que l'autre tout comme Frédéric se gardait de nommer : je-ne-sais-pas-ce-que-je-suis, là était leur problème ? Norbert, disait-on, était brave, c'est-à-dire un peu sot si j'en crois le sens qu'on donne au mot à Saint-Jean, et sans rien de saillant jusque dans son mal de vivre. Comme dédaignait Edouard en se fendant la pêche, c'est bien la peine d'avoir fait tant d'études !

Je suis plus prudente dans mes pesées, moi. Etudier permet de mettre sur ses malaises un nom plus recherché que les mots ordinaires, et ça suffit à quelques-uns ! Pas à Norbert ; la preuve, quand il ramène sa science, ça ne le divertit même pas !

J'en reviens à la cousine Angélique. Cousine, bon. De la main gauche, une fois de plus. Chez les Donnavent, les femelles règnent et ne s'embarrassent pas de princes consorts, elles s'empressent d'élever la bâtardise en écusson sur fond d'azur, c'est ce qui les excite ! Moira elle-même, les jours où elle consent à oublier les deux Georges, le sien et celui de sa grand-mère Gloria, clame à la cantonade « qui a besoin d'amour, je vous le demande ! », quitte à s'essuyer les yeux tout de suite après ! Pas plus cohérente que les autres ! Réaliste dès qu'il s'agit de pinard et de pognon, mais côté cœur, douze ans, et qui n'ont pas vu le loup !

Donc Angélique. Presque un phénomène de cirque. A mes yeux, deux mètres de haut sur deux cents livres de chair. Moins, paraît-il. Pas laide : commune. Les gars disent qu'elle est belle, moi je veux bien. N'empêche, une taille pareille... avec qui se conjuguer quand les hommes du coin vous arrivent aux seins dans le meilleur des cas ! Mais elle a l'air de s'en moquer. D'ailleurs, si on réfléchit à la beauté de Norbert qui ne lui servait à rien, si on décompte celle d'Angélique qui à mon sens n'était pas grasse de ce côté-là, il valait mieux qu'elle ait d'autres soucis, et c'était le cas. Edouard avait beau parler d'elle avec des ricanements, « un tantinet virile, not'géante », dans le fond il l'enviait. Elle se foutait du tiers comme du quart, pas lui, la différence ne le réjouissait pas. Et puis quand il l'agaçait, elle l'ôtait de sa route d'une seule main et ça n'arrangeait pas non plus ses états d'âme.

Personne ne savait où la mère, une Donnavent, avait cueilli le père, parce que le type, revenu dans le pays avec la gamine, affirmait que père, il l'était peu. Après boire, il grinçait des dents rien qu'à la nommer, tout en se taisant sur lui-même ou la mère. On se doutait que la pauvre Amélie n'avait pas tenu la distance, qu'elle l'avait quitté ou qu'elle était morte. Plutôt morte en mettant sa fille au monde ; à cause de la haine du père pour Angélique que je le pensais. Les gens murmuraient derrière leurs doigts que dès l'enfance, Amélie n'avait été qu'un oiseau pour le chat. Une Donnavent ratée, en quelque sorte !

Oh, la famille ne renia pas son devoir, mais n'alla pas au-delà : on loge l'homme à cause de la fille, on lui fournit du boulot pour qu'il l'élève, et on ne les fréquente ni l'un ni l'autre. Si on creuse un peu, Gloria a dû penser que bon sang ne saurait mentir, la gamine s'en tirerait seule ou pas du tout, et qu'ainsi, on économiserait deux fois, côté cœur et côté porte-monnaie. Comme toujours, elle a eu raison. Les bâtards mâles sont des promesses sans suite dans cette lignée, mais pour les femelles, autre histoire.

A l'école, les gosses ont commencé par suivre Angélique, trop grande et trop grosse, en l'appelant la Tarasque, avant de la fuir à toutes jambes dès qu'elle relevait la tête ; la première fois, en deux pas elle avait alpagué le plus teigneux, sans un mot, nez contre nez, et il en avait pissé dans son froc. Alors les autres persistaient à l'insulter mais en gardant leurs distances, c'était plus sûr.

Elle a grandi seule, silencieuse et la main prompte ; elle effrayait tout le monde, son père compris. A treize ans tout rond, elle l'avait balancé dans la fosse à purin et personne n'oubliait ce qu'elle avait craché, sans cris d'ailleurs, mais d'une voix d'orage, « recommence à vouloir me cogner, et je te jette aux cochons ».

Il avait pigé, le village entier avait pigé, on ne la dresserait ni pour qui, ni pour quoi, c'est elle qui ferait le travail à *son* compte !

Depuis, sur de la terre Pasture qu'elle avait louée – ou que les Donnavent lui avaient donnée, va savoir ! Après tout, elle était des leurs, même si c'était par une morte tout juste apparentée –, en bordure de ces taillis infranchissables et que seul un fou lui aurait disputés, elle élevait des marcassins. Quand ils avaient un an, elle les relâchait dans la nature, qu'ils se démerdent et, ma foi, c'est ce qu'ils faisaient sans en devenir plus accommodants sinon avec elle ; elle les sifflait comme des chiens, et c'était à voir, cette grande haquenée sans grâce au beau milieu d'une drôle de meute, et puant presque autant que son cheptel.

N'allez pas imaginer qu'elle se les gardait pour le plaisir ! Ces bêtes, elle les vendait, ou plutôt vendait le droit de chasse sur ses terres. Là-bas, les sangliers sont du genre qu'on aime à portée de fusil puis dans les assiettes. Ils font parfois de vrais ravages dans les potagers, mais on ne se mêle pas de les en sortir, on raque et on tue. Enfin, on tue d'abord et puis l'on s'en va geindre, le porte-monnaie en berne mais en vue : j'n'ai pas pu faire autrement, ma fille, y menaçait la patronne !

Elle, se trimbalait à pied ou à cheval – sur un hongre monstrueux, fallait bien ça pour la porter – comme une reine passe la revue de sa troupe. Quant aux amateurs de cuissots clandestins, ceux qui se hasardaient en douce... à leurs risques et périls : nul besoin de se méfier des bracos, les bêtes de l'Angélique se gardaient seules ! Et ceux qui réussissaient à lui en piquer une, retrouvaient la grande devant leur porte, une main sur un nerf de bœuf et l'autre tendue. On la disait riche, même si elle ne dépensait rien, on disait aussi que son père buvait pour deux, seulement...

Seulement ce tordu de Frédéric ne savait à son sujet que ce que Moira lui avait dit. Il n'avait rien demandé de plus, personne ne l'avait mis en garde, c'est la règle. Dans cette putain d'existence, vaut mieux nourrir sa prudence tout seul, en prêtant l'œil et l'oreille ; lui, nada. C'est peut-être pour ça qu'à l'époque, il s'emmerdait tant, ce pauvre couillon. Il ne repérait même pas les divertissements qu'il avait sous le nez !

Alors il se baladait, mains au dos, tête basse, épuisant sa viande, comme disait le vieux Mathias qui parle vert et pour qui marcher sans but relève de la pure sottise. Peu à peu Frédéric avait élargi son aire sans regarder où il s'aventurait. C'est ainsi qu'il se retrouva sur les terres d'Angélique, où même les chasseurs n'allaient plus à pied. Qui se ressent de rencontrer un vieux solitaire au milieu de broussailles serrées ? Notre abruti de Frédéric eut ce privilège et n'eut aussi que le temps de grimper sur un fayard à demi mort, en se demandant si l'arbre allait tenir jusqu'à ce qu'on vienne le tirer de là !

Ce n'est pas lui qui m'a raconté la suite, c'est elle, beaucoup plus tard. Nous étions férues l'une de l'autre, deux amies de la même pension à quarante ans de distance ! Je lui arrivais au nombril, je tenais dans une de ses paumes ! Je lui ai appris le crochet et le tricot. Je voulais voir ce que des battoirs pareils arriveraient à fabriquer avec de la laine de pays ou du coton de mercière. Eh bien, elle s'en est dépatouillée, bataillant des aiguilles avec une rapidité folle sur des couvertures épaisses comme une toison qu'on était bien contents de trouver durant les froids, et des chemins de table à faire pâlir une couventine ou une tubarde.

J'ai dû m'occuper les mains moi aussi, à Saint-Hilaire-du-Thouvet quand le bacille de Koch me jouait Ramona !

C'est donc Angélique qui a découvert notre homme, grelottant, avec trois bêtes en furie donnant de la défense sur son refuge. Au cours de sa tournée ordinaire, le bruit l'avait alertée. Elle s'est mise à rire, te voilà bien loti, mon vieux ! l'a attrapé comme un paquet de son sans même se dresser sur le cheval, et l'a ramené chez elle. Elle a fait chauffer de l'eau et ne lui a pas demandé son avis avant de le déshabiller en un tournemain et de le flanquer dans le cuveau fumant avec une brosse à chien, frotte, ça va te requinquer. Puis elle lui a lancé des cottes en velours où il a disparu, et l'a poussé devant le feu, a-t-on idée, aussi, de se balader sans arme ! T'as de la veine que j'aie l'oreille fine !

Le père était au café, comme tous les soirs, elle ne s'occupait jamais de ce qu'il y trafiquait du moment qu'il rentrait sans la réveiller. Sans un mot, elle a regardé Frédéric avaler deux bols de soupe, et se réchauffer peu à peu. Des soupes à elle, où la cuillère tient debout.

Ils ont parlé. Lentement, avec des pauses. Elle n'était pas aussi farouche que Moira l'avait dit, simplement elle avait perdu l'habitude de parler *avec* quelqu'un.

Ils se sont très bien entendus, et ce qui n'était pas simple à concevoir, compris sans rien expliquer, car ils ont dégoisé sur à peu près tout ce qui les concernait à la frontière d'eux-mêmes, lui sur les avions, elle sur les sangliers, ce qui revenait à s'échanger le bulletin météo. Il n'empêche que faire sonner les grelots de ce qui les aidait à vivre, leur a permis d'écrémer l'essentiel de leur passé récent. Puis, d'un coup, il s'est endormi devant le feu. Alors, elle l'a balancé sur un lit bas avec deux couvertures et un coussin sous la tête, elle a tiré le tout le long de la cheminée avant d'aller fermer la porte de la salle au nez de son père qui rentrait, en lui conseillant d'aller se pieuter sans attendre. Ce qu'il fit. Depuis qu'elle le dépassait d'une tête, il ne discutait plus.

Le lendemain, elle a ramené notre Frédéric au domaine, assis devant elle sur le cheval. Il s'était réveillé avec une bronchite carabinée, de la fièvre et une toux sèche qui secouait le hongre et le fit hennir juste au ras des marches. La servante ouvrit la porte, effarée au vu d'Angélique trimbalant le patron en travers de son épaule, et restant là comme une andouille, la bouche en four à bois. Dis-moi donc où est sa chambre et aide-moi à le coucher ! Angélique avait ensuite appelé le toubib pendant que le personnel en folie courait prévenir Moira et préparait des bouillottes. Un vrai branle-bas de combat, couronné par Moira venue à toute vapeur dans son fauteuil roulant.

Angélique mit le genou en terre pour se trouver à hauteur pendant qu'elle expliquait, et Moira en avait eu tant de reconnaissance qu'elle avait caressé la joue sans grâce en demandant comment elle pourrait la remercier ! Angélique, bourrue, répondit qu'il n'y avait pas lieu, que le médecin venait à l'instant, et qu'elle repasserait le lendemain pour s'enquérir. Là-dessus, elle se releva, mit le cap sur son cheval et vira de bord sans se soucier du coup de Trafalgar qu'elle leur avait mijoté ! C'était la première fois qu'elle entrait chez les

Donnavent, et Moira se demandait déjà comment elle avait pu s'en passer.

De ce jour, elle ne cessa plus de fréquenter la Bastide, ni sur les conseils presque tendres de Moira, de se laver avec autre chose que du savon noir une fois l'an, et ce n'était pas du luxe ; étrillée à la savonnette et au shampooing, elle est redevenue une femme avec des cheveux comme une pelisse de loutre et des lèvres gourmandes, avec, qui plus est, de faux airs du Pierre Deux de l'Angle, l'arrière-grand-père, dont on savait tous – moi on me l'avait fait comprendre – qu'il était le seul mâle *nécessaire* de cette putain de famille ! Dans la foulée, on s'aperçut qu'elle avait des yeux clairs cerclés de noir et qu'ils étaient beaux. Si vous voulez mon avis, le petit monde des Donnavent de Pasture n'en revenait pas de virer toton sous ce regard. C'était des Angélique par-ci, des « petiotes » par-là. Petiote, je vous demande un peu où l'affection va se nicher !

Frédéric, remis de son équipée, n'avait pas beaucoup de temps pour inventorier la généalogie de la famille, le printemps se pointait et le travail du vin, même routinier, ramenait du monde aux champs et aux chais. Une fois le boulot terminé, il se lançait avec Angélique dans de longues promenades à cheval, sous des ciels crépusculaires qui furent superbes presque toute l'année. Si la fille n'avait été massive et haute, à les voir marcher l'amble, on aurait pu penser qu'ils faisaient couple. En fait, tous les deux avaient besoin de fraternité et s'en mettaient jusque-là.

Moi, je pensais, on a six mois de bon, mais au prochain hiver, gare. Et je la mignotais tant et plus, l'Angélique, histoire de lui donner des habitudes un peu sucrées, lui créer des besoins qui tiendraient au-delà des vendanges. Ce n'était pas mal vu, je trouve. D'autant que Moira filait un mauvais coton. Moira qui tenait encore les rênes, mais pour combien de temps ? Quant à moi, je ne serais pas éternelle non plus !

Oh, Moira, trop fine pour ne pas avoir deviné que Frédéric ne se plaisait qu'à demi dans ses nouvelles occupations, préparait la suite, on l'a compris plus tard. Est-on jamais certain que la suite marchera ! Moi, je me faisais un sang d'encre, j'aurais tellement aimé que cette grande garce d'Angélique ait trente centimètres de moins ! Seulement voilà !

Chapitre 7

ÉLISE

Moi aussi, je commençais à m'ennuyer. La campagne, c'est plaisant cinq minutes. Les rues animées, les marchés, les boutiques, la Ville quoi ! me manquait. Manquait-elle à Frédéric ? Je n'aurais su le dire, je parlais surtout pour moi, tout juste satisfaite du groupe, réduit en hiver aux serviteurs, aux rares ouvriers s'occupant de la taille. D'autant que Moira campait à distance... plus de sourires, plus de bavardages autour d'un jeu de dames ou d'une crapette agrémentée de douceurs, plus un mot de conversation. A l'évidence, je n'étais pas la seule à guetter Frédéric et sa morosité grandissante. Encore avais-je le pouvoir de tourner autour, d'épier. Je bouge, moi, je vais et viens !

Après une ou deux semaines d'attentes disons réciproques, Moira a saisi ma jupe au passage. Je la frôlais depuis des jours quand je quittais les pièces où nous nous tenions, je restais muette autant qu'elle, mais comme on se tait sur des mystères... Elle voulait que je parle la première ? Et puis quoi ! Elle a fini par caler.

— Elise...

— Qui ?

— J'abdique, Elise, je suis dans vos doigts comme une enfant dans ses chagrins.

Ah ! cette femme, quel art n'avait-elle pas d'embobiner avec des formules au sucre Candi ! C'est tout juste si je ne me découvrais pas contente d'être manipulée. Et que voulait-elle savoir ? Où allaient-ils, que fabriquaient-ils, et que disaient-ils ? Ce n'était pas le plus important, non ? L'essentiel n'était-il pas qu'ils parlent, qu'ils agissent, bref qu'ils s'amusent ensemble ? Sans les nommer, c'était bien sûr d'Angélique et de Frédéric qu'elle s'informait.

— Mais Elise, vous n'envisagez tout de même pas...

Angélique aimait vivre, c'est bien tout ce que j'envisageais. Par expérience, je savais que cette maladie-là... contamine n'est pas le mot, mais titille l'esprit, voilà ! Rien qu'à l'observer dans les coins, moi je me sentais rajeunir !

— Tant qu'elle l'asticote, tant qu'elle essaie de lui soutirer ce qu'elle ignore et qu'il doit savoir selon elle, tout ira bien. Elle ne l'ennuie pas une seconde, elle le tarabuste. De la vérité d'Angélique, il n'a pas fait le tour, et à mon sens, ne risque pas d'y parvenir seul. Cette fille a des obscurités aussi vastes que sa taille est haute, et silencieuses de surcroît. Les rares mots qu'on lui extorque n'éclairent que ce qui est déjà lumineux. Il essaie donc de deviner, et ma chère Moira, ce n'est pas demain la veille qu'on empapillotera une fille comme celle-ci, oscillant de la couverture en patchwork aux sangliers élevés dès le berceau sans même se demander si l'amalgame ne sort pas de l'ordinaire. Elle n'est guère du genre à se justifier, elle bouge, elle vit, elle dévore. La suive qui peut. Pour l'instant, c'est ce qu'il fait, bon sang, et c'est tant mieux !

Moira ouvrait des yeux comme des soucoupes, mais que manque-t-il à ce garçon ?

Evidemment, c'était hardi de lui balancer qu'il lui

manquait de savoir jouir, tout bonnement. Et c'est vrai, ça ne fait pas partie de ce qu'on enseigne sur les bancs de l'école de l'Air ou de Navale !

J'ai préféré ne rien préciser, Moira avait beau être vieille et se vanter d'y voir clair, elle n'y voyait pas encore assez. Elle en était restée à mon statut de gouvernante et à des dévouements ancillaires, avec le peu de bagage intelligent que l'état comporte. Elle ne connaissait rien de ce qui précédait, en admettant qu'ancillaire caractérise ce que j'avais introduit dans la maisonnée d'Héléna... Et puis, jouir a-t-il le même sens pour celle qui se vend et celle qui se donne ? Alors, j'ai sorti la lettre que m'avait envoyée Héléna juste avant que paraisse la petite annonce de Frédéric, je la gardais en poche depuis que je sentais venir ce petit duel entre vieilles kikises, je la lui ai tendue sans un mot. Une clé au moins dormait dans la clairvoyance de mon amie, dans ce qui courait dessous. En outre, c'était manière contournée de lui désigner mes antécédents. Au cœur de ces campagnes reculées, je ne ressentais pas le besoin des vérités cuisinées avec des précautions oratoires ! Pour tout dire, j'en avais assez de jouer, dans l'ombre de Frédéric, à la vieille nounou que l'on garde par charité, et à qui l'on envoie des piques calibrées pour bien montrer qu'elle est « de la famille », jusqu'à un certain point ! Marre ! Il était temps qu'on s'aperçoive que j'ai des crocs et que je sais m'en servir !

Cette pauvre lettre s'en allait en pièces détachées !

« Elise, je suis malade. Il ne sait pas encore à quel point et c'est aussi bien, il me soucie, tu sais. Il a pris de moi ce qu'il n'aurait pas fallu, les interrogations perpétuelles. Pourquoi vivre, dans quel but, de quelle façon, pourquoi vouloir sans cesse “autre chose” sans le vouloir jusqu'au bout... Je ne parle pas des “ailleurs”, ils constituent le domaine réservé de Maria, et dans une certaine mesure, je les ai vécus grâce à ses lettres sans avoir à bouger de mon fauteuil. Tu l'auras compris, le rêve est mon seul territoire. Lui... Ah que c'est triste, vois-tu ! Pour lui, ailleurs ne représente qu'un Hilton supplémentaire, qu'une voiture de louage, des repas d'affaires et des “girls” appointées par la boîte qui le réclame. A Pétahouchnoc ou Tataouine, peu importe, à ses yeux, ailleurs c'est partout pareil !

« Oui, il m'inquiète, il ne semble même pas rechercher ces grosses joies de corps qui m'ont souvent tenu lieu de réponse. Pas de femmes autour de lui, ni de garçons. Je les préférerais encore à rien. Il s'en va seul. Ceux qui en retirent du bonheur sont l'exception, il y faut une vie intérieure qu'il n'a pas, je le sais bien. Son père était beau, cela m'a caché qu'il rêvait petit !

« Toi et moi avons appris par la peau, une façon qui en vaut d'autres, non ? Nous savons que la société actuelle se définit en termes d'économie de marchés et ce dans tous les cas de figure. Gagner de l'argent en risquant sa vie ne lui a pas ouvert les yeux là-dessus. Il a bientôt cinquante ans, c'est tard pour retourner à l'école du bonheur.

« Mais pour l'instant, il s'agit de moi. Elise, je ne veux pas mourir à l'hôpital. Lui ne pense pas si loin, pas encore. Il veut juste me soulager des corvées ordinaires, et se soustraire au souci que ma solitude lui donne quand il s'absente. En réalité, je ne m'effraie de rien, mais le lui dire ne servirait qu'à l'inquiéter davantage. Aussi le laisserai-je envoyer cette annonce réclamant une dame en dessous de la soixantaine pour me tenir compagnie. Surveille de près les prochaines livraisons de *La Dépêche*, et viens-t'en. Je n'ai nulle envie de visages nouveaux, je n'ai goût que de ressouvenances avec toi des temps où nous étions encore jeunes, peut-être belles, où les hommes offraient parfois du plaisir en plus du gagne-pain, et comme un divertissement majeur : j'avoue m'être penchée sur eux avec une curiosité affamée, Elise, avec aussi un sentiment d'urgence ; au mieux, j'avais un quart d'heure pour les déchiffrer. Cela ne suffit pas toujours. A certains, je disais "reviens". Plus exactement, je m'arrangeais pour qu'ils aient envie de revenir, et je ne t'apprends rien, je suppose. La mécanique des corps est tellement prévisible...

« Vois-tu, Elise, j'en ai pour deux ans, m'a-t-on dit, au maximum. Il paraît que je ne souffrirai pas, ils y veilleront. La mort mouchera ma vie sans plus de mal qu'une chandelle. D'après eux je ne me dégraderai pas. Enfin, pas trop vite. Il paraît que mourir est le lot commun... A mon âge, on le sait depuis longtemps, depuis qu'on a failli mourir de faim ! Seulement, c'est une chose que déborder de sa propre litière, une autre qu'entrer en radoub dans une chambre anonyme. Je ne veux pas finir à l'hosto ni seule. Viens. T'ai-je jamais été lourde ? Viens, je t'en prie. »

Moira laissa retomber la lettre sur ses genoux, ma chère Elise, j'entends bien, je savais tout cela. Il est très difficile de nous cacher quoi que ce soit, en outre nous avons toujours... disons veillé à nous renseigner sur ses besoins. Nous ne les aurions pas laissés mourir de faim, croyez-moi, ni elle ni l'enfant. Quant à vous, dès votre entrée en scène, Héloïse lui a fait cracher le morceau, et...

— Et ce n'est pas la peine d'utiliser ce langage !

Elle me gonflait ! Mon entrée en scène, cracher le morceau, alors comme ça, on voulait se mettre à niveau ? Elle m'a regardée avec stupeur pendant que j'expliquais, dans son monde, on imagine les prostituées vouées forcément au langage crapuleux ! Mais deux séjours au sana m'ont obligée à user des bibliothèques ; certaines ne recelaient que des classiques, et pourquoi le nier, tout ce que ma mère avait négligé de m'apprendre, tout ce que l'école avait omis de m'enseigner, Saint-Simon, Voltaire et quelques autres, se chargèrent de me le mettre en bouche. Moira était-elle de ceux qui pensent que la caque sentira toujours le hareng ? J'étais une ancienne pute, soit, mais lettrée.

Elle a rougi, cela ne m'a pas déplu. Nous aussi avons des baumes à passer sur nos amours-propres en loques.

— Ce qui manque aux femmes mariées, Moira, c'est d'admettre que des existences parallèles puissent se rejoindre contre toute attente. Laquelle d'entre vous peut se vanter d'avoir fait l'amour uniquement quand elle en avait envie ? Même vous, ma chère, et réfléchissez avant de répondre !

Elle a rougi à nouveau. J'enfonçai le clou.

Etes-vous parvenue à ce qu'il vous baise un jour où vous étiez seule à y penser ? N'y a-t-il aucune circonstance, Moira, où vous ne vous êtes dit, ouvrons les jambes, ça ira plus vite que discuter ? Nous ne nous y prenions pas autrement. L'argent qu'on échange contre nos. docilités vaut l'entretien que le mariage vous apporte.

La nuit tombait. Ni elle ni moi ne songions à réclamer de la lumière. Par la fenêtre, j'apercevais Norbert que je persistais à nommer Portoreille, les mains aux hanches, et tourné vers les vignes. Il attendait, une fois de plus, et son dos renseignait.

Moira l'avait remarqué, elle aussi. Elle toussota.

— Il est jaloux, Elise.

J'ai haussé les épaules, croyait-elle me l'apprendre ?

— Et cessez donc de rougir, la belle amour ne change rien aux affaires du corps, si à votre âge, vous ne le reconnaissez pas, tant pis ! Il est probable que vous fûtes fidèle, eh bien ma chère, laissez-moi vous dire qu'on jouit souvent davantage avec qui l'on n'aime pas, au moins le plaisir ne crée pas une dépendance supplémentaire ! Que croyez-vous ? Les femmes sont inféodées pour trois fois rien. Alors, il n'est pas mauvais, parfois, d'aller vérifier que ça marche aussi avec quelqu'un d'autre, de ce fait, le semeur de plaisir n'a plus l'importance qu'on lui donnait ! Cela remet « la chose » en place, non ?

Moira sourit, osa un petit clin d'œil qui ne m'empêcha pas de poursuivre, mon propos n'était pas dans ces détails aussi vieux que le monde.

— Ce que je veux savoir, et vous allez me le cracher, comme vous dites, je vous le promets, je ne vous laisserai pas en repos jusque-là, ce que je veux savoir, Moira, c'est la nature de votre souci : est-ce Frédéric qui vous donne de l'inquiétude, ou l'avenir du domaine ?

C'était la bonne question.

*

* *

Très vite, nous nous sommes entendues sur les modalités, j'allais guetter pour deux, « écouter » tout le monde sans souci de discrétion. Qui s'en embarrasse quand on cherche à savoir, or nous le voulions l'une et l'autre. Moira, pétrifiée de honte mais bien décidée à m'attirer dans son camp, n'avait rien tu de ce qui la minait. Frédéric, d'accord, elle l'aimait. Seulement la Bastide, les vignes, le négoce risquaient de durer plus que lui vu ce que nous redoutions. Or à qui se fier ? Qui mettre dans son ombre pour prendre la suite ? Dans un avenir dont nous n'avions pas envie de déterminer la limite... Au fond, elle pensait qu'il allait se tuer, n'essayait pas de le sortir de sa déprime si elle en tirait d'ores et déjà les conséquences. Ah, Moira et son fief !

Sans prendre garde à mes réactions, elle énumérait sur ses doigts, Edouard ? qui est des nôtres même s'il n'en a jamais eu certitude, Edouard non plus n'est pas solide sous ses larges épaules, il roule encore, mais... mais je n'ai pas confiance, voilà ! Le sang de Gloria part en eau de boudin chez les hommes ! Norbert ? Apparenté lui aussi, par sa grand-mère. Il est mort debout, celui-là ! Et puis le vin ne l'intéresse pas. Son père ? Trop vieux. Sa sœur ? Ne met jamais les pieds ici parce qu'elle me déteste quoi qu'elle dise. Vieille affaire de peau, elle aime trop son frère dont je ne raffole pas, cela peut se résumer ainsi. Alors qui ?

— Angélique.

— Ce monstre ?

— Histoire d'épiderme, là encore ? allons Moira, en quoi les sangliers sont-ils incompatibles avec votre sacré pinard ? Elle est de la famille, et ma foi...

— Ce n'est pas un pinard.

— Que si, ma chère, rien d'autre ! Et justement, à Frédéric ça ne suffit pas. D'ailleurs, à moi non plus. Que croyez-vous ? Les gens me captivent davantage qu'un vin, même de qualité. Soyons clair là-dessus, Moira, vous avez endossé l'héritage du cœur, votre cru a les couleurs de Georges, votre vieil amour, mais cette succession ne concerne que vous. Moi, seul Frédéric m'intéresse. Petit, je l'ai vu grandir, je l'ai retrouvé adulte, et rien n'avait changé, il était toujours le fils d'Héléna. Qu'y puis-je ? pas davantage que vous avec votre cru local ne se conservant pas au-delà de cinq ans !

— C'est faux, nous avons...

J'ai haussé les épaules et elle n'a pas insisté. Son visage soudain creux accusait le coup. Les vérités qu'on occulte pour soi demeurent des vérités pour le reste du monde, et mordent d'autant mieux qu'on les nie. Mais j'ai gardé mes réflexions sous le boisseau, j'ai trop lu, et parfois je me gargarise un peu !

Tout en caressant la vieille main qui tremblait, après tout, je ne voulais pas la mort du pécheur, son vin était bon, soit ! Et cinq ans, c'est bien, on connaît pire. Il faut savoir se contenter des contingences que la vie consent, Moira, point final.

Je pressentais que mes « contingences » personnelles ne l'intéresseraient pas, alors j'ai fermé ma gueule ! Pour tout avouer, je m'énervais un tantinet.

On s'est toisées, nous deux. A quatre-vingt-six ans, elle jouait encore les grandes dames et ça ne m'impressionnait pas. Le Château Saint-Jean n'était pas Versailles, où pourtant l'on pissait dans les escaliers parce que après tout, les vessies y légiféraient comme dans les chaumières. Ou les bastides à vocation viticole...

— Oui, il m'arrive d'être vulgaire, Moira, et vous devez l'entendre dans un autre sens que le vôtre, les fonctions du corps sont vulgaires parce qu'elles sont à tous, le mot ne doit pas se comprendre autrement.

En moi-même, je gloussais. Pour détendre l'atmosphère, j'ai eu l'envie, oh, courte, de lui raconter l'histoire d'un jeune architecte en fin de « charrette », venu tirer son coup, sa maquette sous le bras. Fier comme tout d'avoir pondu une école maternelle moderne ! Où il avait tout bonnement oublié les chiottes ! Sans Maria et son sens pratique... Mais j'ai pensé que l'heure n'était pas aux digressions, surtout celles qui avaient vu le jour au bordel !

J'ai gagné la porte en riant sous cape, mais consciente d'avoir cherché à lui en foutre plein la vue côté beau langage. Cuistre, va. Nous étions à égalité, elle avec son côtes-du-Rhône, moi avec mes références et mes préférences, et je me suis promis de lui raconter, oh, plus tard, les mésaventures architecturales de mon béjaune, mignon comme tout, en plus.

Pour en revenir à Angélique, en voilà une que les questions métaphysiques ne torturaient pas. Elle ne s'interroge pas la main sur le cœur, elle ne visite pas les tenants et les aboutissants, elle vit ! Quand on culmine si haut et si lourd, s'amuser à détailler les plaisirs et les déplaisirs servirait à quoi ? On s'empare de la vie en bloc, on trie quand on a le temps ! Tout lui était joie, que voulait-on de plus ? Frédéric, le pauvre, c'est le contraire, alors ils se fascinent, s'ébahissent l'un l'autre. Le trop-plein d'Angélique aide à combler le vide de mon gamin, car il est un peu à moi, je le répète, il me vient d'Héléna, en quelque sorte comme un héritage ! Le mien vaut celui de Moira, je n'en démordrai pas. Un homme vaudra toujours plus que la bouteille qu'il vide, non ? Même millésimée !

Entre ces deux cousins de la main gauche, il ne s'agit ni d'amour ni de désir ni de quoi que ce soit de cet ordre, il s'agit de s'arc-bouter sur ce qui tient encore. Il est plus intelligent qu'elle, quoiqu'on ne peut jamais savoir, on a bien cru que j'étais idiote, et j'étais d'ailleurs la première à le dire ! Et puis, et puis... Elle est forte comme le Mont-Blanc, et la tête est froide. J'aurais pu retourner le préciser à Moira, lui rappeler aussi qu'entre Héléna et Maria, la configuration était semblable, mais certains détails relevant de l'instinct lui échapperont toujours. Les primaires ont parfois du bon, je trouve, même celles qui ont des lettres !

Je suis sortie sur le perron. Norbert descendu à travers les pelouses en direction des chais, en revenait déjà, hargneux. Ses poings renseignaient tout autant que son dos, naguère. Il s'énervait à deviner Frédéric loin de lui et avec quelqu'un d'autre. Au ras des marches, essoufflé et l'œil sombre, il m'a toisée, où est-il donc passé ?

Qu'en savais-je ? Frédéric était un grand garçon, il n'a plus besoin de dire où il va, mon ami.

— Mais je devais le voir ! Je parie qu'il est encore avec cette fille immonde !

— Alors, il a oublié. S'il y avait des papiers à signer ou des décisions à prendre, eh bien ça vous redonnera des raisons de vous pointer. Tenez, Norbert, je suis bonne aujourd'hui, n'abusez pas des prétextes à signature, Frédéric commence à se lasser de vos insistances.

— Je n'y peux rien.

— Cessez de jouer à l'enfant de chœur avec moi. Si vous n'avez pas encore compris qu'enfermer Frédéric dans des besognes aussi ingrates que la paperasserie le rebutera de plus en plus, vous ne comprendrez jamais.

Il s'est redressé, l'œil mauvais, et s'il voulait le rebuter en effet, l'éloigner de Saint-Jean pour l'appeler à des tâches plus hautes ?

Je ne m'étais pas trompée, il fallait arrêter ça tout de suite, ainsi, mon garçon, on n'a pas de courage en solitaire, on aimerait bien foutre le camp à condition que l'autre vous entraîne. A moins que vous n'ayez plus envie de crever si l'objet d'amour reste en vie... Et ne prenez pas vos grands airs, l'attrait que Frédéric exerce sur vous a un nom. Dites-vous bien que je m'en moque, seulement voilà, Frédéric n'est ni pour vous ni pour qui que ce soit, il a juste envie de vivre, même s'il ne sait pas comment ni pourquoi, obscurément il en a envie. Et c'est vers Angélique qu'il court. Très normal, tout ça, parce qu'elle, elle sait. Cela vous défrise, hein ?

Il tremblait, je vous hais, je hais les femmes comme vous, armées de bon sens et de principes. Vous êtes comme ma sœur, un lit, une assiette et un gosse, vous voilà contentes, toutes ! Mais il y a autre chose que la procréation, que la survie de l'espèce. C'est ça, votre finalité, Elise ? Elle résiste au trottoir ?

Et lui, sa finalité, c'était mourir conformément à la loi, en trois articles testamentaires et deux alinéas prolongés par une jurisprudence ? Je n'étais pas furieuse, juste agacée. Me reprocher le trottoir, grands dieux ! Son camarade adoré en sortait par sa mère ! Mais bien sûr, ce n'est jamais la même chose ! Avec des études achevées haut la main, Norbert pouvait espérer mieux qu'un notariat de province, d'autres distractions que de vouloir à tout prix pousser quelqu'un vers la mort volontaire.

— Pendez-vous, il paraît qu'on jouit une dernière fois ! Ou alors, dévouez-vous à une cause, celle de l'avortement, par exemple, puisque la procréation vous déplaît à ce point, allez donc casser du bois sur les épaules de ces hypocrites brandissant des pancartes autour des maternités. « Laissez-les vivre », beau slogan, n'est-ce pas ! Mais puisque ça vous débecte, tuez-les. Devenez l'ennemi N° 1, massacrez, je vous rappelle au passage qu'il y a plus d'hommes que de femmes dans ces associations à la mords-moi-le-paf ! mais tant pis, tuez, il restera moins d'hommes assottés de leur descendance, et puis il se trouvera bien un flic pour vous descendre en beauté, vous n'aurez plus à vous préoccuper de la marche du monde, les asticots de la fosse commune se chargeront de vous ramener au plus petit dénominateur, la charogne !

J'ai cru qu'il allait me frapper, et puis non, sa haine, ou son courage, n'allait pas jusque-là. Son courage plutôt, je ne suis pas persuadée qu'il en soit pourvu, sinon il serait mort depuis longtemps. Et seul.

Montée dans la chambre, j'ai jeté quelques lignes sur une carte que je destinais au notaire, son fils devenait dangereux. Je n'ai rien dit à Moira, à quoi bon, elle les connaissait tous trois depuis trop longtemps, et le compagnonnage crée des hésitations funestes ! C'était à moi d'alerter ; l'entreprise du petit Portes-Hareilh confinait à la tentative d'homicide. Et ce n'était pas la peine d'ajouter que ces dépressifs-nés aiment rarement partir seuls.

Je suis allée en personne poster la missive, histoire de prendre l'air au village, où les curiosités commerçantes sont bourrées de renseignements. C'est fou ce que le trottoir enseigne, en fin de compte ! Certains hommes s'y lancent... Si vous voulez sonder leur science toute fraîche, regardez leurs yeux. Ceux de Norbert, au fait ! Celui-là a bien dû tâter de la rue avant de se dire qu'il lui fallait l'Aaaamour.

Ce n'était pas encore net dans mon esprit, mais je crois que je commençais à m'amuser. Bien sûr, je n'ai pas fouillé plus avant, se réjouir de dangers suspendus n'a rien de reluisant. Entre Moira et moi, la distance n'était pas si grande, à bien réfléchir.

Chapitre 8

ANGÉLIQUE

Le cheval, rênes au sol, renifle la prairie à l'affût d'odeurs qui lui dilatent les narines. Rien qu'à sa façon de remuer la crinière, Angélique sait qu'il est heureux. Elle l'est aussi.

Le ciel est convulsif, il y aura de l'orage avant le soir, mais à cette heure de la matinée, les nuées qu'il trimbale sont à la fois sombres et dorées par le soleil levant, c'est très beau. Pour un peu, elle rirait de bonheur. Non, ce n'est pas le mot, de plénitude.

Pour mieux voir, elle s'est renversée contre le talus, les mains sur le ventre. Une pensée lui traverse l'esprit, « paisible comme un bœuf ». En admettant qu'un bœuf jouisse d'un ciel pareil, ce qui est peu probable !

Oh, cette paix ne durera pas, l'un ou l'autre des vertébrés supérieurs qui lui tannent le cuir ces derniers temps, viendra bien interrompre sa tranquillité. Dieu merci, les deux hommes qui se pendent à ses basques ne sont pas matinaux.

Norbert l'ennuie vraiment, il ne la suit pas, il traque Frédéric, Norbert ne s'est toujours pas décidé à nommer ce qui l'attire. Son instinct de mort, dit-il à sa sœur, sachant bien que le mot lui clouera le bec. Et cette idiote l'a répété ! Norbert, ligoté par sa fonction, sa famille, par l'idée de l'idée qu'on a de lui, nom de nom ! Norbert pas malin malgré les diplômes.

Il y a quinze ans, Angélique est allée à l'école avec la sœur de Norbert, elle n'a d'illusion ni sur l'un ni sur l'autre, ils ne sont occupés que d'eux-mêmes.

Peu ragoûtants, ces gens-là. A quoi leur sert leur position dans la ville, pense Angélique, amère. La fille est restée fille à cause du petit frère, lequel a peur de son ombre, peur qu'on le devine, le dévoile, le dénigre, qu'on le mette à distance. Le « on » englobe famille et notables constituant leur monde ! Ils-me-font-chier, pense Angélique, tous !

Elle bouge, le corps révolté, être bête à ce point !

Quant à Frédéric, c'est différent, il n'est pas plus tenté par Norbert que par les femmes, ou quoi que ce soit, d'ailleurs. Oh, il a bien dû baiser dans sa vie, pense-t-elle, ne serait-ce que pour être « comme les autres », ou parce que ça se pratique, que c'est poli, de bon ton parfois, parce qu'une gamine titille l'œil, vaguement ! Mais en dehors de ça... Peu importe, Angélique l'aime bien. Il ne vient pas geindre, il s'installe à côté en disant qu'il veut respirer le même air pour voir s'il aura de l'effet sur lui ! Mais ça ne vient pas de l'air, coco !

Il ne répond jamais, cet abruti. Bien sûr que l'air n'y est pour rien, tous les deux le savent.

Comme le répète Elise avec un rire aigre et triste, côté sexe, ce petit est neutre. Côté vie, il est vide.

Il faut que je perde l'habitude de les appeler des petits, ça n'est vrai que pour la taille. Mais qui n'est petit à côté de moi ! Angélique rumine des pensées de ce genre depuis peu, les deux gaillards et leur traque perpétuelle commencent à l'agacer.

Frédéric a la cinquantaine. Norbert, elle ne sait pas. La quarantaine. Et puis elle s'en tape, de Norbert.

Mais j'aime bien Frédéric (bis).

Ah, en voilà un !

Non, c'est Edouard. Nom de Dieu, qu'est-ce qu'ils ont donc à me coller aux basques !

Edouard, dans un appareil moins recherché que les deux autres, qui s'habillent en campagne comme des touristes, ces cons ! Edouard arrive sur son vélo, essoufflé d'avoir pédalé à toute allure, faut que tu viennes, Angélique, on a repêché ton père dans la mare !

— Dans la mare ? Ce n'est pas sur son chemin !

— Peut-être bien, mais c'est là que le fils Chenut l'a découvert en se rendant au pré blanc avec ses vaches. Les gendarmes l'ont porté à la mairie, et ils veulent te voir.

Allons bon, manquait plus qu'eux ! En grognant, Angélique se lève, siffle son cheval qui relève la tête et trotte vers elle, pendant qu'Edouard, outré, les mains aux hanches, s'indigne, depuis quand qu'on siffle un cheval ?

— Depuis qu'on n'a pas de chien. Et de quoi je me mêle ? Retourne à tes occupations, moi je vais à la mairie.

— Comme ça ? Il regarde Angélique, carrée dans un bleu avec des pièces au cul, qui lui arrive à mi-mollets.

Elle hausse les épaules tout en sautant sur le Hanovre, ce n'est pas une robe qui ramènera le vieux ! Et puis c'est pas ton affaire, Edouard Meneux ! Occupe-toi de ton zinc et fous-moi la paix !

A la mairie, les gendarmes s'informent :

— Vous ne vous êtes pas inquiétée quand...

— De quoi ? Il rentrait à l'heure qu'il voulait, ce n'était pas de mon ressort. Cependant, la mare n'est pas sur sa route, je ne comprends pas.

Ils la regardent, ça vous est égal ?

Angélique hausse les épaules, on croirait que vous découvrez ce qu'il en était. Les gens ne vous ont rien dit ? La vérité, c'est qu'il buvait depuis toujours, plus ou moins en douce au début, il croyait encore pouvoir impressionner. Mais ça ne l'empêchait pas de me battre, jusqu'au moment où je l'ai dépassé d'une tête et d'une trentaine de kilos. Qui ont modifié le contexte, en somme. J'avais treize ans, j'en ai trente-trois. Depuis vingt ans, on se croise. Que voulez-vous de plus ? Beau temps qu'il ne jouait plus à la sobriété, il s'imbibait tous les soirs et rentrait fin saoul, histoire de ne pas voir ce fameux bouquin qu'il écrivait depuis quarante ans, sur la Révolution française et le libertinage dans l'aristocratie rurale ! Vous voulez venir constater ? Il y a le titre, et puis des feuilles blanches. Il n'est jamais allé au-delà de « Je pense... ». C'est dangereux un homme qui pense pas plus loin que le mot, brigadier, ça voit le gouffre !

— Vous ne refusez pas l'autopsie ?

— Je ne refuse rien, ni l'autopsie ni les hypothèses. Il est tombé, on l'a poussé, il s'est jeté. C'est simple, non ? Ces derniers temps, il n'était même plus agressif, il n'en avait plus les moyens physiques, donc on ne l'a pas poussé. Tombé, ce serait clair si la mare se trouvait sur son chemin habituel. J'en déduis qu'il s'est jeté.

— Vous héritez ?

Angélique se met à rire, les pages blanches ? Voulez-vous que j'explique aussi pourquoi il ne m'a pas abandonnée quand maman est morte ? Parce que c'était moi l'héritière. Et la tutelle a été exercée conjointement par le notaire et lui. Grâce à quoi il a pu vivoter à mes dépens en n'en branlant pas une jusqu'à ma majorité, mais sans me ruiner. Après, bien sûr, il a dû se mettre au boulot pour payer ses cuites.

— C'est pas la reconnaissance qui vous étouffe !

— La reconnaissance des coups ? Vous rigolez !

L'un des gendarmes parle à l'oreille de son chef, la fille aux sangliers, vous savez bien, la cousine des Donnavent...

Les deux hommes l'examinent, trop grande, trop forte, vêtue de loques. Le regard est direct mais ne révèle rien. Pourtant, d'après les on-dit, elle a de l'argent. Une robe neuve, ce serait pas du luxe !

— Alors, brigadier, je peux rentrer chez moi ? L'inspection est terminée ?

Le brigadier acquiesce. Lui et son adjoint sursautent au coup de sifflet qui rappelle le cheval.

Une fois seuls, ils s'interrogent.

— T'y crois, toi ?

— Au suicide ? Pas vraiment. De toute façon, tant que le médecin légiste n'aura pas examiné le corps...

Le fourgon emporte le mort. Les deux hommes grommellent, on voit le notaire demain, et puis après...

Dans la 4L bleu marine le brigadier marmonne entre ses dents, tout de même, tout de même, et son acolyte hoche la tête, si les enfants réagissaient tous comme la géante, où irait-on ?

— T'es sûr qu'il lui tapait dessus ?

— C'est ce que les gens disent ! Le gars Meneux raconte que le père, quand il est arrivé au patelin, sa fille sous le bras, s'habillait comme au siècle dernier ; il gueulait à qui voulait l'entendre qu'il écrivait des livres, et qu'il était comte. Personne n'a jamais vu la couleur de ses bouquins, ni su la vérité sur son titre. Beaucoup pensent qu'il se racontait des histoires et qu'il était le premier à y croire. Il serait pas le seul à vivre dans la lune !

Evidemment, tous ont pu repérer son œil au beurre noir une dizaine d'années plus tard. Ce jour-là, il poursuivait la gamine avec une étrivière, vous vous rendez compte ? A ce qu'on m'a rapporté, moi je n'y étais pas ! Eh bien, la fille s'est retournée, elle lui a arraché le fouet des mains en criant « maintenant, ça suffit ». Ce salaud-là lui a flanqué un coup de poing, et s'est retrouvé les quatre fers en l'air, avec un œil qui avait l'air d'un rognon malade ! Et ça, je l'ai vu de mes yeux ; le lendemain, tout le village en rigolait. Bien sûr, après, il ne l'a plus jamais frappée. Elle avait déjà fait la police à l'école, elle venait de s'y mettre à la maison, les gens se sont dit, ça promet ! Seulement, tant qu'on la laisse en paix, elle laisse les autres tranquilles, et je dirais même qu'elle se méfie de sa force, parce que, voyez-vous, brigadier, elle peut s'entortiller n'importe quel mec autour du petit doigt sans que ça l'essouffle ! Plus tard, quand elle est entrée en possession, à sa majorité, elle a entamé le tour des commerçants, les ardoises du papa, terminé. Plus de fin de mois à la mie de pain, qu'elle a tapé sur les comptoirs. A la suite de ça, on l'a vu, lui, obligé de se louer pour les vendanges ou les foins, il n'avait plus que soi pour payer de quoi tuer le ver, comme on cause par ici. Peu à peu, il s'est mis à boire au su et vu de tous, un vrai trou, sans plus se cacher.

— Avant, qu'est-ce qu'il fabriquait ?

— Rien, juste ce fameux livre qu'est resté pâle ! Encore heureux que le notaire ait serré les cordons de la bourse, j'ai l'impression.

— Et l'on ne savait même pas le nom de ce fada ? Donnavent, pas possible, et pourtant, elle... Oh, je m'y perds, râlait le brigadier. D'autant qu'il se baladait sans papiers, cet ivrogne.

Comme quoi, les saoulots sans nom ne doivent pas même espérer le respect dû aux morts ! Le village aurait pu expliquer que, par ici, on peut bien s'appeler Dupont-Durand, Donnavent avale tout. Mais les deux gendarmes étaient déjà loin.

Le bruit s'enfla vite que le décès du père d'Angélique n'était pas net, seulement l'autopsie ne révéla rien que d'ordinaire, il y avait de l'eau dans les poumons, et comme l'affirmait la postière à qui voulait l'entendre, il s'était bien noyé de son vivant !

Le jour des obsèques, la curiosité avait rassemblé la population en son entier ou presque, derrière le corbillard des enterrements de pauvres. Angélique n'entendait pas dépenser son « bon » argent pour un homme qui avait essayé de boire son bien. C'est une chose que tous comprirent.

Serrée dans une jupe qui recouvrait le bord de ses bottes et la faisait paraître encore plus grande, la jeune femme ouvrait la marche. Frédéric suivait, et Moira et madame Elise, comme on appelait la vieille qui survivait dans l'ombre de cette famille depuis peu. Une étrangère, s'agissait pas d'être familier. Il n'empêche que c'était elle qui poussait le fauteuil roulant de la vieille Donnavent de Pasture.

Angélique, briquée, le crin serré dans un ruban de velours, avait presque l'air d'une femelle. Sa jupe était noire mais les bottes et le corsage d'un bleu dur, le tout contrastait avec ses cheveux sombres et ses yeux d'eau. Putain, quel dommage ! pensaient quelques hommes qu'elle dominait d'une demi-tête. C'est au mariage qu'ils pensaient, parce que, pour le reste, sa taille les retient pas à ce qu'on murmure. Ou plutôt la leur ne l'arrête pas, elle...

La veille, le notaire – et ce n'était pas Portes-Hareilh, remarquaient les gens – avait reçu les gendarmes en rigolant. Sa fille ne savait pas tout, brigadier. La mare ne se trouvait pas sur le chemin de la baraque du vieux, mais sur celui de Joséphine Robella, que le comte, vrai ou faux, visitait de temps à autre sans que Angélique l'ait appris. D'ailleurs, elle s'en serait bien moquée ! Et la Robella filait des sous à son père. Elle s'est peut-être lassée, allez savoir !

Quant à l'argent, la fille avait raison. Le père n'avait jamais eu un sou en poche, malgré ses efforts et ses lamentations auprès du notaire. Juste ce qu'il faut pour vivre tous les deux !

— Voyez-vous, la mère d'Angélique, une Donnavent, pas folle, comme toutes les bonnes femmes de cette famille, accepta de l'entretenir de son vivant, soi-disant pour qu'il puisse écrire ce fameux bouquin. Seulement, ils étaient mariés sous un régime de communauté réduite aux acquêts, lesquels furent minces. Ce type, je le déteste, ce type, quand il réussissait à gagner trois francs-six sous en corrigeant des copies pour un cours par correspondance, c'était le bout du monde ! Et il les buvait. Je suis bien content qu'il soit mort !

— Vous croyez à un geste de la Robella ?

— Pensez-vous ! Je rigolais... Joséphine est grosse comme une allumette, je ne la vois pas pousser qui que ce soit dans une mare, elle n'aurait pas la force ! Non, c'est tout simple, il était ivre, il faisait froid, il a eu un malaise et il est tombé, voilà tout ! Il n'avait que soixante ans ? Avec pas mal de chopines à la clé, ça vous en rajoute quinze de mieux sans forcer, surtout la gnôle de par ici ! Non, je vous l'affirme, il est mort de mort, faut pas chercher plus loin ! Quant à Angélique, qui vivait déjà comme s'il n'existait pas, elle n'a pas vu d'inconvénient à ce qu'il crève ou qu'il continue de se saouler, croyez-moi !

On enterra donc le père avec un décorum qui ne dépassait pas le niveau de la fosse commune, et on ne s'attarda guère. Quand l'ordonnateur des Pompes funèbres (et d'Incendie) voulut avec componction agencer le défilé des condoléances, Angélique haussa les épaules, pas la peine.

— Mais ça se pratique, mademoiselle.

— Eh ben, ça s'pratiquera pas. J'ai rien à branler qu'on soit désolé pour moi, voyez !

Quand elle jouait à la péquenaude, il valait mieux en rester là. Le bonhomme cria donc vers l'entourage, c'est terminé mesdames et messieurs, vous pouvez rentrer chez vous, et les bonnes gens s'en retournèrent en marmonnant que dans le fond, on demeurait dans la logique des choses, bien que la logique les laissât sur leur faim.

*
* *

— Bon, c'est pas le tout, décrète Angélique, le lendemain matin, puisque tu n'as rien de mieux sous la main, mon gars, on va déménager ce bordel et commencer à retaper la maison, un bail que j'en ai envie. Et puis ça t'occupera.

Parodiant le village, Frédéric pense d'abord « c'est logique », puis en second constate que recevoir des ordres ne manque pas d'avantages, à commencer par un côté reposant qu'il n'a pas eu l'heur de connaître jusque-là. Je me suis trompé sur moi-même, expliquet-il, j'ai l'intellect d'un décideur, et l'âme d'un exécutant. Si j'ai une âme !

Elle ricane en bougeant les épaules.

— Ce que tu peux être bête ! Montre-moi ce que t'as décidé jusqu'à présent ! Quelques améliorations sur tes avions, un ou deux refus par-ci, par-là dans les ventes, histoire de te bâtir une conscience à bon compte ? En gros, le décideur, c'était ton service commercial ; il fixait les limites de ton pouvoir de décision, mon vieux, et c'est tout ! Les hommes s'attachent vraiment à des hochets ! Voilà pourquoi je préfère les sangliers. Quand un vieux dur à cuire ne parvient plus à flanquer une rouste aux jeunes mâles, il se taille, se reconvertit, il survit en solitaire. Toi, pareil, seulement tu n'y trouves pas ton compte. Tu ne sais pas vivre, mon vieux, tu m'énerves.

— Autant que Norbert ?

— Lui, c'est autre chose, lui je ne peux pas le sentir, même de loin, il me lève le poil !

— Parce qu'il me court après ?

— Parce qu'il ne regarde rien en face, à commencer par ses appétits. C'est un lâche, sans intérêt.

— Il n'a pas ta santé...

Hérissée, Angélique attrape Frédéric, le hisse à hauteur d'épaule.

— Ecoute-moi, ce qui le mine, ce n'est pas l'envie de crever, c'est de ne pas oser vivre à sa guise, et que penseraient papa, et ma sœur, et le curé, et le... merde ! Il est mou, c'est de la chicouillette, et tiens, je ne suis même pas sûre que si tu étais de son bord, à cette lope, il saurait te prendre ou s'offrir. Un de ces quatre matins, je vais lui coller un fusil de chasse entre les pognes et lui conseiller d'aller se tirer une balle dans la tête. Je peux même lui tenir la crosse s'il n'a pas le courage ! Combien paries-tu qu'il se sauve et qu'on ne le revoie pas de sitôt ! Ce qu'il veut, c'est partir avec quelqu'un. Il est du genre : après moi, le déluge !

— Tu regretterais...

Angélique rit.

— Que veux-tu que je m'embarrasse d'un hypocrite qui raconte à qui veut bien l'écouter qu'il cherche à t'éloigner d'ici parce que tu y perds ton temps... Je te demande un peu ! C'est tellement cousu de corde à nœuds que son père lui-même n'ose plus venir te voir. Il a honte, le vieux Portes-Hareilh. Quant à la sœur... Ah, celle-là ! Elle a tout agencé pour qu'il ne les quitte pas ! Comme réussite, c'est gratiné ! Maintenant, elle aimerait bien qu'il parte, on jase autour, seulement... La botte me démange, tiens !

— Angélique, je me fous de Norbert, d'Edouard...

— Et de moi, mon pauvre. Ce que tu cherches, c'est à te solidifier. T'en prends pas le chemin, permets-moi de te le dire !

Elle hausse les épaules une fois de plus, la solidité n'est pas contagieuse, hélas ! sinon il y a longtemps qu'il serait guéri, à la coller comme ça ! Ne crois surtout pas que je vais te tenir à bout de bras jusqu'à la fin de tes jours ! Tu devrais tomber amoureux, décider comme ta mère d' te frotter aux peaux, seulement ça a l'air de te laisser froid autant que le reste. Pas le cul, pas le raisin, et tu n'as plus les avions... Tu es un drôle de type, Frédéric. Dans cette famille, c'est vraiment curieux, tous les bonshommes sont ratés, je ne sais pas pourquoi. Tu devrais lire les papelards que tu as récupérés dans les armoires d'Héléna, et les lettres de l'autre, là, celle dont Elise parle comme si c'était le bon Dieu ! La Nobody. Ah, t'es vraiment pas curieux ! Tu n'as pas envie de savoir ce qu'elles se sont balancé dans les dents durant trente berges ? Si j'en crois la lettre du vieux Turc, celle que tu m'as montrée l'autre semaine, c'était un sacré morceau, cette femme. Rien que tous ces noms qu'elle a eus, Maria, Guenièvre, Nobody. Cela ne t'intrigue pas ? Moi, si.

Elle le pousse.

— ... Lis-les pour moi, raconte. D'ailleurs, si tu ne te décides pas, je te jette. Pour ce que tu me sers, même pas capable d'enduire un mur !

Frédéric, pâlichon, demande ce qu'elle attend de lui.

— Rien qui puisse te gêner, t'es pas mon genre.

— C'est quoi, ton genre ?

— T'occupe. Toi, tu t'intéresses à rien tout en observant ton nombril comme si c'était la huitième merveille du monde ! Permets-moi de te dire qu'il n'y a pourtant pas lieu. Tu n'es même pas foutu de jouir de l'existence alors que t'as le fric et le beau rôle ! (Angélique se détourne.) Allez file, va débrouiller ces lettres ou pends-toi, tiens ! mais sors-toi de mes pattes. A moins que tu préfères racler cette merde du paternel, c'est toujours ça que je n'aurai pas à me farcir !

Après une séance de nettoyage dont il se serait passé, Frédéric rentre, mange sans un mot face aux deux vieilles femmes qui se taisent aussi tout en le guettant, retourne dans sa chambre. Il ressort la boîte où est enfermé tout ce qui concerne sa mère, et la vide sur son bureau.

Chapitre 9

FRÉDÉRIC

Je ne voulais pas savoir pourquoi j'avais appelé Elise à la rescousse. Devant le paquet de lettres que je déployais, son regard m'y a vite obligé : j'avais peur, pas tant de ce que j'allais découvrir sur ma mère, que de ce que je risquais d'entrevoir de moi-même par la force des choses. Elise a soupiré, il serait temps de grandir, Frédéric. Dans ses yeux, une pensée dure. Elle m'a traversé au même moment, il était bien tard pour ça !

Pendant qu'elle essayait de mettre un semblant d'ordre dans les enveloppes, je suis resté debout face aux collines, réfléchissant à ce qu'avait raconté Moira, la veille, l'aventure de ce Deux de l'Ozoir découvrant à mon âge ou à peu près, l'Etoile Noire vers laquelle il avait tendu toute son existence avant de la trouver là, sous ces arbres, près de ces bassins calmes. L'Etoile dormait entre les mains de Laure, née dans les pâturages. D'où ce nom indéracinable, Donnavent de Pasture, auquel il n'avait pas réussi à substituer le sien. Peut-être parce qu'il s'en moquait, parce qu'il avait tâté de certains absolus, allez savoir ! Et puis les étoiles-souches sont comme des trous noirs, elles avalent tout.

Aucun homme n'a porté le patronyme longtemps. Les femmes, prudentes, l'imposaient, le faisaient miroiter comme une dot, alors qu'il n'était peut-être qu'une malédiction. Les maris pas plus que les fils ne sont allés bien loin... Gloria en a épuisé trois avant de mourir avec le quatrième. Héloïse avait choisi un géniteur que la tuberculose devait expédier sans rémission. Elle n'a pondu que des filles – une chance, dit-elle toujours –, dont certaines se sont gardées du mariage sans renoncer au gros ventre. C'est ainsi qu'en parlent les gens d'ici, avec affection, il ne faut pas croire. Pas de jugement surtout, ce qui compte, ce sont les enfants, avec eux la paire de bras, le reste ! Chez les Donnavent, la bâtardise n'a jamais effrayé qui que ce soit.

Elise continuait de fouiller les lettres, de trier par date. A première vue elles couvraient deux décennies au moins. Peut-être davantage, mais les derniers mois, avoua-t-elle, ta mère n'écrivait plus guère. Maria ne répondait pas, alors Héléna soupirait, je l'exaspère, je sais bien, je l'agace, il paraît que je remâche nos histoires comme un bovidé qui rumine. Seulement Maria était peut-être déjà morte, ou courait encore et toujours les océans. Nomade, oui. Ou disparue, bue par ces eaux qu'elle avait affrontées comme on provoque ce qu'on attend le plus... Elise, rêveuse, devait se dire qu'on peut errer dans sa tête aussi bien que de par le monde, mais que cela ne facilite pas le travail du deuil. Moi aussi, j'aimais Maria, moi aussi. Elle l'a répété, comme s'il fallait absolument m'en convaincre.

Et d'abord avait-elle conservé toutes les « bouteilles à la mer » venues d'Héléna ? Impossible de le savoir.

Autant râler, se rebeller contre la besogne, tu ne peux pas trier toi-même, non ?

— C'est un vrai boulot qu'apparier les réponses de l'une aux envois de l'autre, et toi, tu n'as rien trouvé de mieux que mettre le paquet de Turquie en vrac dans les boîtes au garde-meuble. Ce n'est pas malin, il faudra bien y fouiller, non ?...

Pour elle-même, elle grognait, cette manie qu'ils ont, tous, de vouloir comprendre, de vouloir saisir les choses au plus près ! Comme si les connaître les modifiait ! Donner un nom à tout ce qui bouge, ça empêche de bouger ?

Pourtant, lire une certaine missive d'Héléna renseignait à suffisance, elle avait bien été le mouton noir de la famille ! Et moi, je n'étais le mouton noir de personne, pas même le mien.

« Pourquoi ai-je laissé les Donnavent derrière moi ? Maria, Maria, tu ne connais pas le poids de certaines tribus, je t'ai entendue regretter la carence des tiens, mais tu ne sais pas : une famille, parfois, c'est un carcan, un faisceau de petites habitudes sans nécessité qui, malgré cela, deviennent des traditions, des rites qu'on perpétue. Et qui alourdissent, enferment, garrottent. Chez les Donnavent, les mères sont des divinités tapies sur le nom et les vignes comme des Erinyes, et gare à ceux ou celles qui dérogent. Les fils et les maris foutent le camp comme ils peuvent, se carapatent à toute allure, disparaissent, morts ou vivants. Nous les filles, Maria, nous rêvons ou nous endossons pour devenir des mères à notre tour ! Celles qui continuent de rêver ? Elles crèvent, et vite, la maladie a bon dos. Quand elles se suicident, on parle d'accident fatal, de malchance. Les autres assument, elles se parent d'un adjectif, vois-tu, elles sont fortes ! Et puis elles alourdissent un peu plus, elles maintiennent, tu comprends ? Je suis la dernière à résister, à refuser, à dire, oh, gentiment, gardez vos vignes et votre faiblesse devant le Château Saint-Jean, il ne m'intéresse pas. Je les ai supportées longtemps, ces femmes de ma lignée, elles ne sont pas méchantes sciemment, pas davantage avec science, elles sont entées sur leur Merlot ou leurs cépages comme des rameaux des mêmes, et elles s'accrochent dur, prêtes à en faire baver aux suivantes si elles introduisent du neuf dans leurs vieilleries. Moi, que veux-tu, c'est la mer que je voulais. Comme toi, seulement toi, tu as eu besoin de toucher au plus vif. Tu leur ressembles, tu sais. Ce qui t'explique que, les ayant fuies, j'en parle sans cesse. Quand tu n'es pas là, Maria, de toi aussi je discours. Elles et toi, vous êtes des saint Thomas, des jouisseuses de la vérification ! Maria chérie, ce n'est pas mon cas, je suis pour les départs immobiles, pour les odeurs plus que pour les mouvements, pour la rêverie plus que pour la réalité. Tu avais besoin de toucher du doigt, et dès que tu en as pris conscience, tu as couru. Moi, que veux-tu, je me fous des mensonges du moment qu'ils sont beaux. C'est ce qui me perd ou me couronne, qui peut en décider ? Je suis partie non pour les quitter, non pour leur abandonner le terrain, mais pour qu'on me laisse en paix sans le pinard, leur sacré pinard, voilà le vrai ! Alors, elles m'ont coupé les vivres, en espérant que cela m'obligerait à revenir, et revenir pour qu'elles me casent avec un minable, pour mettre au monde des filles Donnavent comme toujours, pour prendre la suite ? Mauvais calcul. Elles n'entendaient pas plier devant qui ne leur ressemblait pas ? Quelque part, je suis comme elles, je ne plie pas davantage. »

Concluant, non ? Et moi Frédéric, j'avais choisi l'air et le ciel à la place de quoi ? Seulement pour me soulager de la pesanteur ? Pour prendre de la hauteur vis-à-vis du réel ? Je tenais de ma mère, certes, et de qui encore ?

Mes journées ont commencé à se jouer comme une valse à trois temps. Le matin, je tenais les comptes, distribuais le travail, m'efforçait de tâter des degrés d'alcool et de l'état de la dernière récolte. Routine. L'après-midi, Angélique me collait grattoir et truelle en main pendant qu'elle montait sur le toit pour changer les tuiles fendues et mastiquer et traiter les charpentes qui n'avaient pas vu l'hexachlorophène depuis des lustres, et bondir de cheminée en gouttière pour tester la solidité de cet appareil domestique. Un truc d'homme, disait-elle en rigolant, ce n'est pas pour toi ! Et sous ses cent kilos, le réel était solide. Cela ne me « solidifiait » pas pour autant.

Le soir enfin, je picorais dans les lettres ou les arpentais de phrase en phrase, histoire de sauter les années ou de les revivre en continu, selon l'humeur du moment.

Elise avait mis à l'écart tout un paquet de « brèves » d'une Maria qui, elle, ne faisait pas de phrases ! C'était dans les premiers temps, elle n'avait pas encore pris la mer comme on s'empoigne avec une passion, elle s'occupait de maman en la secouant de la bonne manière : Tu es née pour être pute autant que moi pour être archevêque, disait-elle avec rage, tu aimes trop les corps et pas assez l'argent. Et tu ne sais rien faire, ma pauvre, que t'ont-elles appris, ces connes de ta famille ? Même pas à survivre !

Je n'ai eu personne pour me rudoyer, moi, pour m'ouvrir les yeux ou consentir à ce que je les ferme, j'ai dû tout inventer seul, et je n'ai pas d'imagination.

Les « réprimandes » s'accumulaient :

« Héléna tu m'emmerdes. Tu les as quittées pour ne plus les sentir peser, et tu les ramènes sur la table sans arrêt ! »

« Héléna, tu es folle ! Comment vas-tu l'élever, cet enfant ? Tu es tout juste bonne à te nourrir et encore parce que tu manges à peine ! Mais lui, ou elle... »

« Héléna, l'enfant de la mer, dis-tu... Mais quelle idiote ! Si ça se trouve, ce gosse héritera la glèbe qui te colle au cul quoi que tu dises ! »

« Je te préviens, Héléna, un garçon, ça mange trois fois par jour autre chose que des billevisées sans envol !

« Tu l'aimes ? Bien sûr que tu l'aimes, Héléna, mais si l'amour suffisait, ça se saurait, bordel ! »

Le ton changeait à peine quand elle était devenue marraine. « Est-ce qu'il s'élève bien ? » demandait-elle, et maman devait lui répondre la vérité, que j'étais un enfant trop sage, qui déjà ne raffolait pas de l'existence.

Angélique me réveille, tu n'as jamais été amoureux ? Elle s'est penchée par-dessus le bardeau qu'elle repeint, eh Frédéric Donnavent, tu m'écoutes ?

— Non, jamais.

Elle reprend son pinceau et fulmine, putain-con, ce mec n'est pas vrai !

— Et toi ?

— Moi ? Oh là là ! Moi, je suis amoureuse de la vie, je jouis de tout, si tu veux savoir !

— Même du crochet avec Elise ?

— Ouais, et j'aime cuisiner, coudre, marcher, chasser, monter à cheval, j'aime dormir, j'aime tout !

— Et les hommes ?

— Les hommes aussi ! Que crois-tu ? Au lit, mon vieux, qui se soucie de ma taille ? (Elle rit). Mon petit père, tu te fais un monde d'une poussière ! Sûr qu'ils ne me demandent pas d'aller au bal avec eux, ni ma main à tout bout de champ ! Ils viennent à la nuit tombée, péteux, d'accord. Il y en a que je terrorise et ceux-là ne se décideront jamais. Les autres comprennent vite, je n'épouse pas, c'est rassurant, non ?

— Et s'ils te collent un gosse ?

— Un Donnavent de plus ! Les bâtards, tu sais, on les digère comme les légitimes, ce qui compte, c'est ce qu'ils font, pas ce que pensent les autres. D'ailleurs, par ici, on ne pense guère, ça ne sert pas et ça ne rapporte rien.

— Ce n'est pas ce que j'appelle être amoureuse, Angélique.

Elle a sauté du toit, ramassée comme un chat, un jour elle va se tuer.

J'aime pas les échelles ! Mon Dieu, cette phrase dans ma tête, sortie d'où ?

— Qu'est-ce qui t'arrive, t'es pâle comme un mort ?

— Une espèce d'hallucination. Ai-je dit quelque chose, à l'instant ?

— Ouais ! « Un jour tu vas te tuer. »

— Et tu m'as répondu ?

— Bah non ! Je suis vivante et déjà descendue. Frédéric, je saute du toit depuis que je suis môme ! C'est le seul endroit où le vieux ne venait pas me rejoindre quand j'étais petite, histoire de me coller une baffe. En plus, il paraît que ça tient de famille !

Rien de ce qu'elle disait ne me réconfortait. J'ai tout

plaqué, sans riposter à son engueulade, que je la laissais en plan ! Tu pourrais finir ce que tu as commencé, non ? Espèce de fils de pute !

Oui, j'étais un fils de pute. Cela ne m'avait jamais dérangé. En revanche, percevoir des mots que je n'avais pas dits, oui, ça me bouleversait. Je suis rentré en pleine panique, ne sachant comment me sortir de la tête ce que j'étais certain d'avoir entendu. Oserais-je même en parler !

Elise parcourait les lettres qu'elle avait classées, et des larmes luisaient sur sa joue. Elle m'a regardée, hagarde, plus agacée que chagrine, d'ailleurs. Rien, elle n'avait rien, les lettres ravivaient juste des choses qu'elle aurait préféré oublier, mais c'était le revers de la médaille. Revisiter le passé, c'est en revisiter le bon comme le mauvais, méfie-toi Frédéric, cela vaut pour toi aussi. Tu veux vraiment que je continue ?

Elle me tendait une très vieille lettre, qui datait de cinquante ans, au moins, où Maria disait qu'il fallait s'occuper de la petite – c'est moi, précisait Elise.

« Elise est nunuche comme il n'est pas permis dans ce métier. Sa mère, une vraie salope. Quant à l'amant des deux, n'en parlons pas, une ordure. Il a séduit la gamine pour la tenir avant de la mettre au turf. Nous avons réglé leur compte à tous les deux, et c'est moi qui ai jeté la vieille à la baille dans l'avant-port. Elise vient de s'envoyer deux années de sana et n'a que dix-neuf ans, ça te donne idée de l'âge qu'elle avait quand ils l'ont collée sur le trottoir. Bien sûr, elle n'y a vu que du feu, amoureuse durant trois mois de rodage sous le couvert du bonheur, et hop au turbin, avec comme seul impératif catégorique – tu vois que tes “leçons” ne sont pas toutes perdues... rapporter du fric à “maman”. Laquelle touche les dividendes de sa mise de fonds initiale. Enfant sans père, bien sûr. Je me demande encore pourquoi je me suis retenue de l'étriper pour de bon ! Elle s'en est tirée avec deux côtes cassées, et une infection carabinée ! Prions pour que ça lui apprenne à porter un slip ! La vase du port, en tout cas, a failli réussir ce que je n'avais pas poussé jusqu'à la conclusion !

« Je te confie la gosse. Elle a besoin de retaper sa tendresse autant que son corps. S'occuper du petit avec toi lui sera bénéfique. Après, on verra. Bien sûr, elle ne sait pas se servir de ses dix doigts, mais tu connais, et quelque chose me donne à penser qu'elle n'est pas aussi bêtassoun qu'elle en a l'air ! Oh, je peux me tromper, évidemment. Vois ce que tu peux pour la dégourdir, elle a une mémoire d'enfer. Comme beaucoup d'imbéciles, tu me diras... En attendant, voilà toujours du fric pour sa pension, et je t'en prie, mange un peu toi aussi, pour une fois. Quand tu n'en auras plus, appelle. Je suis à Londres pour un moment. Tu laisses un message au vieux Paddy, comme les autres années.

« Héléna, je suis au bord de je ne sais quoi, une décision, une aventure, un enterrement. Je ne crois pas aux mots, tu me l'as dit il y a longtemps et tu avais raison, je ne crois plus à rien de ce qui satisfait les autres, j'ai besoin d'aller voir ailleurs si l'océan est plus vert qu'ils le serinent ! Leur chanson ne me suffit plus. C'est en cela que nous divergeons, toi et moi. »

Elise, requinquée, gloussait, mon Dieu c'est vrai que j'étais bête ! Je gobais tout ce qu'on me disait. Aucune jugeote, et sans ta mère, ce que j'avais vécu ne m'aurait même pas servi de leçon ! Je béais, déjà disposée à gober jusqu'au soleil tournant autour de la terre ! Ta mère était intelligente, Frédéric, elle n'a jamais éludé les explications. Elle courait me dénicher la preuve de la vérité et me l'entrait dans la comprenette, de gré ou de force ! Moi je ne demandais qu'à apprendre. Très vite, nous avons admis, toutes deux, que c'était un jeu auquel je me laissais aller avec une sorte d'avidité, comme si je voulais rattraper mon retard ! Oh, je ne lisais pas vite mais je retenais ce que j'entendais. Alors, Héléna a commencé d'enseigner à haute voix, et moi d'enregistrer... Et toi, vois-tu, tu te redressais dans ton berceau puis dans ton lit, et tu écoutais. Tu avais deux ans et demi-trois ans, par là, quand tu nous as déclaré, au beau milieu de ton bain et avec un sérieux impayable, que le métal chauffé s'accroissait en taille proportionnellement à son coefficient de dilatation. On en est restées sur le cul ! Tu essayais de dévisser je ne sais quoi et tu l'as mis sous le robinet d'eau chaude, exactement comme ta mère l'avait fait la veille avec une bouteille de sirop ! Ça nous a stupéfiées.

Et puis on s'est dit qu'on allait te transformer en ingénieur, et tu vois, ce n'est pas tombé loin !

J'ai senti qu'elle ajoutait les détails aux détails pour ne pas revenir sur la lettre de Maria, mais je voulais savoir. Oui, je tiens à savoir, Elise.

— Maria est partie, loin. Elle a troqué sa vieille péniche hollandaise, contre... je ne saurais te dire ce que c'était, un voilier. Et elle nous a quittées. C'est à ce moment-là que ta mère a dit qu'elle s'en allait, elle aussi, qu'elle descendait dans le Sud, près d'une côte, bien sûr, et qu'il fallait me trouver du boulot. Je suis devenue bonne à tout faire, un genre de servante, si tu veux, d'abord, puis très vite une sorte de gouvernante dans des familles à moutards, à qui j'apprenais le b.a.ba de la vie, grâce à tout ce que j'avais retenu des enseignements d'Héléna. J'ai vieilli sans même m'en apercevoir. Jusqu'au jour de l'annonce... Après, tu connais.

— Et Maria ?

— Elle écrivait. A moi, pas grand-chose, je ne l'ai pas vraiment intéressée, vois-tu. A Héléna, oui.

Elise a montré le tas des lettres avec un petit sourire un peu moqueur, et tu devrais bien rechercher les réponses de ta mère au garde-meuble, si tu veux tout savoir comme tu le revendiques.

Seulement, j'étais entré dans une autre préoccupation : cette phrase, qui n'avait pour l'instant ni queue ni tête, me taraudait. *J'aime pas les échelles...*

J'avais dû parler à voix haute, Elise ouvrait des yeux énormes, voilà que je devenais fou. J'ai crié : « Tu ne peux pas comprendre, est-ce que je comprends, moi ! Et je ne suis pas fou ! D'où je tire ces mots ? vas-y, demande à Moira, trouve quelque chose ! Je ne suis pas fou, mais je vais le devenir, à force ! »

Elle est partie en courant, j'ai balayé les lettres de la table, soudain je n'avais rien à espérer du passé, sauf si cette phrase en sortait. Et ça, les lettres ne me la diraient pas.

Chapitre 10

ÉLISE

Bizarre n'était pas le mot qui convenait, et la phrase demeurait incompréhensible. Il était clair que Frédéric redoutait la réponse, le regard l'accompagnant, le sursaut, l'inquiétude. Logique donc de l'avoir envoyée quérir une... En tout cas ce qui se rapprocherait le plus d'une explication. Tout de même, regimbait Elise pour elle seule en descendant l'escalier plus calmement, le jour où il s'occupera de lui au lieu de s'en remettre aux autres, eh bien quel soulagement, nom de dieu ! A croire que dans sa tête, ce garçon de cinquante balais a toujours douze ans.

A Moira, Elise ne cacha ni les circonstances ni les terreurs ni le haussement d'épaules qu'Angélique n'avait pas dissimulé quand elle l'avait interrogée. Sacré tonnerre qu'il est bête ! avait rugi la géante, on a tous des machins qui nous passent par la tête, pourquoi veut-il en monter une mayonnaise ? Mais quelle andouille, celui-là !

La vieille dame pouffa dans ses mains, cette fille est le bon sens même ! Pas de mystère, pas le moindre symptôme de folie ! Chez les Donnavent, on est normal jusqu'à la banalité, jusqu'à l'ennui, ma chère, je l'avoue ! A son tour, elle haussait les épaules, phrase inquiétante ? Allons ! Qu'en dire sinon qu'elle est idiote, un trait de caractère familial ! Elle nous hante, depuis des temps, depuis les Deux de l'Ozoir pour être précis, mais on l'a toujours considérée comme un signal d'alarme. Je suppose qu'il faudrait joindre José, il est bien le seul dont nous ayons encore à nous soucier par ici !

Elle empoigna le téléphone, tomba sur Federigo qui eut un hoquet de surprise, j'allais t'appeler, vieille maman, il est au plus mal et je ne sais plus comment me sortir de... L'adolescent, abandonnant le français, poursuivit avec l'accent d'une détresse mal maîtrisée. José se plaignait depuis trois jours, refusait de convoquer le médecin, affirmant qu'il courait vers sa fin, qu'il ne reverrait plus Saint-Jean ni Moira. Ce serait bien que quelqu'un nous vienne de chez toi, vieille maman, ajouta l'adolescent après un silence, est-ce que Frédéric.. ?

Consternée, Moira l'apaisa aussitôt, Frédéric en effet ne voudrait sûrement pas le laisser se dépatouiller seul, il allait... Va donc le prévenir, demanda-t-elle après avoir raccroché, tutoyant Elise pour la première fois. Tu as eu raison de me rapporter cette histoire.

Elle ajouta presque aussitôt qu'à rester seules un bout de temps, car il ne fallait pas se leurrer, Frédéric ne se contenterait pas d'un aller-retour ! – elles devraient s'accommoder de ce départ... Elise sourit, dans l'égalité ? Bien sûr ! Moira, intéressée, la pesait de la pointe des yeux ; pour l'une et l'autre, Frédéric sauterait sur cette occasion de quitter le domaine. Pourtant, elles n'échangèrent pas leur impression, en attente de sa réaction devant la nouvelle.

Frédéric les regarda, soucieux certes, mais avec sur le visage, dans le port de tête, les marques d'un soulagement net. Evidemment qu'il y courait, et tout de suite, pas un problème, heureux d'avoir à s'occuper ailleurs, elles ne s'étaient pas trompées.

En une heure, il rassembla sous leurs nez passeport et papiers divers, sonna Toulouse pour s'assurer de la validité de ses visas, et dégoter un pilote : lequel s'en mêlerait, le trimbalerait jusqu'à Mexico ? au cours d'un convoiement, peut-être ? Cherche pas, je te trouve ça moi-même en personne, répondit un certain Jo, et ramène ta fraise en vitesse, je décolle ce soir, justement pour ton coin ! Après un petit sursaut de langue, l'homme ajouta qu'on en terminait juste avec ce que lui, Frédéric, avait décroché deux ans auparavant, et crois-moi, mon petit père, on boucle dans l'inquiétude, parce que de nouveaux contrats, vois-tu, y en a pas lerche en ce moment, ton successeur est un foutu con. Ouais, on a dû garder ton assistant, le petit pourri qui trempait dans la magouille jusqu'aux oreilles ! Le papa a déclaré, donnant-donnant pour les commandes d'Etat... je te laisse deviner la joie du mossieur Phipps qui lui réserve un chien de sa chienne, sûr, mais pour quand ? Et l'autre connard continue d'alimenter son marché en dessous-de-table, c'est la vie-chéri !

Frédéric les machoires serrées, Frédéric en homme d'action... Moira, le visage neutre, ne laissait rien paraître de son sentiment, elle devait penser que le pinard, comme il disait, avait échoué là où l'appel du large ou le rappel du passé, au choix, redéclenchait la machine ! Elise intérieurement s'amusait, Moira avait peut-être vieilli sous le harnais, il n'empêche qu'elle ne comprenait toujours rien aux mâles de la famille ! Elle ouvrit la bouche et la referma. A quoi bon ! Vieux constat-vieille amertume, elle n'allait pas en rajouter sur les déplaisirs qu'elle devinait. Du coup, elle proposa de préparer la valise, ça l'occuperait.

En sortant, se tournant du côté de Moira, elle cligna de l'œil. Dans un sens, les complicités, comme toujours, fleurissaient sur les ruines, encore la vieille histoire d'union sacrée. Au demeurant, elle n'avait pas attendu que Frédéric se désintéresse du domaine pour imaginer qu'il faudrait le remplacer, Moira en était-elle consciente depuis aussi longtemps qu'elle ? Ce n'est pas qu'elle n'est pas intelligente, pensa-t-elle avec une acidité dont elle se gourmanda sans excès, mais il lui a manqué ce qui aiguise l'esprit, à défaut de la ruse, la nécessité de contourner les aléas ! Ma fille, t'alignes des phrases, tu devrais savoir, depuis le temps, que ça ne t'a jamais soulagée. Faut prendre Moira comme elle est, sans l'expérience de la misère peut-être, mais fine. Oui, diablement fine.

Frédéric, profitant de cette absence momentanée, s'assit en face de Moira, saisit les mains déformées pour quasiment hurler qu'il reviendrait ou non, lui-même ne le savait pas. Elise se haussant jusqu'aux chambres, gloussa, elle n'avait pas besoin d'écouter plus avant, elle se doutait de ce qu'il allait dire, qu'Angélique devait prendre sa place. Tout bénéfice, ça c'était certain, une vraie garantie. Et Moira de jouer le jeu, naturellement.

— Tu l'aimes bien.

— Serait-ce suffisant ? Elle va adorer ton vin comme elle aime tout, comme elle est prête aux suppléments d'âme quels qu'ils soient. Si tant est qu'il s'agisse d'âme... Plus cette fille en fait, mieux elle se porte, et je l'envie parfois ! Bref, Pauline, tu y gagnes, je te le dis franchement. Elle enfourchera tes dadas sans histoire, dans un an tu te retrouveras en coupe réglée et heureuse de l'être. Tu ne demandes que ça, pas vrai ? Et puis c'est une Donnavent, mieux, une femelle Donnavent.

— Tu comprends vite, non ?

Il devait rire. Moira ressasse, chez eux les mecs sont ratés, mais alors qu'elle se lamente, Angélique se contente de prendre le taureau par les cornes. Une pragmatique. Et puis entendons-nous, Frédéric raté ? selon l'optique de la vieille, qui ne voit pas plus loin que le Pinard Saint-Jean ! et selon ses vues à elle, Angélique, qui n'a jamais quitté le coin pour plus de vingt kilomètres ! Mais peu importe, pense Elise en pliant les chemises et le linge de corps, moi je crois que leurs gars avaient besoin d'air, un point c'est tout, besoin d'exister autrement qu'assis sur un tonneau. Pour en revenir à Angélique... si Moira voulait que rien ne bouge, avec Frédéric, elle était servie, cela ne l'intéressait pas assez, mais avec la grande... moins sûr. C'est le moment de t'interroger, ma camarade, que désires-tu vraiment ? Que les choses restent en l'état, ou que ça commence à se remuer le cul dans ton cru ?

C'était rigolo d'inventer ! A peu de mots près, Elise connaissait la réponse, Moira allait hocher la tête en silence, puis murmurer que Frédéric devrait essayer de revenir, malgré tout, de ramener son protégé, pourquoi pas ? L'histoire se répétait, voilà tout. Si José l'aimait, c'est que Federigo valait de l'or, ce petit homme-là ne pouvait pas se tromper sur les êtres, il était comme elle, il en avait bavé. Et comment savait-elle que José ? Bah voyons ! Combien de fois les avait-elle entendus au téléphone sans qu'ensuite Moira en dise rien à Frédéric, combien de fois Federigo était-il revenu sur la table comme un délice à déguster plus tard ! Mon Dieu, tous ces gens étaient des enfants de chœur, des transparences ! Au moins la galanterie, ça vous ouvrait l'œil !

En bas, Frédéric devait toiser son monde, deviner... Plus aucune importance aujourd'hui ; Moira avait eu peur qu'il parte ? Maintenant qu'il s'en allait pour de bon, ça ne lui faisait ni chaud ni froid. « Avoue-le donc, Pauline, tu soupèses Angélique depuis quelque temps, non ? » Ne le prends pas pour un imbécile, ne t'imagine pas pouvoir jouer les indéchiffrables avec lui, il est plus rude et plus lucide que tu ne le penses, surtout quand il s'agit des autres ! Il a cru de bonne foi pouvoir changer de cap, s'arrêter... chez toi ou ailleurs. Mais on ne change pas, vois-tu. Il n'était pas temps pour lui de jouer au maître de chais, au propriétaire d'un vignoble, même classé. C'est une sorte d'errant, c'est dans ses gènes, je crois bien ! Sa mère était pareille.

Décidément, le jeu des demandes et des réponses, un truc à elle, elle le pratiquait sans arrêt depuis l'âge de quinze ans, même quand elle arpentait le trottoir, même quand elle attendait que le BK lâche prise avant les sulfamides ! Frédéric crachait-il ce qu'il avait confié à sa mère, certains soirs, que voler permettait d'échapper à l'immobile, à tout ce qui oblige à déceler son poids sur les choses et leur poids sur soi ? Frédéric n'aimait ni posséder ni l'être. Voilà. C'est tout ce qu'elle savait avec précision. Là-bas, il fouillerait plus loin, plus profond, plus... Pour trouver quoi ? Autre histoire. Rien peut-être. Ou poser un nom sur ce qui le tue, et ça compte. Au fond, oui, il devait lui balancer le vrai, comme le matin même en face d'elle ; s'il restait, il se flinguerait un jour ou l'autre, et ce n'était pas Edouard ou Norbert qui le sortirait de la merde, au contraire. Ces deux-là, par des détours différents, contribuaient à l'enfoncer un peu plus chaque jour, chaque heure un peu plus...

Elise redescendit juste au moment où Pauline branlait du chef avec conviction, tu as sans doute raison.

Frédéric ricana, j'ai raison. Je suis désolé de te décevoir, mais je ne suis qu'un mâle Donnavent comme les précédents, c'est-à-dire inefficace selon ton point de vue. En outre, la situation n'est pas tragique, je te l'ai dit, tu as Angélique. Ce que tu refuses de considérer, Pauline, c'est en nous, le vieux fonds d'aventure et de voyage qui a catapulté le premier Deux de l'Ozoir sur les mers. Qu'il ait fait souche ici n'efface pas ses voyages, qu'il se soit arrêté ne signifie pas qu'il n'a jamais eu envie de repartir. Qu'en savons-nous ? Tu crois qu'il l'aurait avoué ? Allons ! Laure le tenait aux couilles, c'est une amarre comme une autre !

Pendant qu'Elise, les yeux au ciel, se disait avec délectation qu'elle aurait bien dû s'installer tireuse de cartes ou voyante extralucide, Frédéric attrapait le téléphone pour se mettre en rapport avec Portes-Hareilh père. En ce qui le concernait, la chose semblait réglée, ne restait plus qu'à l'enfermer dans des contours légaux.

Au vieux notaire, il tenta d'expliquer d'abord gentiment ce qu'il en attendait, puis, lassé, sabra les fioritures aimables qui donnaient dans l'onctueux et le tango verbal. Déléguez-moi votre fille avec des procurations pour Angélique, c'est tout ce que je vous demande. Je tiens à les signer devant Pauline et Elise, en outre, je n'ai pas le temps matériel de passer à l'Etude. Grouillez-vous, mon bon, mon avion part ce soir, et là-bas, apparemment, ça urge.

— Vous ne préférez pas que je vous envoie Norbert ?

Ces appareils à haut-parleur, c'était quelque chose ! Frédéric n'eut qu'une brève hésitation. Qu'espérait donc le notaire ? Se dégager du marécage des sous-entendus, et vite. La brutalité a du bon, parfois. Vas-y, mon petit cœur, mords dans le gras !

— Mon vieux, votre fils m'emmerde. Je ne vais pas renoncer à vos soins à cause de lui, mais à partir de maintenant, je vous demanderai de garder le fiston sous le coude, et tout ira bien. Norbert est peut-être un excellent juriste, c'est aussi un enquiquineur de première, doublé d'un... il n'est pas net dans sa tête, si vous voulez mon sentiment ! Je ne vous le cache plus parce que je dois me rendre au Mexique, pour une durée... Je précise : votre fils n'aime pas les femmes, ça ne me regarde en rien, mais il n'aime pas la vie non plus, et agence la suite pour entraîner quelqu'un dans sa mort, moi en l'occurrence. Vous comprendrez que cela m'occupe davantage. Alors, je vous le répète, si je reviens à Saint-Jean, ce qui n'est pas demain de toute manière, je ne veux plus le voir au château. Est-ce assez clair ?

Tu parles ! La voix usée soudain finit par se raffermir et murmurer que ce l'était. Le notaire toussa un bon coup avant de répéter, comme on se pénètre des choses, qu'il valait mieux en effet qu'elles soient... puis il raccrocha. Moira évitait avec soin de se manifester, une statue. Elise se demanda si la vieille dame jubilait autant qu'elle. Norbert n'indisposait pas que Frédéric, fallait l'avouer, et même Edouard, tiens, avec son avion et son langage de mécano. J'te mettrais tout ça au pas, moi, tu verrais !

Deux heures plus tard, la fille du notaire, sans sourire ou paroles superflus, enfourna les papiers contresignés dans sa serviette, embrassa la vieille Moira et s'éloigna après une courte salutation dénuée de chaleur en direction de Frédéric, en retrait depuis la signature, et dont elle n'avait pas croisé le regard une seule fois. Quant à Elise, elle n'eut droit à rien, en province, on ne salue pas les domestiques, madame.

Frédéric s'en amusa d'abord, et puis la rogne le submergea, pour qui se prenait cette dinde, nom de Dieu ! Elles le virent rattraper mademoiselle Portes alors qu'elle ouvrait sa portière, et lui parler avec véhémence. Moira soupira, tu crois qu'elle a dans l'idée contre quoi exactement elle protège son frère ? Moi, je pense qu'elle ne veut pas le savoir. À moins que... elle a deviné, tu le penses ? Si c'est ça...

Elles voyaient Frédéric hausser les épaules, il criait, des mots leur arrivaient, tuer ce qu'on aime, bonne mesure de mes convenances personnelles... Elise entrouvrit la porte-fenêtre, Norbert s'était battu tant et plus pour démêler ses affaires, soit, pour lui plaire ? Si vous voulez !

— C'est son boulot, ma fille. Il est payé pour ce genre de travail, je sais encore lire les relevés de compte, figurez-vous, et l'amour, en l'occurrence, n'a pas calculé à la baisse. Ai-je discuté pour régler la note ? Ne me parlez donc pas d'amour, s'il vous plaît, ni même de passion ! Que votre frère tienne peu à son existence, ça le concerne, mais lui seul, et qu'il me tanne depuis des jours pour que je m'envole avec lui et le pauvre Edouard, lequel ne se doute sûrement pas à quoi servirait son biplan, je trouve qu'il va fort. Entre nous, si j'avais voulu crever en plein ciel, il y a longtemps que la chose aurait eu lieu, les occasions n'ont jamais manqué ! Vous et votre père devriez discuter de ces appétits mortifères avec sa personne, pas avec mon compte en banque.

Qu'est-ce qu'il lui met, murmura Elise. L'exaspération des derniers jours sortait d'un coup. La jeune femme, livide et les yeux béants, le regardait, j'ignorais qu'il...

— Eh bien, maintenant, vous ne l'ignorez plus.

Ils tournèrent les talons d'un même mouvement, mais elle revint sur ses pas, le retint par la manche, il faut me croire, je ne me doutais pas qu'il était suicidaire au point de vous entraîner dans sa mort. Des larmes ruisselaient, je l'ai élevé, comprenez-vous ? j'essaie de le hisser hors de l'eau depuis...

Elle partit en courant, dépassant sa voiture pour rejoindre le rideau de peupliers, se jetant d'arbre en arbre en les frappant de ses poings, et Frédéric la suivit des yeux, sans doute prêt à l'empêcher de conduire si elle ne se calmait pas.

Pauvre fille !

C'était bien de Moira ! Pas d'illusion, ma vieille, c'est une femme forte, elle va se moucher, s'essuyer le visage, remonter jusqu'à sa bagnole, bouche serrée, et se tailler, sa petite voiture ne déviant pas d'un pouce.

— Tu n'as pas de cœur, Elise.

— Je n'ai pas le même que toi, surtout ! Mais il a eu raison de cracher le morceau. Au moins, les choses sont nettes.

Une bonne remise à jour dans le jardin des autres, il ne pouvait pas en dire autant de la friche du sien ! Elise garda cette réflexion pour elle, Moira n'était pas prête à l'entendre. Et puis, égalité de rapports, c'est vite dit. J'ai trop vécu pour m'y fier, pensait-elle.

Tout en achevant de réunir sa paperasserie sous l'œil attentif d'Elise qui l'avait accompagné dans sa chambre et se taisait, Frédéric ruminait à haute voix, au moins il n'aurait plus à revenir sur le sujet, il partait après avoir nettoyé sa cour comme à l'usine, comme autrefois on soufflait derrière son dos... Ce gars-là ne laisse jamais traîner un contentieux, avait dit un jour le chef du service des ventes ! Drôle, non ?

Son contentieux à lui avait plus de cinquante années d'atermoiements et de reculades. Elise hocha la tête, j'espère que tu ne t'en vas pas seulement pour résoudre tes problèmes. Federigo attend de l'aide, pas des mélancolies compliquées, et peut-être un peu égoïstes, non ?

Elle le laissait digérer l'adjectif, et il pouvait se foutre en colère si ça lui chantait. Puisqu'il avait balayé dans la famille du notaire, elle se sentait le droit, ajoutait-elle sans sourire, de l'aider à dépoussiérer son préau d'école !

Elle referma la porte en douceur sans plus se soucier de ses cris, pour aller dire à Moira comment elle avait apuré les comptes, exactement comme l'aurait entrepris Héléna si elle vivait encore, non mais sans blague ! Les deux femmes eurent un petit rire commun, la vieillesse avait de bons côtés, finalement. Elise, tout en savourant son thé, précisait que pendant toutes ces années, elle avait dû garder pour elle des tas de réflexions que le bon sens lui dictait, en apparence à elle seule. Eh bien, prendre de la bouteille offrait enfin le pouvoir de la déboucher, pas vrai ? Moira gloussa, et ce fut la vision que Frédéric emporta sans vraiment l'apprécier, celle d'une complicité qui s'établissait sur son dos !

Avant de se faire conduire au train par un Edouard muré dans une bouderie hargneuse, Frédéric, les humeurs atténuées par la sortie d'Elise et le contentement manifeste de Moira, eut le temps d'avertir Angélique ; les sangliers allaient devoir céder la place au travail des vignes. La grande fille lui rit au nez, ou s'y ajouter, mon beau ! Je suis de taille à mener de front pas mal de trucs, vois-tu, je vais te garder le domaine au chaud !

— Si je reviens !

— Oh, je le pense. Tu agiras comme tous les Donnavent avant toi, tu retourneras mourir au pays de ta mère. Ils sont tous rentrés la queue entre les jambes, tu sais. Pourquoi pas toi ?

— Juste mourir ?

— Tu vois autre chose à entreprendre en fin de parcours, même absurde ?

Que répondre à ce genre de provocation ? S'il y avait une réponse, elle n'était pas pour Angélique, il était très conscient de se poser la même question. Dans une forme plus atténuée, d'accord. Est-ce que ça la supprimait ? Et merde, rien n'est simple, jusqu'à ficher le camp qui ne va pas de soi !

Edouard, muet jusqu'à la gare, se tira quelques mots devant le TGV, t'es pas mieux que tes ancêtres dans cette putain de dynastie !

Frédéric n'hésita pas plus qu'avec le notaire ou sa fille. Qu'avaient-ils tous à cristalliser sur lui qui réussissait à s'occuper de survivre à la petite semaine et encore !

— Edouard, puisque je suis un aussi mauvais cheval que les autres, lâche-moi, arrange-toi avec Norbert, vous êtes pareils bien que tu ne l'aies pas encore compris.

— Ce pédé !

— Ce n'est pas de sexe que je te parle. Vous avez besoin qu'on vous mène. Où, vous vous en moquez du moment qu'on vous tient la main. Ce n'est pas mon truc. Moi, je n'ai nulle envie de courir à droite-à gauche avec un fardeau pendu à mes basques ! Je ne sais même pas où j'ai envie de vivre, alors tous les deux, allez vous faire voir !

— Qu'est-ce que tu vas fabriquer au Mexique ?

— Retrouver de vieilles divinités, elles m'attendent.

Et tandis que le TGV prenait de la vitesse, Frédéric, tout en regardant à travers la vitre Edouard qui courait sur le quai, brandissait le poing et hurlait des injures inaudibles avec des larmes sur le visage, elles m'attendent, oui, pensait-il. Elles sont là pour qu'on les visite, non ? Et pour m'apprendre quoi ? Edouard et son zinc, un biplan contre Mach 2, naguère ? Quel intérêt ! C'était de vivre ou de mourir qu'il s'agissait, pour ces deux hommes comme pour lui.

Tout le monde voulait le sauver... En réalité, les gens se soucient de compassion et d'humanitaire neuf fois sur dix pour se tirer d'affaire en premier. Je m'occupe de ta vie-occupe-toi de mon vide ! Bordel. Lui ne demandait rien aux vivants. On fabrique son salut seul, sinon vaut mieux crever. Seul aussi. La charité, laïque ou pas, il l'avait vue en exercice plus d'une fois ! On appelait ça aide au tiers-monde, mécénat, contribution sociale généralisée, vignette automobile pour les vieux... En même temps, on vendait des avions pour effacer le total et repartir de zéro. Quelle pitrerie ! De rares « purs » à incorporer au tableau, et puis les autres. Trente-six manières de gagner son salut avec des caméras aux fesses, de rouler dans la charité avec une voiture de fonction...

Et savoir pourquoi l'on a envie d'en finir, ce doit être reposant. Il avait besoin de repos, voilà, même si c'était une image et un leurre de plus dans sa vie désaffectée ! comme dirait Elise. Tout de même, celle-là, en peu de temps, elle avait pris un sacré culot !

*
* *

A Mexico, le petit réclamait de l'assistance pour José. Rien à voir avec l'attente des deux zozos et de Moira. Federigo n'avait besoin de rien, maintenant il le sentait. C'est pour ça qu'il allait le rejoindre ? Quant à ce qui lui était nécessaire, à lui, Frédéric, ça dormait derrière les grosses paupières de granit dans un musée qui prenait l'eau, ça se cachait sous les mots remis en liberté par sa mère, pour le seul regard d'une errante qui ne lui ressemblait pas. Oui, Héléna était morte dans une paix inattendue, cela sous-entendait qu'on l'avait aidée à la trouver, non ? Et Maria, et le vieil Eusebio... On verrait bien.

Le calme des certitudes, il allait le chercher là-bas, oui. En finir ou poursuivre... Avec une certaine ironie, il pensa que depuis son départ de Toulouse il oscillait entre Hamlet et la Bovary ! Ma foi, l'un et l'autre avaient péri sans rémission, et n'oublions pas Ophélie ! Décidément, on mourait beaucoup, dans la vie ! Etait-ce au-devant de pareilles destinées qu'il courait ? Pas sûr ! En tout cas, pas d'arsenic pour sa pomme, il avait l'estomac fragile.

Chapitre 11

FRÉDÉRIC

A Toulouse, Frédéric prit le temps d'aller chercher au garde-meuble le carton des lettres d'Héléna et le reliquat des réponses de l'autre, cette Maria, fuyant ou poursuivant sur les mers des réalités dont il ignorait tout. Ensuite, il courut à Blagnac où Jo trépignait, qu'esse tu fous, mon salaud ?

Retrouvant sans une seconde d'hésitation des gestes qui n'étaient pas si vieux – deux ans, mais dans sa tête, un siècle d'ennui vinicole ! – il endossa l'uniforme habituel, combinaison, casque à respirateur, et se carra dans un des deux sièges éjectables. Cela ne lui fit ni chaud ni froid, aucune émotion, à croire qu'il effaçait le temps perdu d'un revers de main !

Au-dessus de l'océan, à moyenne altitude pour ne pas recourir à l'oxygène, Jo le harcelait de questions et d'étonnement, comment ! c'était ennuyeux à ce point, le pinard ? Et les gens, et les filles, et ta vieille mamie, là, dont tu causais avec admiration, et ce mec qui te colle au cul soi-disant pour bricoler son zinc... Tout cela t'emmerdait ? Tu voulais pas virer de bord, hein, c'est ça mon vieux, tu n'arrivais pas à t'imaginer en dragqueen. Frédéric riait sans répondre. Jo était le vrai titi parisien transplanté dans le Sud-Ouest par nécessité, et qui avait conservé la gouaille sous le nouvel accent. Jo qui pilotait depuis des ans, devait être au bord de la retraite, lui aussi. La retraite des protos. Changeons de sujet.

Au sol, les mécanos avaient entouré et chahuté Frédéric, mais il n'avait pas le temps, bien sûr ! Quand tu reviens, commandant, on arrose ! Cela s'était passé loin des pistes, loin des regards administratifs, avec une chaleur et une gentillesse qui ne lui avaient pas remonté le moral, au contraire, mettant l'accent sur ses défaillances. Ta secrétaire ? Tu ne savais pas ? Mon Dieu, pourquoi ne lui avait-il jamais écrit, en effet ? Elle avait pris la tangente dans l'informatique, paraît-il, histoire de rajeunir les cadres, selon eux !

— Elle crapahute dans une grosse boîte, elle envisage même d'épouser le petit Winkler, maintenant que toi, mon cochon, tu t'es permis de déserter !

Ils riaient tout contre son sourire crispé. Mais que leur dire, qu'il avait sombré dans une préoccupation unique, la sienne, son isolement, son mal-être, ses faux états d'âme ! Pouah.

Le père Jo se tapait sur les cuisses, ne prétends pas que tu t'étais aperçu de rien ! Elle avait le béguin, mon gars, aussi sûr que 2 et 2 ! On essayait même plus de la draguer, elle ne voyait que toi !

Frédéric haussa les épaules, toujours muet. Jo au bout d'un moment, grogna, bon, tu veux pas causer, alors on grimpe. Il rabattit l'auvent du casque, brancha sur oxygène et lui fit signe de s'ajuster avant de passer en strato. L'avion s'enfonça dans la ouate supersonique, laissant les bruits ordinaires derrière lui.

Frédéric, en lui-même, ruminait autour des petites jouissances de cet ordre. Dans le ciel, on se coupait du monde et de ses fureurs, là avait été sa faute, peut-être. Je me fuyais... Il sommeilla, gigota sur place pour obliger le sang à circuler, quatre heures de vol, c'est long quand on ne s'occupe pratiquement de rien. Ils mangèrent en se relayant devant le tableau de bord, et Jo piqua un de ces roupillons d'un quart d'heure dont il sortait frais comme une rose, alors que lui n'avait jamais pu s'y plier. Ils avaient le même âge. Non, dix ans du bon côté pour Jo qui n'avait pas un cheveu blanc... Peut-être n'aurait-il jamais dû abandonner les avions ! Ou les délaisser plus tôt, ou s'occuper de la marche du monde et non de l'économie libérale, ou se lancer dans l'humanitaire en anonyme, après tout, il en faut...

Au-dessus de Mexico, Jo demanda s'il voulait le manche pour l'atterrissage, il refusa d'un mouvement de doigt. Surtout pas ; en lui bougeaient trop de bêtes sournoises qui flottaient entre hier et demain. Il avait aimé voler, il avait connu cette liberté, cette exultation d'user de la pesanteur sans y être soumis... enfin, pas vraiment. Le crash vous rappelait vite à l'ordre, la gravitation n'épargnait personne, pas même les rêveurs impénitents !

Jo hocha la tête, il comprenait. Dégrisé soudain et laissant tomber la bonne humeur qu'il affichait comme un trait de caractère, il murmura que ce serait pareil pour lui, ma dernière visite au toubib était limite, je n'ai pas d'illusions, le vol d'essai, ça va se terminer un de ces jours, et je suis comme toi, aucun goût pour les bureaux.

Ils se regardèrent. Mec, répéta Jo, on a tous peur des « après ». On s'accroche, ça veut pas dire qu'on ferme les yeux sur le domaine ambiant ! Tu te souviens du petit Léonard ? Hypertension. Il a suivi un régime d'enfer, pris des trucs, rien à tortiller. Alors, il s'est fait sauter le caisson. Et Renouvre ? Qui a tourné obèse après avoir été débarrassé des vols en même temps que de sa rate ? J'en suis pas aux solutions extrêmes, moi, j'aime trop vivre que veux-tu, seulement, faudra que je me dégote un sacré substitut quand ils décideront de me glisser dans la peau d'un rampant.

Sur le tarmac, en attendant qu'on les oriente vers les hangars réservés, il questionna, tu repars ou tu restes ?

Après une hésitation, Frédéric avoua qu'il n'en savait rien, qu'il n'avait aucune idée de ce qu'il allait trouver à l'hacienda, un mourant, un mort ou un vieil homme ayant besoin de réconfort !

— Tu sais ce que c'est. Certains se laissent crever, d'autres s'accrochent, tu l'as dit tout à l'heure. Le José a toujours vécu entre deux chaises, la France et le Mexique, son père et Moira, la richesse de ces deux-là et la pauvreté du peuple de sa mère. Il n'a peut-être besoin que d'un peu d'amour, va savoir. Bien sûr, il a Federigo, mais...

Jo hocha la tête, mais ça ne suffisait pas toujours. Mes deux mômes, les jumeaux, ont quinze ans. La prunelle de mes yeux. Il n'empêche, ils ne me rendront pas les avions quand on me collera à la retraite d'office. Ou dans de la paperasserie, histoire de me lâcher en douceur. Mais je me taillerai, je ferai éducateur dans un aéro-club, n'importe quoi plutôt que de rester le cul sur une chaise, devant un ordi qui me parlera du vol des autres !

Ils se sourirent, on va tout de même pas chialer sur notre sort dans les bras l'un de l'autre, pas vrai, commandant !

La tour les prenait en charge jusqu'aux hangars et la jeep viendrait les chercher, OK ? L'avion redémarra à petite allure sur les pistes de décrochage pendant que Frédéric ôtait son harnachement.

— Jo, tu décanilles quand ?

— Dans trois-quatre jours, mon pote, je suis pas pressé de rentrer. C'est pas comme si on avait trois cents Rafale à livrer, on n'en a pas un ! Le gamin a dû être si gourmand que le Yémen, qui avait pris des options, a renoncé pour des renifleurs américains. Pas le même usage, tu me diras...

Frédéric laissa la poussée de colère s'éteindre avant d'insister.

— Je t'emmène, alors ? Tu as des gosses, tu m'aideras à trouver les mots pour Federigo, moi je ne parviens qu'à accumuler les conneries.

— Parce que tu crois que je m'y prends mieux que toi ? Je pige pas mes gamins plus que mon père ne me comprenait, c'est comme ça. Remarque, je veux bien te suivre dans ton ranch, enfin ton hacienda, comme tu dis, mais je te garantis pas que je pourrai t'aider.

Dans le hall, de l'autre côté de la Douane, Federigo attendait, les mains dans le dos. Il avait grandi, forci mais conservait son regard aigu, précis comme une lame. Il étreignit Frédéric en disant, t'as pris un coup de vieux, tu le sais ? Il serra la main de Jo tout en le cernant d'un seul coup d'œil, et les entraîna vers le parking, la Buick est au diable. Ils cavalèrent derrière le garçon en s'essoufflant un peu, et Frédéric vit Jo serrer les dents exactement comme lui. Ce genre de truc ne rassure que les imbéciles, pas vrai, lui glissait Jo dans l'oreille. On souffle comme de vieux phoques, mon petit père, et c'est vieux qui compte !

La route ne s'était pas arrangée depuis la dernière fois. L'adolescent conduisait sans se prendre pour un foudre de guerre, et se taisait. Les deux hommes aussi. Jo regardait par la vitre, par moments hochait la tête, il n'a pas plu depuis combien de temps ? Quatre mois. Il ne commenta pas. Federigo demanda tout à coup, tu repars quand, l'homme ? Jo ricana, t'en as déjà marre de moi ? Federigo ne releva pas, c'est pour la voiture, faut que je sache pour la retenir.

La retenir ? Frédéric, ébahi, gardait le souvenir de José rangeant la Buick dans une grange attenante au bâtiment principal. Federigo tourna la tête une demi-seconde avant de hausser à peine les épaules, il l'a donnée à la ferme collective.

Il s'arrêta devant la porte, les laissa descendre avant de repartir en direction des champs.

— Eh ben mon colon, l'est pas bavard, ton p'tit gars.

Dans la maison, une grosse femme assez sale les cueillit dès le seuil avec des gémissements, pauvre, comme il va être content ! Venez, je vous mène.

José était allongé, les mains jointes, les paupières abaissées. Ses lèvres remuaient, peut-être priait-il.

Le bruit de la porte que la femme refermait le fit tressaillir, ah Frédéric, tu es venu.

Il avait maigri. Sur son visage, l'ossature était obnubilante, José allait mourir, c'était donc vrai.

Le vieil homme parlait dans un souffle, le cancer, mon ami. Mon père en est mort, et tu vois, je lui ressemble tout de même un peu.

A ce moment, il vit Jo, bonjour monsieur, excusez-moi de vous recevoir aussi mal. Jo sourit, lui tapota la main et se détourna, je suis sûr que vous avez envie de parler ensemble, je vais rejoindre le petit.

José eut un rire, le petit ! Par ici on ne l'est pas longtemps.

Federigo a eu dix-sept ans la semaine dernière, Frédéric. Dans sa tête, il en a trente. Il est rude, l'école de la rue a laissé des traces, et c'est un chef. Sans lui, la ferme aurait coulé il y a longtemps, je ne suis pas de taille, vois-tu, j'ai obéi trop longtemps. Lui...

Le vieux toussa, montra un verre d'eau sur la table et Frédéric l'aida à se redresser. Il faut appeler le notaire, Frédéric, que je lui donne ce qui reste. Il faut, comprends-tu, c'est une question de jours maintenant. Seulement il est mineur aux yeux de la loi, on lui collera un tuteur. Et j'ai peur, je connais les puissants d'ici, j'ai peur qu'on me le détrousse, qu'on me le tue. Les gros n'ont pas changé, tu sais, ils ne changent jamais, ce pays court à sa misère comme au temps des pyramides !

Il toussa encore, reprenant souffle avec peine, si tu pouvais prendre cette charge, si tu voulais... C'est toi qui me l'as confié, tu te souviens, c'est toi qui l'as sorti du trottoir de Mexico.

Avec un soupir, tout en regardant Jo gesticuler en face d'un Federigo immobile et tendu, les mains se crispant dans son dos, Frédéric empoigna le téléphone. Il s'était encore fourré dans un truc pas possible.

Chapitre 12

FRÉDÉRIC

Evident pour tous deux : José ne se laisserait mourir qu'une fois ses papiers en ordre. Mais on ne pouvait tabler là-dessus qu'à très court terme, le vieux paraissait à bout de forces. Or, le plus ardu était de transcrire au mieux ses volontés noir sur blanc, car le défaut de liens parentaux entre Federigo et lui posait problème, c'était clair. Les moyens de le contourner risquaient de prendre du temps.

Peu après qu'avec Jo et Frédéric lui-même comme témoins, on eut commencé à rédiger testament, donations et délégations diverses en faveur du « petit », Frédéric comprit. Il fallait user malgré l'urgence de précautions multiples. Peser chaque mot, s'assurer de l'esprit et de la lettre, déceler les traquenards sous les formules juridiques ordinaires, etc. L'avoué et son clerc étaient de vrais fils de pute !

Au vu des « habiletés » qu'ils introduisaient, les envies de mainmise se profilaient et leurs manœuvres visaient à retarder la signature ! De gros propriétaires devaient guigner le fief de José et n'entendaient pas qu'il tombe entre les mains d'un traîne-savates ramassé sur la Reforma.

Les regards de l'avoué en direction de Federigo renseignaient, et la conclusion s'imposait d'elle-même : on avait graissé des pattes. Ça devenait, pour qui connaissait la musique, aussi déchiffrable que du fric à même la main !

Quelques appels téléphoniques à d'anciennes relations du ministère de la Guerre ou du département de l'Aéronautique, et les réponses, bien qu'à mots prudents, achevèrent de l'édifier.

Une parade ? La première qui lui vint à l'esprit fut d'introduire dans l'histoire un second magouilleur, et de bien le choisir !

L'expression du premier clerc quand il vit entrer un de ses collègues mandé soi-disant pour accélérer le processus, rassura Frédéric, ces deux-là allaient se surveiller l'un l'autre. Ou s'entraider, tout était possible ! Mais la noria commença sans attendre, avec des salamalecs vite acrimonieux qu'il aurait trouvés divertissants en des circonstances moins... Chaque fois qu'il retournait voir José dont l'état ne s'améliorait guère bien qu'il parût se rouvrir au monde, il serrait les dents, doutant d'avoir des heures à gâcher en escarmouches de ce genre, et la rage finit par le saisir, la même en définitive que lors de son départ de la Compagnie, deux ans plus tôt. Ces atermoiements devaient cesser, bien qu'ils signalassent à leur manière les points les plus litigieux.

Frédéric sentit monter une « sainte » colère, de celles qui naguère avaient le don de précipiter ses mécanos dans l'affairement, et dont lui-même se demandait à l'époque d'où il pouvait les sortir ! D'un coup, il ouvrit la porte devant les clercs effarés, les attrapa sous l'aisselle, dehors ! Je vous donne vingt-quatre heures pour venir à bout de cette paperasserie, faute de quoi je vous

« remercierai » et avec fracas ! Le tintamarre ira jusqu'au Conseil de l'Ordre, il en existe un même dans cette putain de ville ! Quitte à l'acheter, comme vous !

— Messieurs, rompez ! Vous n'obtiendrez pas de moi une heure de plus ! Et puis non, je vous accompagne, histoire de rafraîchir un peu votre désir de tourner les choses à votre gré !

Les tracas prophétisés de la pointe du bec, affirmait Jo qui retenait mal sa jubilation, eurent l'effet désiré. Dès le lendemain matin, les deux types à l'étroit dans leurs entournures, rapportaient les actes, ou plutôt la transcription, agencée selon la première directive payée comptant, pour l'un d'eux, au moins. Ces gaillards devaient penser : à malin, malin et demi !

Il fallait avoir l'œil pour repérer les modifications. Frédéric relut, leva un sourcil, puis annota, raya, souligna, exigea la refonte immédiate, jeta l'un des deux gars dans sa voiture, sur la route, dans l'étude et face à son ordinateur pendant que Jo s'occupait de l'autre de la même manière ! Mon vieux, on reste en contact-fax, je crois qu'il vaut mieux garder en main le petit camarade.

— Je n'ai pas ri autant, gloussait Jo, depuis mon premier retour de virée !

Ce beau monde œuvra tard dans la nuit, Frédéric penché par-dessus l'épaule du premier clerc, menace à l'appui :

— Vous avez intérêt à terminer sans perdre de temps ou je vous botte le cul et répands sur vous des propos à ne pas vous en relever, j'ai le verbe haut, j'ai aussi conservé des relations !

Jo, mis au courant dans l'autre officine, transmettait le coup de gueule en rigolant, ce qui, au bout du compte, terrorisa le second notaire autant que les avertissements.

Rien de ce cirque n'eût été possible en France, mais voilà !

La tempête passée, Jo devait confier à Frédéric que vingt-cinq ans de sa vie s'étaient effacés d'un trait de plume, lui offrant l'illusion d'avoir récupéré la belle jeunesse de ses commencements, si tu vois ce que je veux dire, vieux ! La rabbia, pas de doute, ça vous requinque un quadragénaire mieux qu'un coup de tequila !

Pendant ce temps, Federigo, entre deux allées et venues des champs à l'hacienda, apparaissait comme un éclair et ne se souciait pas le moins du monde de leurs difficultés. Seul José l'occupait. Il se glissait à son chevet, redressait les oreillers, tapotait les mains du vieil homme et l'obligeait à boire, à grignoter de petites galettes chaudes portées à même la paume. José mangeait, n'ayant souci, murmurait-il, que de tenir jusqu'au bout des actes notariés. Maintenant qu'il s'était remis entre des mains Donnavent, comme il le soufflait à l'oreille de « son » garçon, il était paisible, et même il allait mieux. Il n'y a plus d'urgence, mon fi, Frédéric est là, mais où est-il donc passé ? Et Federigo lui caressait la tête, repose-toi José, lui et son copain sont avec les notaires, chacun dans une étude, avec un fax et un téléphone, ils travaillent pour nous. José s'apaisait, ce monde, décidément, courait trop vite pour lui ! C'était quoi, un fax ?

Au début, quand la rédaction des premiers jets se poursuivait encore à l'hacienda, Federigo, à la vue des clercs qu'il appelait des officiers de justice, avait entraîné Frédéric dans le couloir pour l'avertir, avec un sérieux inattendu, que ces deux-là étaient pourris jusqu'à l'os, autant l'un que l'autre, mais pas du même bord. Des appointés à l'année, un peu rivaux pour tout dire. C'était bon, ils allaient se neutraliser. Frédéric, hargneux, grogna : demande-toi plutôt pourquoi je les ai choisis ! J'ai derrière moi vingt ans de magouilles à pots-de-vin, avec des types dix fois plus marles que tes balourds !

Federigo le regarda, d'abord en se taisant, puis une lueur curieuse dans l'œil. Il murmura en se rapprochant.

— C'est de côtoyer des balourds comme eux qui te menait sous le porche de la Santa Maria ?

Et Frédéric, avec un pincement au cœur, pensa qu'on oubliait vite ce qui mûrit les autres. Quand il voulut protester, Federigo était déjà retourné à ses occupations. On change tous, en deux ans, c'est vrai, on grandit et on vieillit. Pour ce que ça lui rapportait !

Durant les repas de ces journées plutôt âpres à vivre, Jo et lui restaient bouche close, remâchant chacun de son côté des réflexions qui désormais ne pouvaient plus attendre. Elles avaient trait à cet avenir immobile qui leur pendait au nez, à l'un comme à l'autre ! Jo, amer, grognait que le pinard, lui, ça l'aurait bigrement intéressé, et Frédéric, les yeux ailleurs, ne répondait que du bout des lèvres, le vin remplissait les bouteilles, pas la vie. Depuis quand tu te passionnes pour la piquette, toi ? Jo demeurait muet à son tour.

Federigo ne l'ouvrait pas plus qu'eux, sauf quand les hommes de la ferme venaient aux nouvelles, avec sur leurs visages fatigués une attente et une inquiétude.

Il les apaisait d'une tape sur l'épaule, puis les renvoyait à des tâches lourdes, de celles qui absorbent, et s'activait de son côté. A table, épuisé, il mangeait tête basse et lasse, semblant entendre quelque chose déborder du silence des deux autres, puis il replongeait dans son assiette avant de monter se coucher, après être allé s'asseoir un moment près du malade. Là, il égrenait de petites phrases qui rendaient compte des travaux du jour, demandait si José n'avait besoin de rien, et sa voix prenait des tonalités tendres, bien qu'il s'agît le plus souvent de maïs et de bétail.

Frédéric et Jo, presque au-delà de la maturité, c'est ainsi qu'ils se découvraient maintenant devant ce tout jeune homme, soupiraient... A moins de vingt ans, celui-ci menait son monde avec une efficacité adulte. La misère avait cet « avantage » qu'elle enseignait à se dégager de l'enfance. Enfin, pour quelques-uns, tempérait Jo assez vite. Nous, on nous en a éjectés par la seule grâce des familles ! Frédéric préférait ne pas relever, la famille ? Pas la sienne en tout cas ! Et quelle enfance a-t-on quand les pères potentiels se perdent dans un horizon marin qui à vous ne parle pas ?

Dans le patio, sous le ciel que l'altitude meublait d'une fourmilière d'étoiles, et devant l'eau tirée du puits qu'un trait d'alcool brouillait à peine, ils posaient des questions au vide et les voyaient revenir sans réponse. Qu'avaient-ils fabriqué de leur vingtième année, eux, à part sortir de Navale dans un bon rang, et pour Frédéric avec une seule ivresse, celle du vol qui remplaçait tous les vins ! Jo, lui, avait cru pouvoir dévorer le monde, et c'est moi qu'on bouffe, vieux. Pas gai. Je n'ai pas suivi le même cursus que toi, mais est-ce mieux ? C'est sûr qu'avec trois mômes, une femme, une baraque et des dettes, je n'ai pas le temps de m'appesantir sur mes états d'âme ! Frédéric haussait les épaules, est-ce qu'à cinquante balais, on n'en est pas tous au même point, chargés de famille ou pas ? Et puis les états d'âme... vite dit ! ils cédaient la place à l'état des lieux : la chair se dégrade encore plus vite que le ciboulot, pas vrai ? Jo ne trouvait rien à ajouter, la réponse était dans son genou droit qu'une vieille luxation tarabustait parfois, et qui soudain le taquinait à nouveau, comme un rappel à l'ordre.

Quand ils montaient saluer le vieil homme, avant de rejoindre leur lit, la voix de José, qui se ragaillardissait de jour en jour, s'apeurait doucement.

— Tu ne vas pas repartir trop vite, n'est-ce pas, Frédéric ?

Voulait-il leur expliquer ainsi qu'il n'avait pas renoncé à mourir mais saurait durer devant les aléas ? C'était ça la vie, une interminable patience ? Jo protestait, parle pour toi, mon salaud ! Frédéric haussait les épaules, buvait une gorgée longue qui n'apaisait ni la crainte ni l'attente, posait son verre et rassurait le vieux. Que pouvait-il ajouter ? Demain serait un autre jour.

Parfois, il s'exaspérait sur sa chaise, partait marcher droit devant lui. Seulement, comme à Saint-Jean, il n'exténuait que ses jambes, le reste, l'espèce de désespoir en creux, ne se fatiguait pas. Et comme partout, désormais, la nuit n'était plus la nuit, rien qu'une atténuation des lumières de la ville encore trop proche à son goût ! Plus moyen de se perdre dans une ombre plus profonde que soi... José avait Federigo ; lui, qui avait-il ? Des containers d'un ou deux milliers de litres dans des chais modernes... est-ce que ça chauffe le cœur ? Et si je veux être franc, nuit ou pas nuit, le problème est en moi, pas ailleurs.

Federigo s'en foutait, à l'évidence, il bossait dans les champs dès l'aube avec les ouvriers, l'œil à tout, conduisait le tracteur et la vieille Buick, donnait des ordres qui sonnaient haut, mais avec une... oui, une douceur, et José, qui guettait les voix par la fenêtre ouverte quand les équipes rentraient, souriait, heureux, je n'ai même pas eu à lui apprendre, tu vois... ni à le guérir de la rue. Quelques-uns de ces gars, dans nos champs, sont des gamins de sa bande. Ils ont bon fond. Parfois, Frédéric, faut pas grand-chose pour changer le cours d'une existence, tu le sais, non ?

Frédéric lui aussi observait le jeune homme et ruminait sans se tirer un mot. Derrière eux, Jo oscillait, ne sachant où poser sa dégaine, et surveillait son ami, curieux de ce qui obscurcissait le visage connu, lequel d'une certaine manière, ne s'était guère livré. A part le vol, cette extase de l'air raréfié qui fabriquait à Frédéric une bouche heureuse lorsqu'il redescendait de ses essais, à quoi se réconfortait cet homme ? Des femmes de passage et encore, pas d'enfant, une famille réduite à une mère indéchiffrable et qui, à l'évidence, n'avait pas transmis ses bonheurs... Et les Donnavent bientôt tombés du ciel avec un pactole, mais les pactoles n'intéressaient pas Frédéric. Alors, qu'est-ce qui remplit ta vie, mon vieux ?

Frédéric haussait les épaules, rien. Jeter l'ennui dans la conversation comme une évidence ou un aveu le plongeait dans une morosité noire. Nom de dieu, c'était vrai, rien de rien. Le vide. Les jours de Jo, après tout, étaient pleins de quoi ? De questions et de réponses différentes des siennes ?

Jo mit du temps à riposter, en vérité, cela ne regardait que lui. Il avait eu tout à coup cet œil sévère que Frédéric lui avait découvert, au soir d'un convoiement durant lequel l'un des jeunes de l'équipe avait trouvé une mort stupide. A l'époque, Jo avait craché, avec une sécheresse qui ne lui ressemblait guère, qu'il y avait dans ce putain de métier suffisamment d'occasions de crever pour ne pas s'en créer d'autres par des conneries. Et ce jour-là, les incorporés de la veille ou presque, les bleus qui roulaient des mécaniques avec l'espoir d'en foutre plein la vue aux croulants, avaient baissé le nez, comprenant d'un coup qu'ils n'avaient pas été sélectionnés pour se hausser du cul ou risquer leur peau, mais pour travailler selon leurs capacités.

Frédéric s'assit, comme épuisé.

— Excuse-moi. Tu vois, Jo, en dehors des avions, je n'ai rien pour me tenir lieu de tout, même pas le désir de trouver plus fort et plus beau ! Dans un sens, ça me tue aussi sûrement que la mort. J'ai cru un temps que ce domaine, là-bas dans les vignes... et puis non. Le vin m'emmerde. Pauline, à quatre-vingt-dix berges, jubile devant une bonne année, son cru me laisse froid. Qu'y puis-je ? Je ne suis pas né dedans, c'est peut-être ça ! Ma mère elle, l'était... Elle s'est pourtant sauvée avec des rêves qui remplaçaient le vignoble, le nom, le rang social, tout ce qu'elle quittait pour une survie difficile. Elle n'a jamais regretté. Moi, je ne rêve pas, mon imaginaire rase le bitume. Alors, dis-moi, qu'est-ce qui me reste ? Une balle dans la tête ?

J'admire ces femelles Donnavent, tu sais, la cousine Angélique qui fait son beurre avec ses sangliers, sa grosse santé de corps, cette espèce de jouissance à cru qu'elle monte à peu près comme son cheval. Même Elise, tiens ! l'ancienne pute qui a creusé son trou là-bas comme si elle y était née. C'est quasiment une

Donnavent, celle-là ! Elle et Pauline vont s'entendre sur mon dos, elles refleuriront après la déception que je leur crée à l'une comme à l'autre et vogue ! Elles raffolent des hommes forts, qu'est-ce que je suis, moi, devant une attente pareille ? Au fond, ces bonnes femmes sont plus solides que nous, c'est ce qui nous défrise, je suppose. Moi, au milieu de ce bordel dont elles jouissent, zéro. Je crains d'être venu au monde dans un état de total désintérêt de l'élémentaire, c'est comme ça. Je n'ai même pas le sens de la propriété ! Imagine ça chez mes péquenots de Donnavent ! Les mâles de la famille ne s'éternisent pas, semble-t-il, peut-être pour les mêmes raisons que moi. Après tout j'en suis un, que je le veuille ou non ! J'ai dû désespérer ma mère sans qu'elle m'en ait jamais rien dit. Elle brodait sur la mer, les marins, les mots de la mer et des marins, tout ce bazar lui donnait une béatitude, oh, légère mais qui durait. Moi, j'aime voler jusqu'à ne plus respirer, point final. Une fois sorti de l'anoxie et redescendu au sol, je n'ai même pas de phrases pour revivre mon bonheur dans un fauteuil. C'est vraiment le cas de dire qu'une fois fait, c'est fini. Trente secondes de plaisir quand le voile noir m'engloutit, et tu crèves ou tu t'en sors ! Eh bien, tu vas pas loin avec ça, mon petit père, je peux te l'affirmer.

Ces conversations-monologues, car Jo les écoutait-il ? ne changeaient rien à ce qui les tenait là. Les jours coulaient. Mais le pire a des limites, les manœuvres dilatoires aussi. Les actes signés, les doubles portés à la banque, dans le coffre dont Federigo avait la procuration, José soupira. Maintenant, je peux partir, tout est en règle. Federigo se jeta contre le lit, non, je t'en prie, attends. Tu es mon père et ma mère, tu le sais, non ? Ne pars pas, c'est un ordre, je t'en supplie, José.

Les deux hommes, attentifs, dévisageaient le vieux, et de l'amertume traversait leur immobilité. L'un et l'autre, au même instant, pensaient qu'ils n'avaient dans leurs bagages personne ayant besoin d'eux au point de le clamer après les assurances écrites de l'avenir et des successions, personne ordonnant de demeurer contre les évidences de la mort !

Même là, je ne parviens pas à être simple, grognait Frédéric en lui-même. Jo, lui, soupirait, il faut que je songe à rentrer, c'est pas le tout ! Il était comme les autres, Jo, il... Mais Frédéric se mit un bœuf sur la langue, respecte au moins tes potes, mon vieux. A le voir d'ailleurs, on sent qu'il n'est même pas sûr de ses fils !

Federigo se retournait déjà, affirmant tout de suite qu'il pouvait les mener à l'aéroport d'un coup de Buick, et Frédéric, atteint au cœur, faillit exploser, il a besoin que je m'en aille, peut-être préférerait-il que je n'existe pas. Voilà ce qui lui restait, l'amertume.

Le souvenir d'Eusebio émergea, Xalapa, son musée, ses énormes vérités de pierre profilant un recours possible. De quoi ai-je besoin, moi, qui ne m'a pas été donné à la naissance ? Ce serait le moment de découvrir ce que ma mère, si paisible jusque dans la maladie, avait attendu et obtenu de l'existence... Et je remets, et je remets. Cela m'effraie, voilà.

José n'essaya pas de les retenir ; dans une certaine mesure, il en avait terminé avec eux, il se gardait Federigo, lui seul comptait. On exploite tous quelqu'un, ruminait Frédéric, surtout quand on aime. Le hic, avec moi, c'est que je n'aime rien ni personne.

Sur la route de l'aéroport, tous les trois se taisaient. A hauteur de la Reforma, Federigo articula que José allait mourir, c'était sûr, tout le monde meurt un jour, mais je crois qu'il va durer encore un peu. Il redoutait de ne pas avoir le temps pour les papiers, et désormais, grâce à toi, plus rien ne presse. Je te remercie, Frédéric.

C'était ce gamin découvert un soir en pleine avenue et qui, tout à coup, le toisait, visage clos, ajoutant, je n'oublie pas ce que je te dois, j'aimerais t'aider, moi aussi, et si tu veux que je te conduise quelque part, dis-le, je t'y mènerai de grand cœur. Frédéric ne répondant pas, il soupira, je m'occuperai de José jusqu'au bout, ne te tracasse pas, je l'aime.

Frédéric serrait contre lui le petit sac contenant les lettres de Maria et celles de sa mère. La veille, alors qu'il y songeait, une fois de plus, il ne les avait pas lues. Y parviendrait-il jamais ? Pourquoi tous ceux qu'il côtoyait regardaient-ils s'écouler le temps sans paraître entendre la question qui le poursuivait depuis l'enfance, qu'est-ce que je fous là ! Maria avait dû y répondre, d'une manière ou d'une autre, mais c'était une femme. Les femmes se raccrochent à tant de choses qui sont refusées aux mâles.

Jo le surveillait du coin de l'œil. Il avait dû râler tout haut parce que Jo lui glissa dans l'oreille, alors, jette-les. Qu'est-ce que t'as à foutre des réponses qui ne sont pas les tiennes ?

Bah voyons ! Ils se toisèrent, comme de vieux solitaires qui n'ont plus qu'eux seuls pour se prouver qu'ils existent ! On ne va pas se battre, tout de même !

Dans le hall, Federigo les remercia encore, avec des formules exagérées masquant à peine son indifférence. Le garçon avait choisi, il aimait José. Ça n'empêche pas la reconnaissance mais à coup sûr la colore autrement ! Et merde ! pensait Frederic. J'aimerais bien qu'on m'aime, moi aussi, quoique ça ne changerait pas grand-chose à... au reste.

Le regard de Jo balançait de son ami au jeune homme. L'aviateur était prêt à jeter entre eux la superbe ânerie qui les détournerait des constats de carence, un jeu qu'il connaissait bien. Il ouvrit la bouche et...

La terre commença de trembler.

Chapitre 13

JO

« Madame,

« Je fus longtemps sous la main de Frédéric Donnavent – je préfère l'énoncer ainsi plutôt qu'utiliser le mot "subordonné" –, formé par lui et heureux de l'être ; je suis son ami depuis cet apprentissage... Combien d'années ? je ne sais plus, et le nombre importe peu en la circonstance : Fred, mon frère ou presque, est immobilisé sans doute pour plusieurs semaines ; de Mexico on l'a transporté aux States dans un hôpital militaire proche de la frontière afin de l'opérer dans les meilleures conditions. L'intervention a duré dix heures. Son état est grave, pourquoi le cacher ?

« Vous ne l'ignorez sans doute pas, le pays, en particulier ici, en ville, vient de subir un très gros tremblement de terre dont les effets ont été ressentis bien au-delà de Veracruz, au sud, et jusqu'au cœur des Etats-Unis. Les communications terrestres, coupées pour la plupart durant près de trois semaines, se rétablissent peu à peu ; durant les premiers jours, celles qui purent être relayées par satellite, furent bien sûr réservées à d'autres usages que personnels, d'où le silence de votre parent jusqu'ici, et d'ailleurs le mien envers ma famille, mais c'est une autre histoire. Eussions-nous pu communiquer de nos nouvelles, que nous n'en aurions pas eu l'idée, il y avait plus urgent.

« Cette tragédie, qu'à distance on imagine sans doute mal, l'évocation m'en est douloureuse. Détournements des aides, pillages de tous ordres ont suivi sans attendre, et l'incurie des... mais je n'épiloguerai pas là-dessus, il y aurait trop à énumérer ! Je n'entends pas me substituer à ceux qui ont tout perdu alors que je m'en sors intact ! En gros, cinq mille morts, madame ! Qu'ajouter ? Les éclopés, les amputés, et tous ceux que le saturnisme au quotidien guette à cause d'une pollution grandissante ? Il y a ces morts immédiates, et puis les autres, par défaut d'infrastructures intelligentes, mais bon.

« Je m'apprêtais à embarquer dans mon avion de retour quand les premiers frémissements se sont fait sentir jusque dans l'aéroport, à douze kilomètres du centre. Nous venions de quitter votre ami José, une fois réglé ce qu'il voulait voir établi au profit de Federigo Santos, et le terremoto a commencé.

« Précisons : Federigo est ce garçon que José appelle son fils ; il lui a été amené par Frédéric deux ans plus tôt. Je connais certaines circonstances de leur rencontre, j'en ignore d'autres, mon propos n'est pas là ; ce petit est mort. Nous l'aimions, beaucoup, et d'une affection respectueuse, madame. Bien plus mûr que son état civil, il menait ferme une troupe plus âgée que lui ! A dix-sept ans, il donnait de la voix sans hésitation, dirigeait le domaine puisque José ne pouvait plus s'y atteler, la tâche étant devenue trop lourde pour son état de santé, et il s'y entendait, croyez-moi. Les hommes de l'hacienda, des durs, le suivaient sans rechigner, une sacrée référence quand on les connaît.

En dehors de ce pouvoir, le gosse avait une énorme tendresse pour le vieux, enfin pour José. D'après ce que j'ai appris, il a été élevé par une grand-mère plus soucieuse de ce que rapportait la « manche » que de donner de l'amour. Et c'est l'affection que Federigo a découvert près de José, pas le pactole, au contraire de ce que certains ont insinué, mais je digresse.

« En cherchant à sauver Federigo, Frédéric a été surpris par l'éboulement qui a tué le petit. On a réussi à le retirer des décombres, blessé à la tête, au dos, avec des fractures multiples aux jambes, et les médecins jugent son état préoccupant. Pour être clair, Fred n'a pas envie de guérir, la mort du garçon l'a bousculé sur ses bases, et ce mauvais moral n'aide pas les médecins, c'est le moins qu'on puisse conclure devant son apathie ! Une mort horrible : Federigo, dans sa hâte à tirer de dessous une dalle en béton un blessé, un de ceux qu'il avait convaincus de l'aider, et dont il se sentait responsable, n'a pas pris le temps d'étayer ; une infime secousse, une parmi les centaines qui froissaient le sol en continu et entretenaient le cocon de poussière dans lequel nous toussions, a suffi : la dalle s'est effondrée au moment où Federigo s'en dégageait. Elle l'a broyé. Et depuis, Fred hurle à cette mort comme un père.

« Je rentre en France cette semaine (celle du 6 décembre). Avant de repartir vers Houston où j'ai promis de rechercher mon ami, j'aimerais vous rencontrer ainsi que votre cousine Angélique, à la fois pour vous donner d'autres détails sur les événements, il n'est pas mauvais qu'on sache dans quelle misère vivent la plupart de ces gens –, et vous remettre des papiers, définitifs, paraît-il, que Frédéric a signés à l'avantage de sa parente bien avant le séisme. Il me faudra voir aussi une demoiselle Elise, à qui Frédéric destine un paquet, des lettres, je crois, devant lui parvenir en main propre.

« Rien ne presse en vérité, et je ne vous cache pas que je suis épuisé. Deux ou trois semaines de repos aux côtés des miens, me seront nécessaires avant de songer à vous proposer une entrevue si je tiens à vous fournir le compte rendu exact que vous êtes en droit d'espérer. Toutefois, s'il y avait urgence, en particulier pour les papiers concernant votre cousine, il sera toujours possible de me joindre par fax ou téléphone, à votre convenance, afin d'avancer la date de notre rencontre. Je pourrais tout aussi bien vous envoyer ces papiers dans le cas où ils seraient utiles dès maintenant, mais j'ai beaucoup à vous... raconter, disons. Frédéric, s'il se remet, n'a pas dans l'idée de revenir en France, en tout cas pas dans l'immédiat. Il a trouvé là-bas, semble-t-il, de quoi le détourner du pire, lequel est dans son caractère depuis l'origine. Si toutefois vous l'aviez pressenti, je ne l'ai, moi, perçu que ces derniers temps, voyant du coup s'éclairer bien des situations de notre passé commun.

« Mon propos n'est pas de justifier mon aveuglement vis-à-vis de Fred. Je dois vous paraître brutal, madame, mais la grande amitié que je porte à votre parent ne m'a pas empêché de constater avec retard un état de fait patent et qui l'était sans doute depuis belle lurette : son tempérament n'est pas celui d'un homme que vivre rend heureux. Tant qu'il était en activité, il trouvait un dérivatif dans la prise de risques et les essais les plus difficiles. Si d'aucuns, à L'Aéroindustrie, ont vu dans cette attitude une inconscience devant le danger, je sais, moi, que seule l'exultation de reculer ses limites, associée au besoin d'approcher la perfection, l'a tenu en vie jusqu'à ce jour maudit du tremblement de terre. Je le sais depuis peu mais je le sais avec force : j'en ai vu les effets, comprenez-vous. Fred s'est jeté corps et âme dans la sauvegarde de gens ensevelis sous les décombres, et c'est alors qu'il a vécu en plein, avec un bonheur paradoxal, je suppose, aux yeux de la plupart, mais que j'ai enfin compris.

« Il avait mis beaucoup d'espoir dans ce voyage au Mexique. Ayant réglé les affaires de José, il comptait bien, après m'avoir accompagné à l'aéroport, se rendre à Xalapa où l'attendait une vérité qui le concerne seul, si j'en crois ce qu'il avouait alors. La mort de Federigo et son accident conjoint en ont décidé autrement.

« J'oubliais de vous signaler que José, au contraire de tout pronostic, émerge de la maladie pour reprendre son fief en main puisque le sort le prive d'un successeur digne de ses espérances ; c'est en tout cas ce qu'il répète à satiété, et ma foi, j'ai le sentiment qu'il a retrouvé du poil de la bête. Je pense que vous le reconnaîtrez bien là : si je tiens compte de ce que j'ai appris et de lui et de vous, c'est dans la norme de son credo : nécessité fait loi. Il ne le dit pas de cette façon, mais il a envie d'attendre que Frédéric se rétablisse. Peut-être espère-t-il le ramener à vivre, selon son expression. Autre issue, improbable à mes yeux. Vous le voyez, je ne dissimule rien, ni du tangible ni de l'hypothétique. Je dois à Frédéric une pesée de moi-même qui m'échappait jusque-là. J'ai quasiment son âge, madame, et comme lui, je suis tout près de repartir au vestiaire quant à la possibilité de voler encore sur des prototypes. Il y faut une "jeunesse" des réflexes, et des envies d'absolu qui s'éloignent de moi d'une manière naturelle : je vieillis. J'ai beau avoir dix ans de moins que Fred, je prends de la bouteille, comme nous nous gaussions de la formule quand il n'en était pas encore question. Seulement, encaisser des *g* et le voile noir qui les accompagne, ne rajeunit personne.

« Frédéric, alors que nous nous occupions de régler les affaires de José, bien avant de fouiller en silence, comme des taupes, dans les immeubles effondrés pour trouver des survivants, m'a beaucoup parlé d'Angélique, des femmes de votre lignée qui sont au plus près serré des réalités de votre monde ; ce n'est pas le cas de vos mâles, paraît-il. Nous embarquons souvent sur des fumées très éloignées du concret... Enfin, quand je dis nous, pensez que je ne parle pas en général mais de certains ; d'après ce que Frédéric m'en a confié, vos collatéraux, les Donnavent de Pasture ou du Haut, les Deux de l'Ozoir et autres de vos tenants, sont plus tentés par du nébuleux que par la pérennité de vos besoins viticoles. Angélique, toujours d'après lui, a su avec les sangliers concilier les deux attentes, de même qu'Elise et vous-même et Gloria l'ancêtre... Cela démontre-t-il nos carences ? Il m'a fallu cet ébranlement d'une ville et sa ruine pour rendre à ma lucidité une liberté de manœuvre : je viens de comprendre, après vingt ans de mariage, que ma famille ne s'émiettait pas grâce à la seule volonté de mon épouse... Il n'est jamais trop tard, direz-vous ! Ce n'est pas un constat gratifiant.

« Je ne vous impose ces réflexions personnelles qu'avec une seule ambition, celle de vous désigner une voie qui ne semble pas vous être apparue : la "fuite" des Donnavent au masculin n'est pas une faiblesse mais une réalité constituée : vos hommes ont descendu leur pente, vous avez escaladé la vôtre. Ni eux ni vous n'êtes coupables, qui est maître d'une destinée le plus souvent tapie dans les gènes ? Pour certains, madame, les bouteilles seront toujours, et sans rémission, à moitié vides.

« Je ne sais pas de quoi je me mêle en l'occurrence. Veuillez excuser ce débondage, mais ce qui arrive à Fred m'atteint comme me poignerait le malheur d'un jumeau.

« J'espère qu'il se rétablira, que José tiendra jusqu'à ce moment et même au-delà, si Fred ne se décide pas à reprendre l'hacienda. Je vous informerai de son retour à la norme quant au corps. Pour l'âme, le cœur, l'esprit, appelez l'impalpable comme vous l'entendez, je ne peux rien promettre ni les médecins avec moi, ce n'est pas de notre ressort.

« Avec mes sentiments respectueux.

JOSEPH VALACCHI. »

Moira eut un soupir.

— Lis donc ce morceau de bravoure.

— Frédéric ?

— Son copain, son alter ego, qu'en sais-je au juste ! C'est le type avec lequel il s'est envolé il y a cinq mois. Quelqu'un de bien, j'imagine, si je m'en tiens au ton de sa missive.

Elise lut, laissa retomber les feuillets sans un commentaire, hochant la tête en silence.

— Eh bien vas-y, crache tes vérités premières ! T'en meurs d'envie !

— Ne t'excite pas, Frédéric ne m'a pas demandé mon avis pour partir, il ne le réclamera pas au retour.

— Je suis bonne pour tout reprendre de zéro.

— Bravo pour la compassion ! Heureusement, et ce type, comme tu dis, a raison de le laisser entendre, Angélique est là. N'as-tu pas deviné que Fred ne reviendrait pas ?

— Angélique se fout du domaine, on ne l'a pas vue depuis au moins huit jours, sinon pour manger comme un gouffre.

— Arrête ! Les vendanges sont terminées, le raisin fermente et le plus dur est à venir. Les saisonniers sont retournés au pays, ne restent plus que les permanents, ils suffisent à peine. Alors Angélique bosse, Angélique se fatigue pour les beaux yeux de tes sacrées bouteilles !

— Tu crois m'apprendre quelque chose ?

— Alors si tu sais, cesse de déblatérer !

Elles arrêtèrent là, butées. Elise finit par soupirer qu'en plus, Edouard n'était pas à son boulot, en pleine déprime si la chose s'appelle ainsi chez les bouseux.

Elles se pesèrent du regard, braquées sur la même pensée, les hommes, les « leurs », étaient dingues ! Entre Edouard et Norbert, c'était à qui pleurerait sur la défection de Frédéric, et viendrait quémander des rassurances auprès d'elles !

— Un seul être vous manque et...

— Norbert, d'accord, c'est de la graine de connard romantique, mais l'autre, ce bulldozer.

— Les bulls tombent en panne eux aussi.

Elles se toisèrent avant de ricaner chacune dans son coin. La lettre avait glissé sur le tapis, blanche sur le fond rouge, obsédante. Aucune n'avait le courage d'aller la ramasser, avec pourtant des envies folles de « relire » ! Elise, hargneuse, renâclait, Edouard est un abruti !

La porte s'ouvrit en coup de vent. Angélique, dans un seul mouvement, rafla le paquet de feuilles au sol, le balança sur la table et se laissa choir sur la méridienne, pieds pendants. Elle gémit que ce mec lui sortait par les trous de nez !

— Que se passe-t-il ?

— Edouard a de nouveau des états d'âme, et je viens de le secouer un grand coup. Il hurlait à la mort, lui, ne prendrait pas ses ordres d'une bonne femme dont le rôle n'était toujours pas défini dans l'exploitation Donnavent. A ses yeux, je tombe du ciel ! Je l'ai balancé dans un cuveau, qu'il fermente un peu, ça lui changera les idées ! Quant aux ordres, putain, va falloir que ce trou-du-cul s'aligne tant que Frédéric n'est pas revenu.

Elise grogna que ce n'était pas demain la veille, il y avait de fortes chances pour que l'absence se prolonge, et Edouard devrait s'accommoder de la situation !

— Des nouvelles ? Le Fred a morflé sévère ?

— Comme tu dis ! Mais l'important n'est pas là, je crois qu'on ne le reverra pas.

Angélique ferma les yeux, ah ce bizness m'emmerde ! Quand je pense que depuis des millénaires, c'est nous qu'on accuse d'avoir des vapeurs !

Moira ricana.

— Ce n'est pas parce que tu as le temps de les voir venir qu'elles t'épargneront ! Tu ferais mieux de lire cette lettre, pour le coup elle te concerne aussi.

Angélique lut, relut, rejeta les papiers sur le guéridon en haussant les épaules, je vois ce que c'est, encore un Donnavent qui se dilue ! Bon, c'est pas tout, je retourne au pressoir. Et ne m'attendez pas pour la soupe, ce soir j'ai l'intention de filer chez moi sans m'attarder. Demain matin, je dois cavaler chez un notaire, pas le père Portes-Hareilh, un autre, de Marseille ! Il m'a convoquée, paraît que le pater a laissé un testament ! Je suppose qu'il me lègue sa pétoire et son kil de rouge, et ça ne valait sûrement pas d'aller l'enregistrer au diable ! Enfin c'est la vie, dormez bien, les vieilles.

Moira grimaça.

— Par moments, cette fille me...

— Plains-toi ! C'est un Donnavent avec des seins, peut-être qu'un jour, elle nous en fera un vrai qui restera, lui, pour changer.

— Nous ?

— Bah quoi, cette fille est comme une nièce, elle m'appelle Tat', non ? alors pourquoi pas nous ! Mais si cela te dérange...

— Et d'abord qui voudrait d'elle ?

— Détrompe-toi, elle colle qui elle veut dans son lit, ce n'est pas le manque de reproducteur qui la tracassera jamais. Et comprends-le tout de suite, le fruit restera bâtard devant Dieu et les hommes, ce qui ne vous a jamais effrayées si je me fie à la chronique familiale !

Elles gloussèrent ensemble. Elise s'était dressée, les mains aux reins, et regardait par la fenêtre.

— Et voilà autre chose ! Edouard vient par ici et il dégouline. Il nous réserve la scène du Deux. Ce ne sera jamais que la vingtième fois, c'est un sentimental exacerbé !

Dans le vestibule, une voix hurlait, je veux voir la patronne, et la porte à double battant se rabattit à la volée. Moira, droite dans son fauteuil roulant, fulminait, c'est quoi, ce chambard ! On ne t'a pas appris à frapper ?

— Madame Moira, elle vient de me foutre dans le moût, et moi, je refuse de continuer comme ça, je m'en vais, je me laisserai pas traiter de la sorte !

— A t'entendre, Edouard, ce serait donc la toute première fois que tu menacerais de rendre ton tablier pour des broutilles ! Si tu t'économisais un peu ? Nous venons de recevoir de très mauvaises nouvelles de Frédéric et tu nous remets ça, est-ce le moment ? En plus, mon gars, tu gouttes sur le tapis.

Elise était retournée vers les fenêtres, Moira et son numéro de dressage !

Le bonhomme, imbibé de raisin à demi écrasé et que les vapeurs de la fermentation excitaient, criait, moi-je, moi-je, sans parvenir à poursuivre. Moira avait approché son fauteuil, lui tapotait le bras.

— Allons, ne fais pas la bête ! Angélique doit prendre les choses en main, Frédéric le veut ainsi, et si tu ne me crois pas, lis cette lettre. Moi aussi, je le désire. Et puis je te préviens, Edouard, c’est fini, je ne supporterai plus tes manières. A la prochaine crise que tu nous imposes, je te jette dehors, j’en ai assez de tes menaces. Tu veux partir ? C’est ton droit. Mais cette fois, si tu nous ménages un coup pareil alors que nous sommes dans la merde et qu’Angélique est la seule à pouvoir nous en sortir, je ne te reprendrai pas, parole de Donnavent. Que diable, je suis une femme, que je sache ! Et m’obéir, il y a peu, ne te collait pas de boutons ! Qu’est-ce qui te prend ? Comment tu t’arranges avec la logique, mon gars ?

L’homme, refroidi par le ton soudain rude et l’œil noir, recula, c’est bon – c’est bon, j’ me tais, seulement on ne m’empêchera pas de penser...

— C’est ça, pense, et retourne bosser, ce n’est pas le travail qui manque ! Même si la grande fait plus que sa part à cause de tes scrupules ! Referme la porte derrière toi, et doucement, s’il te plaît !

Elise hilare, admirait, ma parole, t’es en rogne !

— Ah ! Il m’agace et ce n’est pas rare avec lui ! Ce zozo est un demi-Donnavent. Il ne le sait pas, sa mère ne s’en est pas vantée, mais tu vois où ça mène ? Il œuvre avec des volontés au rabais, des moitiés de hargne, des quarts d'envie de se tailler ailleurs comme les autres, à cheval sur les mêmes nuées ! Décidément, dans cette famille, les femelles gardent tout pour elles, et ne crois pas que le constater me séduit, pour l'heure ça me peine. Pire, ça me fait...

— Chier ?

— Voilà, c'est toi qui l'as dit.

— C'était pour t'éviter les grossièretés, elles ne te vont pas au teint !

Moira balaya d'un geste l'ironie de sa commensale, au fond, la situation t'amuse !

Elise vint se pencher sur elle, non, justement, elle ne m'amuse pas. Pour être franche, Moira, je me fous de ton pinard, je suis bien de l'avis de Frédéric là-dessus ; on en vit peut-être, s'en amuser est une autre histoire même si c'est la tienne ! Ce que je vois, moi, c'est que Frédéric n'est pas sorti de l'auberge ! On va patienter avant de relancer ce Jo mais pas trop, on va exiger d'en savoir plus. Jusque-là, tu cesses de me bassiner avec tes Donnavent qui ne justifient pas leurs couilles, sinon je te délivre quelques vérités sans sucre que tu ne parais pas avoir entrevues chez les femelles de ta lignée ! Vos fils, à qui vous serinez la saga des filles Donnavent, sont ce que vous en espérez sans le dire, des gars programmés dès le berceau à ne pas jouer la concurrence ! Tais-toi, Moira laisse-moi finir ! Leur incurie vous conforte dans votre gloriole, et pourtant il n'y a pas de quoi pavoiser, crois-moi !

Là-dessus, Elise entama sa sortie, silencieuse et raide comme la justice. Elle referma la porte avec soin pour se rendre dans les cuisines ; besoin d'un remontant, Moira aussi, même si elle ne le réclamait pas, ce qui était bien dans sa manière ! Belle image de soi, et contentement, merde alors !

Et elle, avec sa sortie de théâtre, c'était mieux ?

Quand elle réapparut dans la grande pièce, elle transportait deux verres, des glaçons, le pastis et l'eau.

— On va s'en jeter un, que tu le veuilles ou non ! Nous sommes entre nous, tu m'épargnes ta réponse habituelle, que tu préfères ton vin, que tu ne bois pas d'alcool et que je parle comme un charretier !

Elles se sourirent. Moira soupira, sors-nous les pâtes d'amande, je n'aime pas picoler le ventre vide.

— Il ne s'agit pas de picoler.

— Si ! Pour une fois, j'ai envie d'une bonne biture, c'est comme ça qu'on dit ? Ne pas mourir idiote... Ce n'est pas ce que tu t'apprêtais à me distiller ?

Au bout d'un moment, elle murmura, ce que j'aimerais, vois-tu...

— Eh bien ?

— C'est regarder le monde au moins une fois sans me demander comment l'obliger à tourner dans le bon sens !

Elise gloussa.

— C'est-à-dire le tien ! Tu veux le fin mot ? Vous autres, les femmes Donnavent, vous adorez le pouvoir, voilà ! Et si tu regardais les choses en face, pour une fois ! Mener ton monde à la cravache, ça te sort de ton fauteuil ? Ça t'empêchera de crever ?

Elles burent sans ajouter un mot, œil dans l'œil, ruminant ce qui avait été proféré et ce qu'elles avaient tu. Parce que, au bout du compte, tout était rapport de forces, y compris leur coexistence. Elise aurait désormais besoin de Moira pour survivre si Frédéric ne revenait pas, et Moira avait l'usage d'Elise pour s'emmerder moins. D'ordinaire, on tait ces choses-là, c'est d'une solide prudence ! Sur le trottoir aussi, on apprend à envisager l'avenir quand on n'est pas trop sotte.

La nuit tomba sur la cuite annoncée, laquelle recula le problème sans le résoudre.

Elise était bien, et même très bien. Elle s'entendit glousser, que l'autre s'interroge un peu, à l'évidence ce n' lui était guère arrivé jusque-là !

Elle aida Moira à gagner sa chambre, à monter dans son lit, tu ne te laveras pas les dents ! On n'en meurt pas, tu verras, puis se hissa jusqu'à son étage, décidée à dormir jusqu'au lendemain midi. Avant de sombrer, elle évoqua deux secondes le Valacchi, ce qu'il leur raconterait... Ne pas aimer vivre, c'était curieux, tout de même ! Ah, parfois, on ignore la chance qu'on a de jouir de tout !

Chapitre 14

ÉLISE

Angélique revenue de chez ce notaire inconnu – et Moira, dédaigneuse, avait suçoté le nom un bon moment avant de conclure qu'il n'était pas du coin –, Angélique était maussade. Les mots justes, précisa Elise, sont méfiante et murée. Que croit-elle, cette gourde, que tu vas jaillir de ton fauteuil pour aller la questionner, la menacer de je ne sais quoi si elle ne l'ouvre pas ? A se demander ce qu'il a pu raconter pour qu'elle le verrouille de la sorte !

Indécises, puis hérissées, les deux vieilles se résolurent à ne pas interroger la Grande Gélie comme l'avaient appelée les saisonniers ; les permanents s'y étaient mis, et Angélique acceptait, indifférente.

Moira grinçait, y avait-il pire que l'absence de Frédéric ? Que cette idiote se taise ou non, peu me chaut !

Elise s'était gardée de répondre et pourtant ce n'était pas l'envie qui manquait. Quand Moira se pencherait-elle sur autre chose que l'avenir de son foutu domaine ? Frédéric n'était qu'un prétexte.

De toute façon, eussent-elles voulu questionner Gélie qu'elles n'en auraient pas eu l'heur ! On ne voyait plus la Grande que le soir, lorsqu'elle surgissait en coup de vent pour rafler sur la table de quoi se nourrir avant de grogner qu'elle dormait debout, alors salut. Qu'elle se le mange, son mystère à la noix !

Elise, depuis peu, guettait Moira quand elle recourait à la trivialité, laquelle à ses yeux avait l'avantage, d'agacer la douairière et de la conforter, elle-Elise, dans un sentiment de supériorité, le persiflage lui ouvrant le territoire de la manipulation. Dans une cambrousse où manquent les occasions de se distraire, ça n'a pas de prix.

Moira, pas dupe, pinçait la bouche et se taisait.

Du côté des caves, le bruit et la fureur s'étaient tassés, Edouard se tenait à carreau, diluait ses hargnes dans le récurage des cuves après avoir mis en tonneaux le vin de l'année précédente, et Norbert, dieu merci, ne se montrait plus. Alors, pas de vagues, surtout pas de vagues, pensaient les vieilles gamines, comme on souriait au village quand on les évoquait.

Les excès affectifs des derniers jours avaient obligé les deux femmes à recalibrer la situation sans pour autant amener Moira à les apprécier. Elise assistait d'ailleurs à ce qu'elle appelait une radicalisation des sentiments ! A elle, la rengaine du « mon dieu qu'allons-nous devenir » ne brouillait pas l'esprit mais le cœur : Angélique, bien qu'elle lui plût, ne remplacerait pas Frédéric. Les femelles Donnavent pouvaient bien se sortir d'à peu près tous les jeux, chez elle, Elise, on ne supprimerait pas une faiblesse pour les mâles. Une faiblesse sexagénaire, bientôt, soupirait-elle, et alors ? Mon cœur a seize ans ! J'suis comme tout le monde ! Elle récriminait en dedans ; à haute voix, elle la fermait sur une vérité n'épargnant pas Moira bien que d'une autre façon.

Il n'empêche, pour que la muscade passe un peu, elle allait à la pêche des souvenirs, ceux de Maria-la-

Voyageuse en particulier, la chère Maria qui, bien avant de s'envoyer en l'air aux confins de la Turquie, avait maintes fois apostrophé les « consœurs » travaillées par un zeste de féminisme. Ah, que vous êtes sottes ! criait-elle, vos discours, cocottes, réservez-les à vos macs au lieu de leur offrir et votre cul et ce qu'il rapporte ! Mais qui l'écoutait ? Il était comique de voir ressortir des mises en garde vieilles comme... Ah ! C'est trop tard, ma fille, t'as plus de mac, plus de fric, même plus de fesses, tout a fondu.

Tourné avec plus de sobriété, le discours n'aurait pas davantage convaincu Moira. Et puis, à quoi bon lui parler de Maria, les jardins secrets ne se partagent pas. Elise marronnait, ce damné Frédéric ne lui avait pas laissé le temps de relire toutes les lettres, et la mémoire... la mémoire se desséchait comme le reste ! Maria, tu me manques tellement !

Au bout de deux semaines de cette patience exacerbée, Elise trancha, on appelle Jo Valacchi sans plus attendre, y en a marre ! Après tout, ne connaissait-elle pas Fredéric depuis plus longtemps que Moira ? Ça donne des droits, donc savoir et tout de suite ! C'est elle qui forma le numéro, laissa un message sur le répondeur, déclara aussitôt après qu'elle courait mettre à bas le mutisme de la grande Gélie ! Que Moira le veuille ou non, des choses se tramaient, ce serait bête qu'elles se compliquent sans qu'on le sache !

Dans la clarté chiche des sous-sols, tous œuvraient en silence. Edouard boudait depuis des semaines, et les trois autres, taiseux de nature sans la vindicte du premier, ne l'ouvraient que pour répéter à satiété, Gélie, pas la peine de faire la gueule comme... comme qui tu sais ! L'humeur d'Edouard ne s'en améliorait pas, ni celle d'Angélique qui abattait un travail de bœuf sans sortir plus de trois mots à la fois. Elle s'en gardait, avait-elle crié le lendemain de sa visite chez le notaire, parce que j'ai l'impression d'aboyer quand je vous cause, et ça m'plaît pas ! Ce n'est pas contre vous que j'en ai !

La venue d'Elise fit dresser le nez aux hommes. Ils replongèrent quand celle qu'ils désignaient comme la gouvernante de Frédéric se posta face à la Grande Gélie mains aux hanches, et rugit : « Vas-tu te décider à nous cracher le morceau ? » Son affaire, c'était si terrible que ça ?

Angélique haussa les épaules, soupira, j'te jure, si on pouvait naître orphelin, ce serait un vrai repos. Viens.

Dans le cagibi où elle avait installé un paquet de machins informatiques, crachait Edouard, rien que pour l'enquiquiner, elle désigna un siège qui se dépaillait.

— Assieds-toi, n'aie pas peur, il me porte, s'écroulera pas ! Et puis ne me regarde pas avec ces yeux-là, on croirait que j'ai piqué dans ton porte-monnaie !

— Tu seras bien obligée de débrider un jour ou l'autre, alors décide-toi, d'autant que le Valacchi va s'amener, et il désire nous parler à nous trois ensemble, tu te souviens ?

— T'es une vraie petite fouine, hein ? D'accord. Cette saleté que j'avais pour père a consigné dans un document officiel, comme jubilait le notaire, celui-là je te jure, un vrai salopard, et tout ça parce que je lui faisais peur, c'était... Où en étais-je ? Ah oui, mon père a vomi sur ma naissance : ma mère selon lui n'était pas ma mère, et je n'ai donc aucun lien de parenté avec les Donnavent, partant, aucun droit. Mes vieux, stériles, d'un commun accord paraît-il, m'auraient sortie de l'Assistance afin de pouvoir pleurer misère auprès de la famille, etc. Ce serait grâce à moi, en définitive, qu'ils auraient décroché le mas et le petit bois où j'élève mes bêtes. Bien sûr, va falloir confirmer. Autant t'avouer que ce bazar me chauffe pas le cœur, et si je le tenais encore, je lui ferais passer le goût de se pinter sur mon dos, crois-moi !

Elles n'échangèrent pas un mot de plus. Après un silence qui durait, et Angélique s'agitait ferme sur son tabouret, Elise conclut, en fermant les yeux de dégoût, que les Donnavent donnaient vraiment pas dans la simplicité ! Mais de quoi tu te soucies ? tu resteras une des leurs contre vents et marées, Moira ne croira personne même si on lui apporte sur un plateau une preuve d'une origine anonyme ! Tu serais noire, jaune ou sang-de-bœuf, hideuse ou naine, ce serait pareil, elle a besoin de toi ! Bien sûr, si Frédéric revient, autre paire de manches, mais reviendra-t-il ?

Au bout d'un moment, Angélique murmura que l'argument n'allait pas gommer son vague à l'âme ! Peu importe, elle avait demandé à Portes-Hareilh de s'occuper des démarches, n'ayant aucune confiance en l'autre sauteur. Son père, dans sa déclaration, n'avait apporté aucun élément d'état civil, et le clerc, ce con, n'en avait pas exigé, ce qui aurait été la moindre des choses, non ?

— Si ça se trouve, ton paternel a raconté des bobards juste pour se venger.

— De quoi ? De ne pas obtenir que l'héritage finance ses cuites ? Sur quelles bases je l'aurais fait ? N'a même pas été capable de dépasser la couverture de son fameux ouvrage historique ! Tu veux que je te dise ? Il avait dans la main de quoi redonner du poil à tout le canton !

Elise ne retint pas son rire, et Angélique soupira, je ne trouve pas ça drôle. En plus, si le truc se confirme, Moira sera obligée de... ah merde, tiens ! qu'est-ce que je retournerais bien à mes bestiaux, moi ! Grâce à eux, j'ai constitué une pelote, oh, pas énorme, mais j'ai de quoi racheter la baraque et le bois pour continuer l'élevage. Avec eux, ma vieille, j'ai du bonheur. Parce que le pinard... pour tout te dire, j'en raffole pas !

Elle tapa sur la table qui branla un peu plus, Mexico ou les USA, c'est pas le bout du monde ! Je peux aussi bien aller vous le rechercher, votre Frédéric de malheur, vous le ramener par la peau des fesses ! Tu sais qu'il est naze, ce mec ! Voilà un gars qui selon toi n'aime que les avions, qui a du fric à gaspiller et qui reste là, à espérer que le monde tournera dans le bon sens sans qu'il s'en mêle ! Quel abruti ! il n'a qu'à s'offrir un zinc, au besoin mettre celui d'Edouard dans le coup, ce tordu demanderait pas mieux ! Convoyer des gens, filer en Afrique jouer au sauveur des populations affamées, rejoindre des mercenaires pour casser du rebelle à Tombouctou, crapahuter dans les montagnes à la recherche des skieurs égarés, est-ce que j'sais ! Sont pas les moyens qui manquent de se donner des émotions puisque c'est ce qu'il lui faut, à ce plouc ! Et il reste là, à attendre que ça passe ou qu'ça casse ! j'te jure, m'énerve ! En plus, il se monte le chou, Fred ! Le jour où je l'ai retrouvé sur son arbre, avec mes bêtes au pied qu'en auraient fabriqué de la charpie si la branche avait cassé, il était bien content que je le lève de là ! S'il avait vraiment eu envie de tirer sa révérence, c'était facile, l'avait qu'à se laisser tomber au milieu de mes hures, l'aurait pas fait long feu ! Au lieu de quoi, ça crie maman ! Bon, je retourne aux cuves. Et ne reste pas à me surveiller comme si la foudre t'avait déshabillée de tes dernières illusions, file raconter à Moira. Je remettrai pas les pieds dans son nid sauf pour la bouffe, après tout, elle m'est due, j'aligne au moins le boulot de trois hommes ! Et je remonterai pas au château tant que je serai pas sûre d'en avoir le droit, voilà, c'est dit !

— Epouse-le !

— Quoi ?

— Si tu sors vraiment de l'Assistance, épouse Frédéric ! Tu deviendras Donnavent par mariage, t'auras même pas l'obligation de le baiser si t'en as pas envie. D'après Jo, il a disposé du fief en ta faveur, il te fourgue le truc, ça change quoi qu'il te le donne en direct ou en différé, qu'est-ce qui te gêne là-dedans ?

— En vlà des idées ? C'est sur le trottoir qu'on apprend à raisonner comme ça ?

— Laisse le trottoir où il est, j'y ai vu pire qu'un mariage blanc ! Ils ont toujours existé, c'en serait jamais qu'un de plus ! C'est à toi de voir après tout... Moi aussi, tu sais, j'aurais aimé être orpheline. On a tous un squelette dans le placard, et parfois, on va jusqu'à s'en coller un quand il n'y en a pas ! C'est ce que tu gardes sur le feu ? Permets-moi de te dire, Gélie, la connerie sera de ton bord si tu refuses les solutions de complaisance alors qu'elles arrangeraient le monde, à commencer par le tien. Le domaine t'intéresse pas du tout ? A défaut de Frédéric à jeter dans le moût, comme l'autre noix, tu craches dans le rata ?

Angélique haussa les épaules, je retourne bosser. Il n'empêche, je veux que tu parles à Moira.

— Pas assez courageuse pour lui causer toi-même ?

La grande hurla, fous-moi le camp, Elise, j'ai du boulot si toi, tu te tournes les pouces !

De la porte, Elise soudain furibarde, cria, en plus,

Angélique, quand on ne te cache rien de ce qu'on a été, ce n'est pas pour que tu t'en serves comme argument parce que t'en as pas de rechange ! Si t'as pas mieux que ressortir mon passé en place d'une décision intelligente, c'est plus de la bêtise, c'est de la méchanceté, voilà c'que c'est !

Non mais sans blague !

Revenue dans la grande pièce où Moira dansait dans son fauteuil, elle était encore en pétard mais n'eut pas le temps d'ouvrir la bouche.

— Il vient d'appeler, il arrive demain, et il veut nous voir ensemble.

— Angélique a des trucs à t'apprendre.

— M'en moque, elle attendra, d'autant qu'à l'instant, son notaire, je le retiens celui-là, a cru bon de me communiquer les tenants et les aboutissants. Il avait dans la voix une jubilation qui m'a fichue en colère, et je l'ai remis en place, j'ai demandé comment réagirait le Conseil de l'Ordre si je les informais de sa façon de pratiquer le secret professionnel ! En attendant, je sais tout, point. Et je m'en tape, comme tu t'en doutes. Ah, voilà qu'en plus tu me contamines ! Bon, ce qui compte, c'est la venue de Valacchi. Lui m'a plu rien qu'à l'entendre. Et cherche-moi donc un verre, s'il te plaît, j'ai soif !

Elise, philosophe, s'en alla fouiller dans la réserve de l'office, s'empara d'une bouteille et de trois verres. Au passage, elle cria vers les chais où Angélique, karcher en main, nettoyait des cuveaux.

— Hé ! ramène-toi ! Le Jo se pointe aux aurores, faut qu'on avise. Quant à ton histoire, c'est tout juste si elle intéresse Moira à côté de ce que va nous raconter le gaillard, alors viens boire un coup, le travail attendra. Tes gars ont à redire contre les heures sup ?

Avant de refermer la porte, elle ajouta : Et si t'aimes pas le vin de Saint-Jean, t'as qu'à te prendre cette saloperie de Coca à l'épicerie du coin !

Jo arriva par la route dans un break plutôt sale qui avait connu son neuf bien des années avant.

Elise pensa que l'homme allait lui plaire, elle avait horreur des obsédés de la peau de chamois qui briquent leur bagnole comme on s'astique le chinois, ce qui, au fait, ne se disait plus ! Les chromes-miroirs lui rappelaient Gustave, lequel l'avait dépucelée et collée sur le trottoir d'un même mouvement, tout en lorgnant les « tires » de luxe que les passes devaient lui offrir.

Jo était maigre, calciné presque, avec des yeux rudes qui recensèrent d'un seul regard la taille d'Angélique, l'âge des deux autres, et leur attitude à toutes trois. Angélique n'avait pas fait d'effort vestimentaire mais elle était coiffée comme un dimanche, la tignasse enfermée dans des nattes roulées sur la nuque et lui tirant la tête en arrière. Les quatre-vingt-huit ans de Moira étaient parés de rouge vif sans rémission. Il en cilla, avec une petite contraction de la bouche, et Elise sourit en douce. Elle, elle était en noir, comme à l'ordinaire. C'était encore ce qui allait le mieux avec ses yeux pâles. Chacun ses trucs, mon fils ! Lui aussi était harnaché, non ? Prince-de-Galles, un trois-pièces qui lui convenait comme une mitre à un blaireau ! J't'aurais bien vu en blouson d'aviateur ! Voilà mes jeunes appétits qui remontent, mais tu dates, ma fille, t'as guère évolué depuis Saint-Ex ou Mermoz... plutôt Mermoz, un vrai beau gosse, celui-là. Bon.

Sur la table, entre eux, une très vieille bouteille sous

sa poussière, et quatre verres fins. Moira n'entendait pas qu'on oublie ses armoiries !

— Comment va-t-il ? demanda Angélique après s'être raclé la gorge.

Ce type avait l'air de l'intimider, un comble. Elise de son côté avait noté l'œil un peu absent, la bouche amère, et l'aisance des grandes mains qui soudain lui reparlaient caresse, ce dont elle avait de la gêne. Oh, pas pour elle, pour Angélique. Celle-ci, la première fois depuis toujours ou à peu près, vu son air, devait s'aventurer côté cœur et le trouver sec comme un puits tari. D'où je viens ? C'est ce que se demandait la Grande depuis plusieurs jours avec une rage inutile, et parfois, la chose s'arrange dans un regard d'homme. Le Jo Valacchi n'avait plus qu'à bien se tenir, pensait Elise. En attendant, cause mon gars, tu vas nous rendre folles à nous faire goder comme ça !

— Son état est stationnaire. Il a deux vertèbres écrasées à hauteur de la cinquième lombaire ; il a fallu les soutenir avec des broches et un corset de plâtre les premiers temps. Les médecins affirment que la moelle n'a pas été lésée, juste comprimée. D'après eux, la paralysie peut disparaître d'un coup comme s'éterniser, ils n'osent rien affirmer là-dessus. Les côtes cassées se réparent, les poumons n'ont pas été endommagés, les fractures du fémur et du tibia se consolident, bref, toujours d'après eux, c'est une question de temps. Mais le hic n'est pas là, Fred est ailleurs, out of way. Et contre ça...

Les trois femmes digéraient de façon différente ce qu'elles venaient d'apprendre. Moira baissait la tête, Angélique renâclait comme un cheval furieux, quant à Elise, elle se contentait de surveiller les deux autres, rien de ce qu'avait conclu Jo ne la surprenait. C'est elle qui demanda comment le drame avait eu lieu.

Jo respirait fort, les yeux à demi clos. Pour comprendre, murmurait-il, elles devaient savoir que l'accident s'était produit presque une semaine après la première secousse du tremblement de terre. Il lui fallait reprendre au début, sinon...

— Nous étions à l'aéroport, loin du centre-ville, encore plus loin de l'hacienda, quand nous avons senti le sol onduler sous nos pieds, alors qu'on surveillait le tableau d'embarquement. Fred a réagi le premier, il nous a empoignés par les coudes, Federigo et moi, et nous a tirés du grand hall en courant vers les pistes. Comme ça empirait, il nous a obligés à filer en direction des hangars, lesquels avaient l'air de bien se comporter : structures plus légères, moins rigides, sur des sols souples, ceci expliquant cela. Ailleurs, le béton cassait, se disloquait, des plaques montaient les unes sur les autres tandis que d'autres tombaient dans des trous s'ouvrant d'un coup avec un feulement terrible. La terre était comme un fauve aux mâchoires en mouvement, et ça me terrifiait. Je ne sais pas comment je m'en serais sorti si j'avais été seul ! Federigo hurlait, José est tout seul, José, faut y aller, José... Fred l'a giflé, tais-toi. Il avait l'air de savoir ce qu'il faisait, et nous avons suivi. Quand je vous ai écrit qu'il a toujours choisi la voie la plus censée, c'était en repensant à des moments semblables, où tout le monde gueule les bras au ciel, alors que lui a déjà sa petite idée en tête. Ce n'était pas le premier trafalgar que nous traversions ensemble, voyez-vous, et j'ai appris à lui laisser la main. Fred s'anime sans une hésitation pour devenir... ah comment dire, un décideur, un chef, un autre homme, quoi !

« Sur une piste à l'écart, à peine chahutée et paraissant calme à côté des autres. Il avait repéré un vieil hélico qui s'était posé dix minutes avant. Nous l'avions regardé atterrir avec un rien de nostalgie, un ancien modèle d'Alouette, un des tout premiers, de ceux qu'il connaissait encore mieux que moi. Il a sauté dedans, remis le contact, on l'a rejoint et, dans la minute, le moteur était encore chaud, nous avons pris de la hauteur. Loin de là, les bâtiments de l'aéroport s'écroulaient dans un éparpillement de verre et de poutrelles tordues, voir ça nous a mis sens dessus-dessous, ce qui paraissait tellement solide la minute d'avant, s'effondrait en quelques secondes. Les verrières éclatées volaient, miroitaient au point qu'on avait l'impression de bouger en plein cœur d'un orage ! Par bonheur, la plupart des employés avaient couru vers les parkings en plein air avant que le bâtiment chahute sur ses bases ; il n'y a eu que quelques blessés par les morceaux de verre rebondissant du sol comme de l'eau sous pression. Plus tard, ces gens-là ont raconté, dans un déluge de phrases incontrôlables, les poutrelles s'étaient tordues avec une force inouie, une femme a crié qu'on aurait dit des beignets dans la friture, une autre l'a rembarrée, pas vrai, c'était comme les poissons cuits au bleu, etc. Tous et toutes avaient vu, comparé, les mots ne suffisaient plus, et pour décrire, ils tiraient leurs images de ce qu'ils avaient vécu la veille. Ce que je vous dis là, on l'a su après, on l'a découvert quand les vivants ont noyé le chagrin dû aux morts dans le récit de ce qui les avait tués.

« Fred survolait la ville. C'était horrible, vous savez. Le séisme durait, des immeubles oscillaient avant d'empiler leurs étages comme des assiettes, entraînant la maison voisine quand ce n'était pas un autre immeuble. Certaines bâtisses s'ouvraient carrément en deux, et j'ai vu des gens dans leur lit, les mains sur la figure pour ne pas céder au vertige : à côté d'eux, le vide. Et puis, la secousse remettait ça, et ils chaviraient en hurlant !

« Bientôt, nous avons dû prendre de l'altitude à cause de la poussière. On devinait des lueurs rouges à travers le rideau jaune et noir qui montait jusqu'à cent mètres et plus, on entendait des bruits d'explosion, les conduites de gaz, les réservoirs d'essence sautaient partout. A un moment, alors que nous survolions la Reforma, une trouée s'est formée dans le nuage, et sans rien y pouvoir, nous avons vu la crevasse s'écarter sous un autobus puis l'avaler avec un bruit de dents qui croquent des noix !

« Très vite, l'horizon a été bouché par des colonnes de fumées montant jusqu'à dépasser les collines. Les courts-circuits lançaient des flashes qu'on devinait tout juste, mais aussitôt après, c'était comme dans une guerre au napalm, des torchères géantes. Le gaz, ah ! le gaz, c'est bien gentil sous un brûleur, mais là ! En plus, à ma surprise, ça se passait dans un silence absolu. Au même instant, j'ai compris, l'explosion d'une citerne, alors que nous la survolions, m'avait rendu sourd.

« Federigo soudain a gesticulé, là, là ! Un gosse debout sur un morceau de béton, comme posé sur une aiguille. Ses petits bras serrés contre sa poitrine, il ne bougeait pas ; il saignait d'une épaule et, la bouche grande ouverte, il regardait l'hélico, le visage tordu de peur et d'espoir. Il a soudain tendu les mains. Federigo m'a dit plus tard qu'il ne criait pas, que rien ne sortait de cette bouche béante. Dans ces instants-là, de drôles de souvenirs vous arrivent par le travers, les traits de ce gosse, ses mains aux doigts écartés, m'ont fait penser à un tableau, vu des années auparavant dans une exposition. Mais autour de lui, le trou se creusait de plus en plus. Fred a demandé, tenez-vous prêts ! Il est descendu à la verticale, et tandis que j'agrippais notre garçon par les hanches en verrouillant de toutes mes forces, Federigo a cueilli le gamin au moment où le socle basculait dans un gouffre qui se refermait déjà !

« Après avoir déposé le petit bonhomme qui tremblait près d'une maison encore debout, là où des gens s'activaient autour d'une ambulance, nous avons continué en direction de l'hacienda. Federigo nous désignait des rues où les voitures chahutaient, sautaient en l'air, retombaient les unes sur les autres. On a vu un petit parc s'ouvrir, avaler un immeuble de dix étages. Federigo a crié c'est le restaurant où j'allais vendre des fleurs quand j'étais môme ! Les bruits me revenaient peu à peu, et ressemblaient à ceux d'un énorme broyeur de pierres. C'était abominable. Dieu merci, il était trop tôt pour que le restaurant soit plein, mais les tables déjà mises s'engouffraient dans un envol de serviettes et de couverts ; je suis sûr d'avoir distingué des éclats argentés, des couteaux et des fourchettes qui s'éparpillaient. On en a, paraît-il, retrouvé plantés dans les arbres et dans les buissons avec des assiettes intactes.

« Enfin, nous sommes arrivés chez José. Le sol tremblait encore par ondulations sèches qui évoquaient une mer croisée, mais le responsable n'était plus le séisme proprement dit, la terre achevait de rouler ses vagues, c'est tout, elle commençait à se calmer, avec des à-coups. Bien sûr, il y eut d'autres secousses durant les jours suivants, rien de comparable à la première. Qui a duré trois minutes et demie, et c'est long, je peux vous le dire, ça paraît un siècle !

« A l'hacienda, pas de blessé, tous les gars avaient quitté les champs pour se réfugier dans la cour donnant sur les vignes, et ils restaient là, hébétés, les jambes à l'équerre comme des marins en pleine tempête surveillant les déferlantes.

« Le sol damé frissonnait, on aurait dit la marée basse, autour de l'espace entre les deux mûriers à l'ombre desquels on mangeait d'habitude. A l'étage de la maison, José, penché par une fenêtre dont les volets et les battants pendaient de guingois au-dessus d'une fissure, hurlait : Dites-moi où il est, où est mon garçon ? Fred, sans le regarder, a donné l'ordre à Federigo d'aller le sortir de la chambre, rassure-le et reviens, on a un sale boulot en perspective, il se calmera dès qu'il te verra. Et tout de suite, il s'est détourné pour s'adresser aux hommes comme s'ils étaient les siens, ça m'a rappelé des choses, vous savez ! Il fallait rassembler des pelles, des planches, des madriers, des clous de charpente, des cordes en quantité, ils allaient devoir creuser des tunnels dans le bordel des ruines et étayer, sinon, ça leur retomberait sur la gueule. Il fallait aussi des sacs pour les morts, et il y en aurait. Et puis des bidons d'eau en quantité, c'est ce qui va manquer le plus. Sortez tous les camions et les tracteurs. Vous suivrez la jeep de Federigo, nous deux, on remonte pour voir par où vous pouvez passer et on montrera le chemin. Ne vous étonnez pas, on fera des ronds pour être sûrs que vous suivez la bonne route. Allez-y mou, les terres et les rues seront dangereuses. Je veux que l'un de vous marche devant le train des camions pour signaler les crevasses aux conducteurs. De là-haut, on peut très bien ne pas évaluer la taille des trous. De toute façon, on n'est plus à cinq minutes.

« Emportez des foulards pour vous couvrir la bouche, des lunettes de moto si vous en avez, la poussière est terrible. Pour ceux qui n'ont rien, prenez des morceaux de carton, trouez-les, attachez-les tout contre votre figure, les fentes en face des yeux. Surtout, vous m'entendez, respirez bien à travers vos mouchoirs, et lentement, étouffer ne rendra service à personnel. Toi, Federigo, attrape tout ce que tu peux trouver comme chiffons propres, d'autres containers pour l'eau, de l'alcool pour désinfecter, taille des petites branches pour servir d'attelles, et découpe des bandes de tissu dans les vieux draps, on va en avoir besoin pour immobiliser les bras et les jambes cassés ; les hôpitaux, s'ils sont encore debout, devront faire face à pire !

« Toi, José, tu restes là. Si tu réussis à calmer les femmes, occupe-les à préparer de la nourriture, je reviendrai en chercher. En ville, on va très vite ne plus rien trouver pour les survivants, les pillards se seront servis avant nous et les boutiques qui restent debout vont se claquemurer. N'hésite surtout pas à tirer si des gus armés arrivent jusqu'ici, donne des fusils aux plus calmes, explique-leur ! Même si elles reconnaissent certains gars parmi les ravageurs, tant pis pour eux. José, dis-toi qu'un pillard, c'est un chien enragé qui ne connaît qu'un seul langage, son profit du moment, alors pas de quartier. Ce sera eux ou toi.

« Les femmes écoutaient. L'une d'elles s'est avancée, nous on a compris, ne t'inquiète pas, puis elle s'est tournée vers les gars, allez-y les hommes. Un sacré morceau, celle-là. Elle a pris les choses en main, elle a même envoyé l'un de ses moutards chercher de la rescousse dans les collines, et José a vu se pointer une tripotée de vieilles qu'il ne connaissait même pas, et qui ont commencé à déchirer des vieux linges pour la charpie, à remplir des cruches, à chercher des chaudrons pour cuire leurs ratas sur des feux de fortune, ce n'était pas le bois mort qui manquait ! C'est fou, vous savez, mais on a vu cette solidarité-là partout, des gens qui sortaient de leur maison écroulée les mains pleines de vêtements, de nourritures, on est vivants, disaient-ils avec des larmes sur la figure, on veut aider ! J'ai vu une grosse dame, très chic sous la poussière qui la maculait, expulser un gars d'un magasin à coups de pied, et nous apporter les boîtes de conserve qu'elle venait de récupérer sur le voyou, en rigolant presque, elle connaissait le patron, s'il était vivant, l'était pas homme à refuser sa bouffe ! J'ai vu des fillettes de six-sept ans et des gosses qui se disaient "scouts", se faufiler dans des trous de souris, puis courir nous avertir qu'il y avait des vivants là-dessous ! »

Jo plongea la tête dans ses mains, silencieux un bon moment. Il releva son visage altéré, « trop c'est trop, vous savez, je ne pourrai pas tout énumérer ! Il y a eu du pire et du meilleur, de vraies saloperies, des règlements de comptes, et puis, juste à côté, des merveilles de dévouement. Tenez, Federigo a disparu cinq-dix minutes, Fred et moi, on ne comprenait pas. Il est revenu à la tête d'une vingtaine de jeunes types, dénichés dans son ancien fief. Des petits durs, c'était clair, mais il les tenait, il les a mis au boulot. Ces jeunes-là ont accompli de sacrés trucs sous son contrôle. Dans nos moments de pause – il fallait bien souffler de temps en temps ! – Federigo m'expliquait, j'en ai déjà récupéré plusieurs pour l'hacienda, de ceux qui ont envie de bosser. Les autres... Les autres restaient là, obéissant sans un murmure, Federigo avait parlé. C'était de l'homme, voyez-vous, ce gosse ! Ils le suivaient, galvanisés. Et les plus vieux derrière Frédéric, pareil !

« Le regard de Federigo a changé. Jusque-là, j'y avais toujours lu de la distance, et Fred, un soir, en rigolant, m'avait confié que le petit lui devait d'avoir rejoint José, alors il s'en veut du mépris qu'il ressent vis-à-vis de moi. Mais il ne s'était pas étendu sur la question, on n'avait pas le loisir, et “le petit” désormais ne pourra plus nous donner ses raisons. En tout cas, il est mort après avoir changé d'opinion sur Fred, et ça, malgré tout, c'est bien. »

Angélique était suspendue aux lèvres de Jo, Elise eut l'impression qu'elle écoutait avec son corps tout entier, quelque chose dans ses tripes regrettait de ne pas avoir été là-bas, avec eux. Tu n'es pas si différente de Frédéric, ma belle, pensait Elise, toi aussi le risque te remue, et c'est bien parce que je t'estime que je tairai qu'il t'excite !

Il n'était pas nécessaire de relancer Jo dans son récit, Elise avait l'impression, plutôt bizarre, que depuis trois semaines, il se repassait la tragédie comme un vieux film d'épouvante : il retourne l'estomac mais on ne réussit pas à s'en débarrasser l'esprit.

— Ce que je veux que vous compreniez, c'est qu'un tas de gens doivent la vie à Frédéric. A commencer par de jeunes fous qui se précipitaient sous les gravats sans précautions, risquant leur peau, et ceux qu'ils voulaient sauver. Il a discipliné les uns et les autres d'une poigne de fer. Je ne l'avais jamais vu dans cet état, l'œil à tout, rameutant les gens disponibles, vous savez bien, ces êtres qui restent bras ballants, ne sachant où donner de la tête mais pleins de bonne volonté. Je me souviens de certains trucs, bon sang ! A une femme qui courait droit devant elle en hurlant, il a crié toi viens ici ! Il lui a collé une bassine dans les mains, tiens-moi ça, il venait de sortir un moutard de deux-trois ans dont la mère était encore sous la dalle, il a passé un coup d'éponge sur la petite tête ensanglantée, c'est juste une éraflure, elle a dû se coucher sur lui. Fais-le boire pendant qu'on essaie de tirer la maman du trou. Et il est retourné s'accroupir avec les autres qui tentaient de glisser des étais sous les plaques en train de basculer. Et la bonne femme a hoché la tête, elle a nettoyé, nourri, bercé ce bambin qui s'est mis à rire ! C'est comme si on nous avait fouetté le sang, et...

— On l'a sauvé ?

— La mère ? il a fallu lui couper le pied. Federigo avait couru vers d'autres groupes, ramené un toubib à bras-le-corps ! Le type se débattait, mais lâche-moi donc, j'ai du boulot. Y en a là aussi, a rétorqué Digo en montrant la jambe cyanosée dont on ne voyait pas l'extrémité ; vous dire la conviction qu'il avait, ce gosse, il emportait le morceau sans bavure ! L'autre l'a tout de suite fermé, il a coupé, cautérisé, cousu. La femme s'était évanouie. Son pied était écrasé par une poutrelle impossible à ébranler sans entraîner le reste. C'est qu'il y en avait d'autres sous cette putain de dalle, s'agissait pas de les perdre pour sauver un pied, mort de toute façon !

« Je vous l'ai écrit dans ma lettre, on a recensé 4 300 morts. C'est le chiffre officiel. Mais, en fait, on n'a pu décompter ceux que la terre avait avalés, bien sûr. La pudeur veut qu'on les appelle des disparus. Trop commode ! Si vous interrogez un administratif, il vous répondra qu'après tout, certains types ont profité de l'occasion pour se tailler ! Et que les épouses ou les enfants crèvent la faim, pas leur affaire. Ont été indemnisées les familles qui pouvaient présenter le corps, du moins à ce qu'on m'a dit... les autres, démerdez-vous ! C'est pareil partout, non ?

Moira, soudain, a fermé les yeux, puis elle a dit, plutôt sèchement, avec impatience même, bon, la chose a été rude, mais si on en venait à notre affaire, l'accident de Frédéric ?

Dans le silence qui suivit, Angélique s'est penchée, le visage froid.

— Continuez si vous en avez besoin. Ce n'est pas qu'elle a le cœur sec, enfin je crois, mais elle considère sans doute qu'elle n'a plus le temps de s'appesantir sur le malheur des autres. Moi, j'ai celui qu'il faut.

Elise, du coin de l'œil, vit Moira blêmir, ouvrir la bouche, se taire. Jo, silencieux et gris, les observait toutes les trois. Il finit par murmurer avec difficulté qu'il y venait, mais il était visible que l'intervention de Moira lui avait coupé le souffle. Dans ses yeux, Elise voyait des questions se lever, des distances se creuser, elle avait une envie folle de lui crier sa vérité à elle, qu'elle n'était pas de cette famille, elle n'en serait jamais. Lui, un ton plus bas, reprenait.

— Au bout d'un moment, et parce que le temps pressait, les gens ne peuvent pas survivre longtemps sans boire, les imprudences ont commencé. On se dépêchait, on s'est précipités, trop, peut-être parce qu'on avait sorti de là des femmes, des enfants surtout, qui auraient survécu si on les avait trouvés ne serait-ce qu'une ou deux heures plus tôt. Cela mettait Federigo en rage, d'autant que des peigne-culs en avaient payé d'autres pour aller fouiller les ruines de leurs maisons, histoire de récupérer valeurs et bijoux avant que les pillards ne mettent la main dessus ; pendant ce temps, nous, on manquait de bras. Ces gens-là ne se souciaient pas beaucoup des survivants possibles, ils ne voyaient que leur intérêt personnel.

Il a regardé Moira en crachant cela. Elise a toussoté, a versé le vin dans les verres, tenez, buvez avant d'en dire plus, et Valacchi a souri, d'un coup. Elle avait raison, le message était passé s'il en croyait la bouche amère de la vieille dame dans son fauteuil roulant. Et puis, c'est loin, le Mexique, pour des gens comme ça, assottés d'eux-mêmes. Il but, le visage serré dans la poigne du souvenir. Elise se dit qu'en d'autres lieux, il aurait sûrement balancé le contenu du verre à la figure de l'indélicate, mais bon.

— Une voix appelait encore, très faible ; l'un des copains de Federigo a crié, c'est ma sœur, et il a foncé, rampant déjà sous une dalle en équilibre avant de voir au-delà. Frédéric s'est précipité, moi aussi, avec des pierres, histoire de bloquer. Quant à Federigo, il s'est rué derrière son ami, il l'a tiré par les jambes, le forçant à ressortir, et comme l'autre crochait dans le sol en criant, c'est ma sœur, imbécile, c'est ma sœur qu'est dessous, il s'est faufilé à son tour pour lui décrocher les mains de là. Il reculait en tirant l'autre quand la terre a frémi de nouveau, c'était arrivé des dizaines de fois et d'habitude, on se méfiait tous, mais là... les blocs ont basculé. Frédéric a plongé, fouissant de toutes ses forces, pendant que j'essayais de dresser un madrier pour contenir la poussée du béton, mais c'était trop tard, et pour Federigo et pour lui. Le premier a été laminé en même temps que son copain, et Frédéric a juste eu le temps de se retourner, mais il est resté les jambes prises, la tête et le dos se payant un morceau de la dalle qui s'émiettait sur un dernier sursaut de la ruine.

« C'était fini. Il a fallu quatre heures pour les dégager. Fred n'a pas voulu qu'on l'emporte avant qu'on ait réussi à récupérer ce qui restait de Federigo et de son ami, des loques sans visages. Voilà. »

Elise vit déglutir Jo. Comme il l'avait dit un peu avant, trop, c'est trop.

— Dans un premier temps, on a transporté Fred jusqu'à l'hôpital de campagne qu'une unité de marines américains avait monté à l'écart des gratte-ciel, dans le parc des musées, et ce sont les toubibs, des marines aussi à ma souvenance, qui ont décidé du transfert vers Houston, déclarant qu'on ne pouvait pas laisser un homme pareil sans soins élaborés. Je m'en suis félicité pour Frédéric, mais... comme vous voyez, on ne soignait pas tout le monde de la même façon. Toujours comme ça, je suppose. Donc, ils l'ont héliporté. Il était dans le cirage, sinon je suis sûr qu'il aurait refusé. Je ne l'ai pas fait à sa place, c'est ainsi.

« Avec les gens de l'hacienda et ceux de Federigo, on a continué ; on en a encore sorti, des morts pour la plupart ou des gens tellement déshydratés que souvent on les voyait mourir avant d'arriver à l'hosto. Bientôt, devant le silence des sondeurs que les sauveteurs étrangers avaient dans leur fourniment, on a accepté l'idée : ce n'était plus la peine de risquer d'autres accidents, plus rien ne vivait dessous les décombres, et on a laissé la place aux bulldozers.

« J'ai aidé les gens à enterrer les morts, j'ai ramené les amis de Federigo chez José qui leur a proposé de rester pour aider les autres à rebâtir. Quelques-uns ont accepté, le restant est retourné à sa misère, avec la certitude d'obtenir un bol de soupe quand ce serait trop dur. Ma foi, je crois qu'ils ont retenu le message ; un jour, ils se décideront à rejoindre les autres. Enfin, je l'espère. »

Jo soupira. Que vous dire encore ? Grâce à la complaisance des types de l'unité de soins, j'ai pu gagner Houston où l'on soignait Frédéric, et j'ai commencé à penser que j'allais devoir rendre des comptes sur un sacré retard dans mon planning ! J'ai pris l'avion et je suis rentré.

« A L'Aéroindustrie, comme pas mal de gens qui n'étaient pas sur place, ils se demandaient ce qui m'avait obligé à m'investir autant, etc. Mais ils m'ont mis sur la touche pour un mois sans rechigner. Il est vrai que je me suis évanoui devant le staff, ça et les quinze kilos que j'avais perdus les ont impressionnés à suffisance !

« Et voilà, vous savez à peu près tout. Bien sûr, j'ai des papiers à vous remettre, ils sont restés dans la voiture. »

Il s'est levé, il est sorti, Angélique derrière lui. Elise était à peu près sûre de deviner ce que la grande envisageait, mais bon. Moira, effondrée dans son fauteuil, pleurait.

— Tu chiales sur quoi ? Sur Frédéric ou sur la mauvaise impression que tu laisses à cet homme !

Moira hocha la tête, tu ne peux pas comprendre.

— Bah voyons ! J'espère que tu as tout de même deviné certaines choses, que tu peux faire une croix sur la grande Gélie, sur Frédéric, et sur moi. En outre, si tu as besoin de lumières particulières quant aux raisons qui chassent les Donnavent mâles de vos jupes, je te les fournis quand tu veux. Mais je vois que tu as gardé dans l'œil la tête de Jo quand tu nous as sorti ton numéro number one. Au premier abord, Moira, t'es bonne comme le pain. Seulement, y a le second ! Et devant celui-là, je coince. Je viens de piger pourquoi mon Héléna, la mère de Frédéric, a fui la famille comme la peste ! Bon, le revoilà.

Jo, pensif, revenait seul.

— Où est Angélique ?

— Certains des papiers ne la concernent plus, paraît-il. Les voici donc, madame, mais du coup, je les crois obsolètes. Je n'ai aucune consigne de Frédéric, il n'avait pas envisagé qu'on refuse la donation, alors... Quant à vous, madame Elise, j'ai ceci pour vous. Je voudrais vous parler en aparté, certaines décisions de notre ami vous regardent seule.

Dehors, la nuit tombait. Elise, sans un regard en direction de la vieille Donnavent, entraîna Jo Valacchi dans sa chambre, nous avions prévu de vous offrir le gîte et le couvert, mais je suppose que vous désirez repartir dès ce soir.

Il soupira, c'est... drôle, madame, cette, disons aventure, m'aura servi à ne plus supporter le carcan de certaines convenances. Je vais repartir, en effet, ou du moins, je vais passer la nuit à Marseille, où je devais me rendre de toute façon.

Il avait l'air de se demander si Elise oserait lui répondre. Vous aimez bien cette grande chabraque ? Puis il sourit, je vois. Eh bien, elle m'a dit de vous l'annoncer, à vous seule, elle va s'expliquer avec la vieille dame, terminer ce qu'elle a entrepris cette saison-ci, puis elle reprendra ses billes. Je vous la cite. Elle m'a plu, vous savez.

— Je sais. Si j'osais, je vous dirais bien de lui faire

un enfant sans barguigner, mais ce serait me mêler de ce qui ne me regarde pas. Ne sursautez pas comme ça, voyons ! Moi aussi je suis arrivée à l'âge où on ne s'embarrasse plus de bonne éducation. Comme vous, je viens de découvrir la vérité Donnavent sous l'air bonasse de Moira, et ça m'a foutu un coup tout en cautérisant pas mal de petites plaies ! Mais asseyez-vous et rapportez-moi ce que Frédéric vous a demandé de me transmettre, qu'on en finisse !

Quand Jo s'en alla, Elise avait en main les lettres de Maria, d'Héléna, et la paperasserie qui lui attribuait l'appartement de Toulouse. Aucune missive n'accompagnait le tout, mais Frédéric avait décidé cette donation bien avant le tremblement de terre, pensant, confirmait Jo, que vous ne supporteriez pas longtemps l'état de dame de compagnie, aux ordres malgré les apparences.

— Il a transféré sur vous une partie de la rente qu'il versait à sa mère, et il espère que vous accepterez le tout sans manières. Fred vous considérait, c'est ce qui ressort de nos conversations. Vous avez enjolivé les dernières années d'une femme à laquelle il tenait beaucoup, et il vous aimait, tout autant. Il compte, s'il se rétablit, s'il revient en France, passer quelque temps à Toulouse, chez... vous, donc. Il remet, enfin remettait, entre les mains d'Angélique ce que madame Donnavent lui avait quasiment imposé, je vous le cite toujours, mais puisque celle-ci refuse, il va falloir...

Il soupira à nouveau, ah, je ne sais pas comment le sortir de ce guêpier. Angélique, quand je retournerai là-bas, désire m'accompagner. Si je m'en tiens à ce que vous avez suggéré tout à l'heure, eh bien, je crois qu'elle a en tête une idée de ce genre. Seulement...

— L'idée ne vous tente pas.

— Je suis fatigué, Elise, très. A des kilomètres du désir le plus simple. Et j'ai compris, rassurez-vous, il ne s'agit pas de ça, elle ne veut qu'un géniteur. Dans un sens, je suis honoré. Je ne suis pas idiot, j'ai compris pourquoi elle me choisissait, moi, et aussi que c'était une femme ne tenant pas à s'embarrasser d'un père tout en ne voulant pas du premier venu. Elle est belle, un peu grande, mais bon. Voyez-vous, j'ai tâté de la mort des autres de beaucoup trop près. Là-bas, les médecins m'ont expliqué que j'aurai besoin, comme bien des gens autour de moi, d'une thérapie posttraumatique. Ils ont de ces mots, même si je ne suis pas loin de penser qu'ils ont raison. Seulement, j'ai autre chose en tête pour l'instant. Comme disait ce drôle de type qu'au demeurant je n'estimais pas bien que j'aie voté pour lui, il faut donner du temps au temps. En ce qui me concerne, c'est vrai, alors qu'en réalité, je dispose de peu de jours si je veux aller rechercher Fred sans réclamer un congé sans solde. Je n'ai pas de gros moyens, Elise, juste des garçons en âge de faire de longues études.

Elise s'approcha, vous pensez vous y rendre quand ?

Il ne savait pas. Assis tête basse près de la fenêtre, il regardait la nuit où se profilaient encore les collines de craie, c'est un beau pays, paisible.

Un beau pays, oui... Une famille croyait le posséder. Elise grommela.

— Il y a quelques heures à peine, je vous aurais accordé qu'il y fait bon vivre. Maintenant, j'en suis moins sûre. Regardez ce qu'il déclenche, cette indifférence à ce qui n'est pas lui...

Elle posa la main sur l'épaule de l'homme tassé sur lui-même, presque un vieillard, soudain. Angélique vous l'a-t-elle expliqué ? Elle élève des sangliers pour leur rendre la liberté. Oh, une apparence de liberté, certes, puisqu'il y aura toujours des imbéciles derrière un fusil, mais...

— Mais, comme vous dites. On meurt, de toute façon. Au bout du compte, Elise, nous sommes tous des pillards. Je tiens à préciser que je comprends la chasse pour certains : si mon père, quand j'étais gamin, n'était pas parti à l'aube tirer le lapin du dimanche, nous n'aurions quasiment jamais mangé de viande. Je vous abandonne les autres, les tueurs, qui jouissent de la mort... passons.

Elle le regarda s'éloigner, elle regarda Angélique le rejoindre, montée sur le hongre, et tenant la bride d'une jument sellée, elle les regarda s'enfoncer ensemble sous le couvert des pins. La lune s'était levée. La Grande Gélie le menait voir ses bêtes. Elise soupira, cette fille n'a pas à se plaindre, elle a les chevaux, les sangliers, elle aura l'homme ou je ne m'y connais plus, un fils peut-être, et...

C'était bien la première fois qu'Angélique estimait quelqu'un, assez pour partager le bonheur de son élevage avec lui, et gratis, si elle en croyait l'expression de son visage. La gratuité emporterait le morceau. Elise ricana, si j'ose dire. Tous des pillards, c'était bien vrai !

Enfin, cette fille s'humanisait, ce n'était pas trop tôt. Sur ce, Elise ouvrit sa penderie et sortit sa valise. Que Moira se débrouille, elle avait de l'argent, Edouard sous la main et Norbert qui repointerait son nez un jour ou l'autre, à se contenter du serviteur en place du maître. Quand on n'a pas la grive, on bouffe le merle, non ? Quant au domaine Saint-Jean, eh bien, Moira n'aurait plus qu'à monter une coopérative, une SA avec un directeur ! Ce ne serait pas la première à s'en sortir de cette manière. En attendant que se pointent cousins, arrière-petits-cousins, la confrérie des crabes habituels, bien le diable s'il n'y en a pas. Passe une annonce, ma vieille, ou vend. Ou crève. Le notaire trouvera les héritiers à ta place !

Sa valise faite, Elise descendit pour rejoindre Moira, persuadée qu'elle allait la retrouver comme elle l'avait laissée, au garde-à-vous dans son fauteuil, le regard mauvais. Au mieux, absent.

Rassembler ses vêtements, ses petites affaires, comme disaient jadis les infirmières du sana aux sortantes, avait infléchi la hargne d'Elise sans entamer sa décision : elle partait. Beaucoup d'épidermique là-dedans, mais tant pis, elle partait. Elise, ma fille, tu fous le camp, tu te tailles, tu prends ton... Ses aventures précédentes lui avaient au moins appris à ne pas traîner quand soufflait trop fort le vent d'une liberté à reconquérir !

Alors qu'elle refermait derrière elle la porte de la grande salle, la voix cassée de Moira ne s'embarrassa pas de précaution.

— Tu t'en vas ? tu as bien réfléchi ?

Elise s'assit, les mains aux genoux.

— J'attendrai le matin, si tu permets ! Mais tu as raison, je retourne à Toulouse préparer l'appartement. Frédéric compte... s'installer n'est pas le mot, y revenir quelque temps, passer ou s'incruster, qui peut le savoir ? Même pas lui, je suppose. J'ai bien l'impression qu'il va vivre selon l'humeur du jour. En revanche, ce dont je suis à peu près sûre, c'est qu'il ne prendra aucune décision définitive avant de venir te voir. Il n'appartient pas à ce genre d'individus qui abandonnent sans s'expliquer. Et je te promets de...

— Toi, les raisons de ton départ, tu m'en donnes

une ? Je pense y avoir droit, ne t'ai-je pas accueillie comme une sœur ?

— Non, Moira. Comme quelqu'un qui te rassurait, t'assurait tout du moins la présence de Frédéric, puisque tu imaginais qu'elle était liée à la mienne en souvenir de sa mère. D'ailleurs, il y a du vrai là-dedans, mais bon ! Oh, je ne t'en veux pas, je ne juge pas non plus, aucun de nous n'est d'un blanc de neige, ce serait trop beau ! Que ta réaction de cet après-midi nous ait hérissés, c'est évident, et d'autant plus absurde que quatre-vingts pour cent des gens pleurent quand on raconte le pire mais ne lèvent pas le petit doigt si ça se passe à côté d'eux ! Pense à ceux qui payaient des jeunes types pour aller à la recherche de leurs bijoux alors que d'autres crevaient sous les décombres parce que Fred manquait de bras ! En ce qui te concerne, le « détail » qui nous a levé le poil s'ajoute à d'autres, tous d'une certaine manière raccordés à ton idée fixe, le domaine Saint-Jean. La vérité ne m'épargne pas, je ne suis pas meilleure que toi : ton hospitalité m'arrangeait, au moins étais-je sûre d'avoir un toit et une assiette pleine sans me casser la tête, parfois la tranquillité de l'esprit ne cherche pas plus loin que le confort de l'estomac. Et te distraire, t'occuper, t'écouter, après tout, ce n'était pas la mer à boire. Seulement ça l'est devenu d'un coup. J'ai compris que nous n'étions, au bout du compte, pas bâties du même bois, j'ai compris aussi que je n'aurais pas supporté longtemps de « payer » le gîte et le couvert d'une connivence de surface.

Moira soupira, si encore je comprenais pourquoi Saint-Jean m'obsède, si je le savais avec précision... Tout ce que je te demande, Elise, c'est de rester encore un peu, le temps de... de découvrir ce que décide Angélique.

— Elle a trouvé mieux que ton vin. Du moins pour un moment.

— Je ne suis pas aveugle. Et je ne disputerai pas là-dessus, cet homme est bien. Si les Donnavent... je sais-je sais, ils sont d'après toi ce que nous en avons fait, et tu n'as peut-être pas tort. Seulement, chez eux, la mélancolie est patente depuis déjà quatre générations, et notre attitude n'est pas seule responsable. Chez Deux de l'Ozoir, l'ancêtre, piétait « quelque chose » de sournois, de caché, un désespoir. Causé par quoi ? Mystère, et personne n'a cherché à savoir, d'accord ! Que nous l'ayons accentué chez ses descendants, oui, enfin peut-être. Mais s'il n'y avait eu Laure, la première Donnavent à adorer le domaine comme lui commençait à l'aimer, il n'aurait pas fait de vieux os, cet homme.

— J'ai de l'histoire une autre version, celle d'Héléna. Laure* a implanté l'idée du château dans sa tête avant même qu'il s'en fasse une, avec l'aide d'un vieux majordome, d'un chien, d'un jeunot, d'une ambiance étayée, déjà, par des notaires. Cette maline ne l'a rejoint qu'à l'instant précis où la Bastide et elle, soudain, ne furent plus qu'une seule et même hantise. Héléna rabâchait autour d'une Etoile Noire, disait qu'il n'y avait pas que les Donnavent mâles à s'en occuper l'esprit jusqu'à partir à sa recherche quand ils ne la trouvaient pas sur place, et comme tu sais, ils ne l'ont jamais découverte ici. Moi, disait-elle toujours, mon Etoile Noire, comme pour Maria, c'est la mer et

---

* L'Etoile Noire, in *Perdre le souffle*. Même auteur.

les marins, eux ne la connaissaient peut-être pas. Est-ce qu'on ne tombe pas toujours sur ce qui nous mène par pur hasard ?

Au passage, Moira, as-tu remarqué que les images de Jo, les images les plus fortes en même temps qu'inattendues, quand il nous « racontait » le séisme, ressortaient presque toutes de la mer et de ses tempêtes ? Non, bien sûr, tu attendais d'entendre ce que tu voulais entendre.

— Et toi, Elise, quand tu alignes les vulgarités, que cherches-tu ? Parce que c'est ça, parce qu'il y a une intention derrière ; au début, elles m'agaçaient tout bonnement, puis j'y ai vu, ah, j'ignore quoi, un déclencheur, une visée, tu voulais obtenir une réaction de ma part, seulement je n'en étais pas encore sûre. Mais à t'écouter maintenant, c'est une certitude... Et tu sais qu'il est 2 heures du matin ? Que nous n'avons mangé ni l'une ni l'autre, qu'Angélique n'est pas revenue de sa tournée des hures, et qu'à la fin de tout, Elise, j'ai faim ?

Elles rirent, soulagées d'abandonner un instant le calme et le bon ton des règlements de comptes feutrés. Elise souriait, nous sommes tous obsédés, non ? Toi, c'est Saint-Jean, moi, oh, moi, c'est Héléna, avant elle Maria. Et dans une certaine mesure, Angélique, les autres femmes, pour finir, toi aussi. Vois-tu mon amie, j'ai tellement de mal à comprendre ce qui m'anime que je me penche sur vous autres pour regarder à la loupe et en arriver à dire, ce truc-là, chez moi ce n'est pas pareil, sans être davantage éclairée sur ce qui m'est propre. Jo a proféré tout à l'heure que nous étions tous des pillards, et ma foi, je crois que c'est vrai, des pillards obsédés, en quête de ce qui nous réveillera d'une mort vécue de son vif, sans souci particulier des tenants et des aboutissants. Toi, c'est Saint-Jean, moi... Eh bien moi, c'est le rien, l'évidence du rien. Seulement, ce Néant qui nous tue Frédéric plus sûrement qu'une balle, ce rien-là m'amuse, moi ! Peut-être n'est-ce pas le même ! En tout cas, je tourne autour du mien, je tâte, je rigole : nous sommes un peu de poussière qui se targue d'oublier le chaos originel mais qui n'y parvient qu'avec l'aide d'un dieu auquel ressembler ! Ah merde, tiens, mon obsession à moi, Moira, c'est le Vivant. Qu'est-ce que c'est le Vivant ? Quand j'étais en sana, j'avais des toubibs et des scientifiques sous la main, s'occupant de notre vie, enfin de notre survie, ils avaient sûrement des idées sur le Vivant, non ? Eh bien nada ! Quand j'ai posé la question, ils m'ont regardée comme si j'étais folle, comme si, en vérité, continuer de vivre était essentiel, et savoir pourquoi ou comment, superfétatoire ! Je crois bien que j'ai guéri le plus vite possible pour les fuir, pour fuir leur incurie et leur prétention conjointes. Beaucoup buvaient comme des trous, coursaient les infirmières et jusqu'aux malades que le BK excitait plus que la moyenne. Tous signes d'un repos de l'âme, pas vrai ? Mais ces abrutis ne cherchaient ni le pourquoi ni le comment, ces connards péroraient sur des statistiques, maintenant, ils parvenaient à en guérir 95 sur 100, comme s'ils avaient tout seuls découvert les bons médicaments ! Moi, j'interroge, et j'interrogerai même si je n'obtiens jamais de réponse. J'appelle ça vivre, que veux-tu !

Elle se pencha.

— J'ai besoin de rentrer à Toulouse mais je reviendrai, Moira, je viens de le comprendre à l'instant, je reviendrai t'observer, te tourner autour, me demander pourquoi tu es ce que tu es, qui ne me ressemble pas, et peut-être n'est-ce qu'en apparence. Maintenant, tu as raison, j'ai faim, on va se grignoter quelque chose.

Angélique les trouva dans la cuisine, attablées autour d'un plat de viande froide, et buvant, non sans plaisir, c'était clair, ce qui restait de la bouteille 1957, ce petit miracle, roucoulait Moira, que personne n'avait avant elles deux apprécié à sa juste valeur. La Grande Gélie empoigna une chaise, un verre, se servit, et dit sans animosité, allons, les vieilles, c'est la paix des braves ! Bon Dieu, ça creuse.

— Il est parti ?

Gélie gloussa, on a fait la course, mémère, pas l'amour. Il va dormir au village, et prendra la route dès l'aube.

— Tu as fait tes comptes ?

Gélie se tourna vers Elise pour lui sourire, oui ma belle, et comme j'ai envie que les choses bougent, je vais aller là-bas avec lui, ramener ou non Frédéric, et puis je rentrerai, oui Moira, je rentrerai, c'est ce que tu veux, n'est-ce pas ? Mais je te le dis dès cette nuit, ce ne sera pas pour « maintenir » au sens où toi, tu l'entends. Et j'élèverai mon fils pour qu'il soit heureux, voilà ! Si son bonheur n'est pas dans Saint-Jean ni dans les sangliers, eh bien, on cherchera ailleurs ! Au bout du compte, un Donnavent qui se taille de plus ou de moins, s'il sait pour où et s'il y trouve sa joie, j'ai rien contre, moi.

— Parce que ce sera un fils ? Elise rigolait doucement, ses yeux de malice plantés dans le regard vert.

Angélique rit sans répondre. Pas besoin. Elle obtenait toujours ce qu'elle voulait, réflexe de survie. Avec cette bon sang de famille, c'était nécessaire.

— Pour toi, c'est quoi la vie ?

Angélique, soudain grave, réfléchit, puis parla bas,

sans éclats de voix, mais sa réponse n'en fut que plus, comment dire, terrible. En tout cas Elise la ressentit comme telle. La vie, c'est ce que j'aime, peu importe la forme qu'elle prend !

— Pauvre ! Moira presque haineuse, les mains agrippées à son fauteuil, crachait, t'aimes ce que tu vas perdre ?

Angélique haussa les épaules, et c'est bien pour ça qu'il faut en profiter jusqu'au bout, pas vrai, madame Donnavent de Pasture ? Ne te fais pas d'illusion, Moira, on meurt, soit, mais la vie gagne toujours ! De la mort, moi, je m'arrange très bien. Si elle ne survenait pas, exister sombrerait dans la routine, chaque vie s'installerait dans un fauteuil roulant, la tête pleine de rêves périmés.

Elle se leva, ce n'est pas le tout, je vais roupiller un bon coup avant de m'y remettre, et vous devriez filer au lit, vous deux ; les vieilles, à votre âge, il vaut mieux dormir pour profiter du lendemain s'il chante !

Elle s'en alla en rigolant. Elise, en guignant Moira du coin de l'œil, glissa, Donnavent ou pas, c'est un sacré morceau ! Et qui ne garde pas ses opinions en poche !

Moira, soudain redressée, articula en la fixant droit dans les yeux, je prends.

Indécrottable ! Sur ce, Elise empoigna la barre du fauteuil après avoir ouvert la porte, et décida, en ce qui concerne ton plumard tu vas le rejoindre en toute certitude !

— Tu t'éloignes quand ? Le ton offrait mille débouchés autre qu'un lit et une assiette pleine, mais Elise, doucement, répondit qu'elle rentrerait à Toulouse le lendemain, et les deux vieilles s'acheminèrent vers leurs chambres dans le silence.

Moira s'était déjà calée dans ses oreillers quand elle retint Elise par le bras, tu ne m'as pas répondu tout à l'heure, pourquoi la vulgarité alors que tu peux t'exprimer autrement, souvent avec plus de nuances que moi ! Pourquoi ?

Elise se dégagea, tu ne détestais pas, non ? Même si la chose t'agaçait ! Au moins, tu avais comme certitude la marque extérieure de notre différence de milieu. Bonne nuit, Moira. Et dis-toi que ça marchait dans les deux sens, je n'avais pas tellement envie d'être du tien.

La porte se referma sans bruit. Elise, dans l'escalier, pensait, je ne suis même pas en colère. Bah, c'est tout simple, ma fille, tu vieillis !

Chapitre 15

FRÉDÉRIC

Alors qu'il ouvrait les yeux après une nuit agitée, quoique habituelle depuis l'opération, Frédéric aperçut Angélique à son chevet. Juste au moment où il se demandait ce qu'elle fichait à Houston, il grimaça, bon sang, il avait le pied coincé dans une mauvaise pos... Eh bien, l'hémiplégie n'était pas pour cette fois, la sensibilité revenait et même un peu trop ! Il murmura, aide-moi ou sonne l'infirmière !

Jo, qui se tenait derrière le lit, se pencha, tu as besoin de quelque chose ? Frédéric ferma les yeux, pas envie d'expliquer deux fois. Et d'abord, qu'est-ce qu'Angélique fabrique là ?

A la nurse, il réclama de l'aide sur un ton plutôt comminatoire, je voudrais me redresser. Elle le soupesa d'un œil froid, vous vous décidez à y mettre du vôtre ?

Oui, il bougeait, et là, il voulait s'asseoir, juste s'asseoir. C'était demander la lune ?

Jo sourit, murmura quelque chose dans l'oreille d'Angélique qui ricana ; que Fred n'aime pas attendre, elle le savait depuis longtemps, un comble pour un type que la vie n'intéresse qu'à moitié ! Dans le trente-sixième dessous mais exigeant, pas vrai mon gros ?

Frédéric hissé contre les oreillers, au bout d'une ou deux respirations hachées, comme s'il était à 6 000 mètres d'altitude, retrouva de la voix ; la reprise de mouvements oubliés pendant près d'un mois, l'avait bousculé plus qu'il ne croyait, pas encore prêt à danser toute la nuit ! Est-ce que tu peux comprendre ça ?

— C'est pas ce qu'on attend de toi !

Angélique, penchée, l'épiait, t'as vraiment une sale gueule. Mais j'ai dans l'idée qu'ils t'ont tiré d'affaire.

Il haussa les épaules, à quoi ça lui servirait ? Si tu es venue pour me ramener au domaine, Gélie, tu perds ton temps.

La grande fille se leva.

— OK. Paraît qu'il ne faut pas te fatiguer, on va donc se tailler, Jo et moi. Mais je serai là demain, on doit causer.

— Je viens de te...

— Toujours à te croire le centre du monde, hein ? Ce n'est pas seulement pour toi que je suis venue si tu veux savoir ! José a besoin qu'on lui donne la main durant un moment, et dans deux jours, je retourne là-bas. Avant, tu écouteras ce que j'ai à te dire, un point c'est tout. Ma foi, Donnavent, tu commences à m'énerver. Tu répètes sans cesse que tu en as marre de vivre, que tu ne sais pas ce qui te retient, que l'existence est ceci-cela, moi, je te le redis sans barguigner, qu'est-ce que t'attends ? Crève un bon coup ! C'était facile, non ? T'avais qu'à laisser courir. Au lieu de quoi, monsieur sent de nouveau ses petits doigts de pied, il exige sans trop de politesse qu'on l'assoit toutes affaires cessantes ! Eh bien vois-tu, je crois que tu as juste besoin qu'on te secoue les puces, et là, tu peux être tranquille, je vais m'y employer. Jo, ramène-toi, on se débine, je peux plus supporter ce mec !

L'infirmière s'était écartée sous le couvert de babioles ne pouvant se ranger sans aide. A l'évidence, la curiosité avait remplacé la routine autour d'un malade mignoté par les toubibs, mais qui n'arrêtait pas de râler jusque sous anesthésie ! Mielleuse, elle s'informa, c'est vot'sœur ? Un morceau, dites donc !

Frédéric secoua la tête, une cousine. Excusez-moi pour tout à l'heure, c'est vrai que je ne suis guère aimable.

Elle rit, guère ? Vous êtes modeste, mon beau monsieur. Je peux vous dire que lorsque vous étiez en réa, malgré les vapes, vous engueuliez le monde entier, et durant le semi-coma que vous nous avez fait durant 48 heures, vous avez injurié la surgé qui l'a mal pris ; elle vous a sorti quatre ou cinq vérités, comme quoi si la vie vous plaisait pas, ce n'était pas de sa faute ! Vot' cousine est du même avis, il me semble !

— Et le petit ?

— Quel petit ?

Soudain, elle n'eut plus l'air de vouloir rire, le jeune homme qu'on a retiré des ruines ?

Elle baissa la voix et les yeux, regardant ses mains, un beau garçon... mort quand on l'a sorti. Il n'a pas eu le temps de souffrir, vous savez, il a reçu la dalle sur les cervicales, ça pardonne pas. Mais au moins... parce que lui s'en serait jamais remis, je peux bien vous l'avouer. Vous, à côté, de la gnognote. Ah, pauvre garçon !

— Vous étiez là-bas ?

Il s'aperçut qu'elle avait du mal à retenir ses larmes, quelle pitié c'était, monsieur ! Et vous avez fait du joli boulot dans les décombres, personne dit le contraire, c'est d'ailleurs pour ça qu'on vous en voulait pas trop pour les engueulades auxquelles on avait droit, les collègues et moi. Je suis désolée, vraiment, et pour ce gosse et pour vous.

Frédéric la retint par le tablier, sur quoi je récriminais ?

— Vous réclamiez qu'on vous laisse, qu'on vous lâche, qu'on vous amène près d'un gars que vous appeliez Eusebio, lui détenait la clé. Et comme vous étiez très agité avant l'opération, on a dû vous attacher parce que vos jambes mortes ne vous empêchaient pas de gesticuler, mais du coup vous basculiez avec le lit ! Alors là, ce qu'on a entendu ! Vous nous traitiez de vieilles connes cherchant à vous empêcher de partir dans le Sud, etc.

Elle se rapprocha un peu, faut comprendre, monsieur, impossible de vous opérer sur place, on vous a donc ramené ici. Eh bien, jusque dans l'hélico vous nous en avez fait voir de toutes les couleurs. Je veux descendre, hurliez-vous, lâche-moi, Moira. Nous, on était époustouflés, parce que l'infirmière-chef se nomme Moira elle aussi ! Et ce que vous avez pu lui passer, nom de nom ! Même endormi, c'est pas Dieu possible ce que vous lui débitiez, elle en était verte ! Votre ami, oui, celui qu'est sorti de la chambre tout à l'heure, a fini par nous expliquer que Moira était une parente à vous, et vous vous adressiez à elle, pas à la surgé. Vous n'arrêtiez pas de répéter qu'elle vous avait piégé, vous avait fait perdre vot' temps... ah là là, c'est rien de l'dire, mais les oreilles ont dû lui siffler, à cette dame !

Brusquement, Frédéric prit conscience que l'infirmière, à la quarantaine épaisse, lui tenait un vrai discours en français, vous êtes d'où, vous ?

— Ah ! tout de même ! Ce qui est drôle, c'est que les autres discutent en amerlo, moi en français de Paris, et par moments, c'est comme si on vous causait hébreu ! Vous n'êtes attentif à rien de ce qui se passe à l'extérieur, pas vrai ? Et drôle, c'est pas le mot !

La porte s'ouvrit, une grande femme entra toutes voiles dehors, le galon sur son bonnet confirmant qu'on avait affaire à la surveillante générale.

— *Geraldine, please, the thirty-for is calling. And don't perturb Mr. Donnavent, he must be quiet.*

L'infirmière sourit, s'en alla en clignant de l'œil, tandis que l'autre approchait du lit.

— On m'apprend que la sensibilité revient, votre ami nous a prévenus. Le docteur Weston va passer voir où vous en êtes.

— Il paraît que je vous ai maltraitée ?

Elle ricana, ça ! Avant qu'on admette que vous vous adressiez à quelqu'un qui n'était pas là, j'en ai entendu !

C'était une grande femme laide et sèche, sa bouche peinte défigurait un peu plus des traits asymétriques. La coiffe, dissimulant les cheveux, accentuait l'étroitesse du visage, et les lèvres rouges, qui ne se joignaient pas sur des dents trop longues, la transformaient en lapine à visage humain. Frédéric pensa, c'est une salope, à coup sûr, avant de répandre des platitudes pour excuser ses mauvaises manières.

Tout d'abord elle ne répondit pas, se contentant de l'écouter, puis elle siffla qu'il avait de la chance d'être tombé sur des militaires qui l'avaient reconnu pour l'avoir aperçu dans une rencontre à l'état-major. Vous vendez des avions et des armes de guerre, c'est cela ?

— C'était en effet mon métier.

Il vit ses yeux s'élargir, vous vous êtes reconverti dans les OMS à cause de vos remords ? Et brusquement, il comprit qu'elle était en train de le mettre en porte-à-faux, du moins de le tenter, et il s'ébroua, soupira, foutez le camp, voulez-vous ? Je n'ai pas de comptes à vous rendre, et je sais d'avance ce que vous allez me distiller, que mon état cesse de relever de vos soins. Eh bien, c'est tant mieux ! Et je ne regrette pas de vous avoir engueulée, je suis sûr que vous le méritez d'une façon ou d'une autre. Vous détestez les hommes, c'est tellement évident que ça me fatigue de vous le rappeler !

Elle se dirigea vers la porte, vous avez raison au moins sur un point, et c'est exact, vous sortez de mon service demain soir. Elle referma le battant derrière elle sans aucun bruit. Une femme dangereuse.

Dans l'après-midi, Jo réapparut, s'assit, parla d'une voix détimbrée, lasse, comme déçue de la vie, ce qui était nouveau ! Il était question de ramener Fred à l'hacienda, son état le permettait, avait affirmé le docteur Weston après ses examens. José, lui, allait aussi bien que possible, les médecins, perplexes, avaient fini par conclure qu'il n'avait pas de cancer ou plutôt qu'il en avait guéri, ou bien encore qu'il voulait tellement vivre que...

— Il a pris sous son aile les petits camarades de Federigo, renvoyé les notaires que la mort de Federigo sous le tremblement de terre avait rameutés presque aussitôt, et ce après avoir déchiré son testament. Rassure-toi, sans les en avertir. Il jure que maintenant qu'il a du temps, il envisage d'autres dispositions. De toute façon, les gamins veillent, et la présence d'Angélique les galvanise. Elle n'arrête pas de mitonner des aller-retour entre ici et là-bas, de trotter à cheval dans le domaine pour repérer ce qui cloche. Comme tu sais, la Buick a rendu l'âme. Elle donne des ordres, leur parle un espagnol dont ils rigolent, mais ils obtempèrent, c'est curieux à voir !

— Tu l'aimes bien.

— Mon vieux, je la baise. C'est ce qu'elle veut. Elle s'est mis dans la tête d'avoir un enfant avec moi, et puis d'en fabriquer un Donnavent mutant, c'est-à-dire heureux. Pourquoi pas ? Je lui ai dit que je n'avais pas l'habitude de semer sans m'occuper du semis, et elle s'est mise à rire, ce n'était pas elle qui m'interdirait de le voir pousser, mon semis, mais sûrement pas en permanence ! Par moments, j'ai l'impression d'être un étalon dont on s'arrache les saillies. A d'autres, je me doute que rien de tout ça n'a d'importance à ses yeux, hors quelque chose qui m'échappe.

Elle m'estime et je me demande bien pourquoi !

Jo, rêveur, s'absorba dans le silence un instant, elle est... plus femme que bien d'autres, mon pote. Je ne suis pas amoureux, mais il ne faudra pas que ça s'éternise, parce que je n'en suis pas loin. Tu veux que je te dise ? Personne ne vit mieux l'instant présent que cette fille ! Elle t'assène des trucs insensés et tu t'aperçois qu'elle a décelé en toi ce que toi-même tu ne percevais même pas !

Après des ruminations qui suivaient des routes parallèles, même s'ils ne les échangeaient pas, Jo déclara que c'était décidé, ils allaient transporter Fred au Mexique maintenant que le pire était passé. Ils trouveraient bien une infirmière pour s'occuper de lui à domicile, je n'aime pas cette greluche, la Moira Johns-Fitz, elle a une gueule, bon sang, on dirait une de ces fentes dans lesquelles on lançait le palet, jadis, dans les foires ! Tu as sûrement connu ça, toi aussi.

Et quand Angélique entra, accompagnant un gaillard en blouse blanche, elle trouva les deux hommes silencieux, perdus dans une songerie qui leur alourdissait la bouche, et souffla vers le toubib, il est temps que je les sorte de là ! Regardez-moi ces chasseurs de nuées !

Chapitre 16

FRÉDÉRIC

Très vite, Frédéric eut envie de quitter son lit, ou plutôt la chambre du premier étage de l'hacienda qui lui rappelait trop le garçon et la distance que ce dernier avait prise avec lui depuis que José lui donnait sa confiance ; ce n'était pas ce souvenir-là de Federigo qu'il avait envie de conserver. D'affronter. Pas plus d'ailleurs qu'il ne cherchait à savoir ce que recouvrait le regard que Jo détournait dès qu'il croisait le sien. Un jour, il avait cessé d'intéresser le premier, menaçait d'y parvenir avec le second, et c'était sa faute, d'accord !

Plutôt aller se dérouiller les jambes vers Xalapa. Sans pour autant renoncer aux antiennes ordinaires, à quoi bon, j'en ai rien à foutre, etc. Au vrai, il ne pouvait plus les retenir, le séjour à l'hôpital, ou l'accident lui-même, avait comme fracturé le réservoir des plaintes que sa vie de pilote avait cadenassé jusque-là. Du coup, Jo fuyait, Angélique haussait les épaules en gueulant, j'ai autre chose à perdre que des heures à écouter tes âneries ! Quant à José, rajeuni, et qui contemplait Gélie avec des mines d'amoureux, cette fille, ah cette fille, son œil déviait, glissait d'Angélique à Frédéric, puis revenait à celle que les jeunes appelaient entre eux la géante ; à l'évidence, la comparaison le submergeait de tristesse. Déception était le mot juste d'ailleurs, et Frédéric avait besoin de l'écarter de sa convalescence. Pour pouvoir se répéter jusqu'à plus soif qu'il était nul, un sale con ? Ah ! maman, bobo. Le désespoir n'annule pas l'ironie, ruminait-il avec l'envie que l'inverse se produisît. Mais rien de ce genre ne venait, bordel ! Pourquoi les vaches régurgitent-elles ? pour se nourrir. Et lui, pourquoi ? Pas la peine de s'exciter, aucune lumière sur ses ruminations.

Un soir, José questionna, c'est vrai que tu abandonnes Saint-Jean entre les mains d'Angélique ? Pourquoi tu ne rentres pas t'occuper de ton fief ? Gélie, je me la verrais bien prendre ma suite et tout, s'installer ici...

— Propose, argumente, démontre, qu'est-ce qui t'en empêche ? Qui dit qu'elle n'acceptera pas ?

Le ton était à la limite de l'aigreur ; à lui, José n'avait rien demandé. Il aurait refusé, naturellement, mais après tout ce qu'il avait...

— Moira peut revendiquer une priorité, non ? Surtout si tu renonces. Pourquoi agis-tu ainsi, Frédéric ?

Frédéric haussa les épaules, le pinard et moi... Et puis elle choisira sans doute de mettre en gérance.

Le vieux se tassa, tu sais bien qu'elle n'y consentira jamais, même si c'est la solution.

Frédéric, déjà nerveux, soupira, je te le répète, qui te retient d'affermer ? Ce qui vaudrait pour Moira ne vaudrait pas pour toi ? Allons !

Le vieux le toisa, il t'arrive de réfléchir ? Ici, ce n'est pas la France, ici, des gens guignent l'hacienda, et sans se priver des moyens douteux pour l'obtenir ! Or je décline, et les gamins sont bien mais pas assez mûrs, assez forts. Federigo lui..., mais il est mort !

Tu veux que je te dise, Frédéric ? Tu me déçois, tu es d'un égoïsme effrayant sous ton fameux désespoir ! Moira pareil, je sais, mais d'une façon qui ne l'a pas empêchée de penser aux autres, j'en suis la preuve. Et s'il n'y avait pas ces gosses que je veux tirer de la misère, j'en aurais rien à foutre, de l'hacienda ! Toi, en revanche, sur les besoins de qui tu te penches au-delà de tes « j'aimerais mourir » ? Je suis malheureux, je suis un pauvre petit, je n'ai plus de goût à rien, je-je-je. Tu me lasses, vois-tu. Je n'oublie pas ce que tu as fait, et pour moi et pour tous ces gens sous les décombres, mais...

Plus tard, Angélique fit irruption pour le prévenir que Jo était parti aux aurores, rappelé d'urgence par la firme. Frédéric haussa le sourcil, sans prendre congé ?

Angélique ricana, ça te la coupe, pas vrai ? Je suppose qu'il en a eu marre de toi, et il est pas le seul. Faudra t'habituer, mon vieux, t'agacerais un bataillon de saints ! Nous avons des capacités d'apitoiement, tous, mais elles ne sont pas infinies. Tu es venu à bout des siennes, t'es presque à la fin de celles de José, quant aux miennes, elles sont totalement épuisées ! Tu me rappelles mon père, tiens ! En tout cas, à toi de piger ce que nos reculs sous-entendent, seulement je ne verrais pas d'inconvénient à ce que tu ailles gémir ailleurs, tu mobilises des énergies, et en plus, tu trouves qu'on te néglige ! Alors basta. Je vais rester encore un peu pour terminer ce que j'ai entamé ici, d'autant que je crois avoir trouvé une solution d'attente. En outre, je reviendrai surveiller aussi souvent qu'il le faudra. Dans cette ville, ils n'ont pas l'habitude des femelles de mon gabarit pour défendre le bout de gras ! Vont devoir s'incliner. Comme toujours, tu n'as pas voulu mettre ton nez dans ce qui se tramait l'autre semaine, lors de cette fusillade dont tu as gueulé qu'elle t'empêchait de dormir ! C'était un commando de gros bras, mon petit père, qui a tenté de semer la merde ; ils sont tombés de leur haut et droit dedans. En plus, j'ai amoché le meneur, un gros lard s'imaginant que son quintal et demi suffirait à me coller la trouille ! Je lui ai truffé les fesses avec du gros. Les sangliers m'ont endurcie, à côté, ces gens-là sont des enfants de chœur, je te le dis tout net ! Comme si, dans nos campagnes, on n'a pas toujours su traiter les bandits de grand ou petit chemin ! T'aurais vu leurs têtes, ça valait le coup d'œil ! Vont nous foutre la paix un moment, le temps que je rentre régler nos affaires puisque toi, tu te démets ! J'attends un gosse, mon vieux, et j'ai bien envie qu'il voie le jour là-bas. C'est la place d'un Donnavent, fille ou garçon, et Donnavent il le sera, contre Jo qui voudrait lui donner son nom et garder l'œil dessus. A part le nom, j'ai rien contre, Jo est un gars formidable. Si je devais m'embarrasser d'un type, sûr que ce serait lui, mais bon ! Quant à toi, agis comme tu veux, reste, pars, fous-toi par la fenêtre, je m'en balance du moment que tu ne m'enquiquines pas avec ton spleen !

Elle se redressa, les mains au dos, putain, je n'ai jamais autant travaillé ! Et pourtant, à Saint-Jean, je ne chômais pas ! Sur le seuil, elle se retourna, je te file un conseil, gratuit, basé sur tes antécédents : de l'avis de tous, tu as été ce qu'il fallait au moment du tremblement de terre, et Jo m'a signalé des occasions de ton passé de pilote où, de la même façon, tu avais soudain regardé autre chose que ton nombril. Tu es bâti pour la prise de risques ; dans ces cas-là, tu arrives à t'oublier un peu et c'est pas plus mal ! Est-ce que les emmerdes manquent de par le monde ? Alors cours-y donc ! Tu as un tempérament de chef, tu es organisé, on t'écoute quand tu ordonnes, en plus ça ne te déplaît pas, ne dis pas le contraire ! Alors oublie-toi en risquant ta peau ! Crever pour crever, autant que ça serve à quelqu'un, non ? Même Norbert était un rêve à côté de toi !

— Etait ?

— Moira vient de m'apprendre sa mort, elle a téléphoné ce matin. Il s'est tué en voiture. Sa sœur, cette nouille, hurle que c'est ta faute, comme si elle ne l'avait pas élevé pour qu'il se découvre démuni sans son aide ! Tu vois, à six mille kilomètres du platane qu'il a embouti, c'est encore toi le responsable ! C'est tellement commode de projeter, non ? Regarde un peu, mon pote, tu patientais et tu y avais droit en même temps ! Comptabilise toutes ces occasions que t'as loupées, sciemment ou pas ! Tu veux mon sentiment ? Il te manque un peu de clairvoyance, et de t'apercevoir qu'au fond, mais alors tout au fond, en grattant bien, t'as envie de vivre !

Elle s'en alla, grognon, mais qu'est-ce qu'ils ont, les mecs de nos jours, merde ! Ce sont des guerres qu'il leur faut ou quoi ? Jamais droits dans leurs bottes ou alors à contretemps, à faire le rodomont pour des broutilles et s'écrouler devant de la poussière !

Sur la route de Xalapa, Frédéric eut une impression curieuse, désagréable au bout du compte, la vie une fois de plus lui apparaissait sous les auspices d'une enfilade de répétitions, comme si elle serinait pour qu'on finisse par apprendre. Si Elise était là, elle lui conseillerait une fois de plus de lire les lettres de Maria et de sa mère.

Le souvenir d'Eusebio surnageait, en ce vieil homme se cachait un recours. A côté de lui, il se sentait arrivé et pas besoin de savoir où. Au port, selon la formule. Déjà, mais c'était loin désormais, il avait éprouvé un sentiment du même ordre après des vols difficiles. Oui, Gélie n'avait pas tort, le risque le tirait des ruminations, je sauve ma peau chaque fois en contradiction avec ce que j'attends, je ressens même deux minutes d'exultation, celle d'être toujours en vie... Et puis ça recommence à m'emmerder !

Une fois sorti des effondrements urbains provoqués par le tremblement de terre, il retrouva la campagne, tout juste si le même berger, le même chien et les quelques moutons de son premier voyage vers le Sud, n'avaient pas pris la pose pour bien souligner que le soleil se lève et se couche sans défaillance depuis des années par millions. Un jour après l'autre. Certains se résignent davantage, ou alors font semblant... Gélie était tombée juste, à lui manquait cette énorme joie du corps qui la caractérisait. Je n'aime pas la bouffe, je baise sans plaisir, il n'y a que le danger pour me remuer et pas longtemps, je n'ai pas sa chance, quoi ! Geindre, geindre, en effet j'en connais un rayon !

A Xalapa, son hôtel était fermé. Un commerçant voisin jaillit sur le pas de sa porte, tiens, c'est vous ? Vous étiez dans le journal y a quelques semaines, on vous a reconnu de suite. Vos amis, nos voisins, ont bouclé, le père et le fils, ils se payent un voyage, rendez-vous compte ! Le vieux a dit, si on s'y prend pas maintenant, plus tard je serai mort, et toi, t'auras fait ta vie. Ou alors y aura un autre tremblement de terre, et cette fois, on y restera sans bénéfice pour personne, donc on part. Sont allés en Patagonie, je ne sais même pas où c'est, rendez-vous compte ! Ah ! si je pouvais...

Une grosse et vieille voix s'entendit de la boutique, et tu ne peux pas. Rentre.

Frédéric eut envie de rire, mais rire lui coinçait les côtes. Il gloussa, tout le monde apprend à vivre sauf moi, je vais finir par penser que je suis né idiot. L'épicier, un pied déjà dans sa boutique, murmurait, courez donc chez Faustino, à l'auberge sur la route de Santa-cruz, y a de l'air et c'est calme pour à peine plus cher.

— C'est ça, fais de la réclame à ce sagouin ! N'y allez pas, señor, le Faustino, il accueille des créatures. Pour à peine plus cher, j'te demande un peu ! L'écoutez pas, il meurt d'envie de s'en payer une, mais je suis là, moi... et toi, imbécile, rentre, plus vite que ça !

Frédéric risqua un œil, la grosse voix appartenait à une petite vieille rêche comme de l'amadou, ce pauvre mec n'avait pas dû sortir souvent de ses jupes noires !

Il s'éloigna, se retrouva sur le chemin montant vers le musée. Au moins, sa propre mère ne l'avait pas couvé de cette manière agressive ! En fait, elle ne l'avait pas couvé du tout, c'est lui qui...

Une pancarte toute neuve annonçait que l'endroit était ouvert. Sur une porte cadenassée. Il rit, cogna sur le bois repeint de frais, Eusebio, êtes-vous là ?

La porte resta close et l'appel sans réponse. Il redescendit vers le centre, se souvint de la pâtisserie où il avait acheté *uno de cada* pour un centenaire hypothétique ; la voix de la caissière s'étonna, Eusebio ? le vieux ? mais il est mort... Et c'est le musée qui l'a eu, monsieur. Au moment du terramoto, un morceau de béton s'est détaché du bord du toit dans le patio, et l'a tué sur le coup. Tout l'édifice en a pris un bon coup, c'est vraiment dommage, ils venaient de le retaper.

Tu parles d'un *de profondis*... qu'est-ce que je suis venu fabriquer ici, moi ?

Il reprit la route, décidé à rien. La nuit tombait et il avait faim, c'est ce qui l'occupait pour l'instant.

Ma foi, il dormit dans la voiture, le long d'une sorte d'auberge en ruines. Là encore, la terre bousculée avait à peine modifié le paysage, et même, rigolait la femme qui lui servait un ragoût tiré du faitout familial, moins que ça ! Je me suis réveillée avec un mouton dans le lit... C'est pas le mouton qu'était monté, c'est moi qu'avait dégringolé du premier étage ! On s'en sort bien, juste une bosse là où le cadre du grand-père m'est tombé dessus et l'homme s'est coupé avec un carreau. Rien, quoi ! Seulement on n'a plus de quoi vous coucher, et nous, l'homme et moi, on dort sur une paillasse dans un coin de l'appentis. Que voulez-vous que je vous dise ? Roupillez dans le jardin, je vous refilerai un bout de toile, y a de la rosée en ce moment... La femme, râblée, avec des avant-bras de lutteur, riait, peu importe, pas vrai ? Tant qu'on se garde la vie.

Quand il avait voulu payer, elle avait ri encore, j'me demandais où j'vous avais vu, j'y suis ! C'est chez le voisin, son poste a rien eu alors que sa maison n'a plus de toit, le pauvre ! Nous par ici, on nourrit les sauveteurs à l'œil. Alors décidez-vous, le jardin ou vot' voiture ?

Il avait choisi sa banquette arrière. En ruminant tout ce qu'il entendait sur son passage. Le pays entier s'était donné le mot pour qu'il se cogne sans cesse à des donneurs de leçon sous couvert de la charité.

Moyennant quoi, aurait dit Gélie, il dormit comme un jésus malgré l'inconfort, et pour la première fois depuis des semaines, ses côtes le laissèrent en paix.

Allons, il était solide. Ce n'est pas si facile de mourir quand on est un Donnavent revigoré par la bâtardise.

Au petit jour, il acheta du pain, une bouteille à demi pleine d'un liquide marron qui ressemblait à du chocolat – miracle, c'en était –, s'installa sur une petite hauteur dominant un étang d'un vert profond, et rêvassa tout en mâchant. Hôtel néant, plus d'Eusebio, pas d'envie de retour et la certitude que la retraite lui déplaisait ! Lisons, c'est le moment. Quand tout vous lâche, les opinions d'autrui vous enfoncent ou vous tirent de là : il verrait bien.

Il réussit à extraire de sa poche une grosse enveloppe de la main de sa mère, restée coincée dans la valise.

La main, elle l'avait eue rapide, l'encre filait sur le papier sans ratures, et le tracé, petit mais lisible, courait avec élégance. Maman, fine, sensible, qui s'était vendue pour vivre loin des Donnavent... et pour le nourrir.

« Je sais que tu me dégustes, Maria, même quand tu ne réponds pas, je le sais. Je n'écris pas dans le vide. Tout aurait été plus simple si j'avais accepté de te suivre, mais nous n'usons pas de la mer de la même façon. Tu luttes avec elle, je la contemple ; pour toi elle est comme ces hommes que tu avais besoin de soumettre, à la fois rétive et donnée ; pour moi, elle est un réservoir de rêves. Je n'ai jamais eu besoin de partir, de partager ses douceurs ou ses colères, je ne peux me passer de la contempler, voilà. Tu le sais, même quand tu me proposes de te rejoindre sur ton rafiot. Quand tu dis que nous aimons toutes deux la mer et les bateaux, rappelle-toi, tu ne t'es pas contentée qu'on te les raconte, moi si.

« Ce qui me retient d'aller te retrouver, c'est avant tout le gosse. Il est Donnavent mâle à l'image des précédents. Avoir l'usage d'un père identifiable n'aurait rien changé à mon avis, les autres en jouirent d'un, et alors ? J'en viens à penser que c'est nous les femelles, qui ne leur distribuons l'envie de vivre qu'avec parcimonie, comme si nous en gardions la plus forte part ! Et Frédéric n'échappe pas à la malédiction, il n'aime rien. Quand je dis rien, Maria, c'est rien ; il rêvasse parfois, son meilleur copain au collège est le fils d'un des constructeurs-fondateurs de L'Aéroindustrie, et tous les deux parlent d'avions, de pilote d'essai... le premier, exalté, crie, j'en construirai moi aussi, et mon fiston termine en murmurant que lui les testera ! Seulement, quand tu rentres dans sa chambre, que vois-tu ? Des maquettes, des bouquins sur les zincs, des histoires de Tanguy et Laverdure que tous les deux regardent en douce dans les librairies ? Rien de tout ça. La chambre est rangée et vide. Comme une chambre réservée aux amis de passage, voilà ! Il a dix ans.

« Il travaille bien, pas bête, bon. Mais encore ? Ces envies qui nous tenaillent, ces désirs qui nous traversent ? Lui, connaît pas.

« Je me dis qu'il n'est pas sorti de l'auberge et qu'y puis-je ? Tiens, même quand il passe la journée chez l'oncle, celui-ci n'a pas besoin de m'affirmer que Fred a été sage, je m'en doute. S'il joue au ballon, ça ne dégénère jamais, s'il prend son vélo, pas de folie. Le vieux préfère d'ailleurs lui parler de la famille, des ancêtres, de Deux de l'Ozoir en particulier. Il affirme que le spleen des mâles sort des couilles de celui-là, que Laure Donnavent de Pasture a eu le mérite de l'en dégager, mais si tu creuses le passé, hein, si tu remontes deux bons siècles en arrière, tu découvres que les Donnavent sont tous, bien avant elle, allés chercher ailleurs de quoi se jeter pour un temps hors de leurs marasmes ! C'est nous qui les fabriquons mort-nés, c'est nous ! Oh, ne crois pas que je culpabi lise, je regrette pour eux, voilà tout. C'est tellement beau, la vie ! Ou alors nous n'y sommes pour rien, seul le hasard... et peu importe ! Et puis dans un sens, toi aussi, Maria, tu erres dans ton existence, non ? Quand t'arrêteras-tu pour de bon ? Dans ton cercueil et c'est ce que tu cherches. Parce que de là, on ne va pas plus loin... »

Alors ça ! Et qu'avait-elle répondu, la Maria en question ? Frédéric ramassa une carte tombée de la lettre d'Héléna, très brève, Maria n'aimait pas élargir ses phrases à l'infini, comme les autres.

« T'as raison, comme d'habitude. Seulement moi, j'essaie de m'en défaire en agissant dans mon sens, au contraire de tes zozos. Eux se lancent en des divertissements ordinaires, ils tuent sans nécessité, baisent sans joie, bouffent sans faim, et après ? C'est toute la différence. Ici, je vais patienter un peu. Je repartirai, pourquoi pas ? Quand j'aurai fait le tour de ces gens. Ils sont braves, lents, contemplatifs, ils regardent passer les jours et les bateaux, et puis soudain ils bougent parce que c'est nécessaire, avant de se calmer jusqu'à la fois d'après. Sont d'une autre sorte ? Ici, ce sont les femmes qui s'activent, qui s'agitent, qui ne savent pas s'asseoir et jouir comme tu dis, mais tu me répondras qu'à Saint-Jean, c'est pareil. Ailleurs, l'herbe n'est pas plus verte, eux te diront que la leur est jaune, ailleurs l'ennui de vivre se dilue, ma belle, mais c'est parce qu'on meurt de faim. Pourtant, tu as raison deux fois, rêve donc, va, quand tu touches les choses soi-disant neuves, tu t'aperçois vite qu'elles ressemblent à celles que tu as laissées derrière toi. Je t'embrasse. »

Frédéric, ruminait, le vide prend avec chacun des formes différentes mais c'est toujours le vide. Sa mère écrivait encore.

« Oui j'ai de la chance. J'aime la mer, j'aime les bateaux, j'aime les hommes qui partent, j'aime les histoires qu'ils racontent, surtout quand elles sont fausses. Je le sens toujours, et pourquoi cela me gênerait ? C'est leur truc à eux et nous sommes tous pareils, Maria, il n'y a pas d'étranger ; je le devine depuis plus longtemps que toi, c'est sans doute pour ça que je n'éprouve pas le besoin d'aller y voir ! La seule différence, et elle est de taille, bien sûr, c'est que je jouis, je jouis de tout, et toi de presque rien. Toi et Frédéric... ce qui vous distingue, c'est que tu luttes, pas lui. Je ne suis pas sûre qu'il t'arrive de prendre ton pied, mais pour Fred, c'est une certitude, il ignore le plaisir. Moi je le connais, et pas seulement avec les mecs, je veux dire avec leur queue. Ils ont leurs histoires, leurs songes creux, ils s'exaltent ou ils pleurent... Je jouis d'eux de A à Z, oui. Ce que tu me reproches, à la fin de tout, c'est de faire mon beurre avec n'importe quoi, et c'est avec ça que tu me bassines depuis que je te connais, la chose t'offusque. Maria, ouvre les yeux, ma fille, ce n'est pas toujours toi qui détiens le raisonnable : tu me dénies ce que tu appelles des aveuglements, et tu m'envies. Oui ma fille, tu m'envies. A quoi te sert d'être comme tu t'en vantes, lucide... Où ça te mène ! A juger la vérité des autres ? C'est la leur. Imagines-tu qu'ils ne repèrent jamais la tienne ? Par moments tu es aussi sotte qu'un ramassis de débiles mentaux ! Je n'ai qu'un regret, vois-tu, c'est de ne pas pouvoir partager tous ces plaisirs avec Frédéric alors que j'aimerais lui offrir ne serait-ce que le quart de ce qui m'anime ! Il a fini ses études à Navale, section aéronautique, il va rejoindre son copain d'enfance dans l'usine du père, laquelle usine d'ailleurs ne restera pas longtemps entre les pattes de cet homme. A mon avis, trop nécessaire à l'armée française. On va la nationaliser ou l'ouvrir aux capitaux étrangers, de toute façon l'OPA est inscrite dans cette réussite d'un pauvre gars n'y voyant que du feu, comme d'habitude. Ce qui n'empêche pas Frédéric de vouloir voler sur des protos. Faut les entendre gloser, ces petits cons, roulant le mot dans leur bouche comme un bonbon ! Sont des pros, non ? Les mecs, je te jure, petites médailles et compagnie, bien montrer qu'ils sont des hommes puisque ce n'est plus la mode d'arborer ses couilles dans des culottes collantes ! De nos jours, on manie la suggestion avec des imprécisions de langage, on parle de vêtements près du corps... ou alors, on provoque carrément. Pourtant il y a de quoi s'amuser avec les mots, non ?

« A part ça, Fred aime vraiment voler, seul acte qui le ranime, il quitte le sol, comprends-tu ? il décolle ! C'est un garçon bâti comme tout le monde, avec cave et grenier si tu devines ce que j'entends par là. Or il se refuse depuis l'enfance à visiter ses fondations, et dans une certaine mesure, le mal vient de ce refus. Une obsession le travaille. Si j'ignore ce que c'est, lui ne veut pas le savoir. On en est là. S'il continue ainsi, à cinquante ans, supportera-t-il de porter encore son cœur en bandoulière, que dis-je son cœur, son âme ? Et tous les Donnavent sont ainsi, les Donnavent mâles.

Aucun ne s'est jamais distingué dans le crime ou autres noirceurs à frémir. Certes, une horreur le travaille, mais quelle ? Cela me turlupine ! Enfin comprends-moi, j'aimerais tant l'aider. Je l'ai élevé du mieux que j'ai pu, je l'ai aimé. L'amour ne suffit pas, l'amour ne suffit jamais, Maria, tu le sais aussi bien que moi. Ou alors l'amour absolu, c'est-à-dire abstrait. Bon, j'en reste là, sinon tu vas m'envoyer tes injonctions habituelles, "arrête de niaiser !". Va, ma fille, reste donc persuadée détenir la sagesse du monde et porte-toi bien. Qui ne se leurre, en ce bas monde ! »

Frédéric hochait la tête, pourquoi ne lui avait-elle jamais rien dit, pourquoi ? Au fond, elle ne me parlait presque pas... Il ferma les yeux, à quoi cela aurait-il servi ? Elle avait raison, il ne l'écoutait guère. Allons, il allait relire celle qui ne quittait pas son portefeuille depuis qu'Elise lui avait annoncé : celle-ci est la dernière que Maria ait reçu. Elle lui a confié plus qu'à toi, sûrement.

« Je suis malade. Une leucémie. Un truc nouveau, disent les médecins, viral ; ils en bavent et c'est difficile de savoir si la nouveauté les excite ou les atterre ! Je n'ai pas d'illusion, aucune. J'ai demandé dans combien de temps la mort allait me prendre, et ils m'ont regardée avec l'horreur de ceux dont on nie le pouvoir ; en puissance, le pouvoir, parce que moi je devine, ils n'y pourront rien. Je n'ai pas envie d'avaler des trucs inopérants, de subir des greffes de moelle – on en est là –, de sembler réagir pour mieux les décevoir la minute d'après. Mourir ne m'effraie pas, qu'imaginent-ils donc, ces benêts ? Je le leur ai dit, nous sommes tous mortels, messieurs, vous compris ! Se torturer pour gagner huit jours ? Allons ! Votre truc, votre traitement, soyez francs pour une fois, combien de temps, oui combien ? Ou plutôt dans l'état actuel des soins, combien de survie à cinq ans ? Deux pour cent ?

« Aussi bêtes qu'un marin de raccroc ! L'un d'eux a osé me toiser pour répondre qu'il n'avait pas à me renseigner, “nous soignons ce qui vous arrive sans poser de questions, agissez de même !”. Je me suis levée, je suis partie, en m'offrant le luxe de balancer une vérité derrière moi, la prostitution ne naît pas de “l'offre”, mais bien parce que la demande existe, parce que des clients se présentent. Il en était sûrement vu son aimable figure, d'autant qu'il y a mille façons de se vendre, certains mariages en constituant la plus fréquente ! Et moi, je n'appréciais pas qu'il crache dans la soupe calmant sa faim ! Qui pouvait m'assurer que sa famine n'était pas vérolée ? Il a crié que j'avais bien le raisonnement de ma corporation, et bien sûr il a eu la réponse sans délai d'attente, il avait, lui, une tête de client lambda, celui qui ne baise que s'il passe la monnaie !

« Nous en sommes restés là. Mon médecin ordinaire qui ne l'est pas d'ailleurs, s'est excusé pour l'autre, m'avouant que dans l'état actuel des choses, j'en avais au mieux pour trois ans mais que je ne souffrirai pas, il y veillerait.

« C'est tout ce que je voulais savoir. Alors, j'ai pris mes dispositions, proposé la présence d'une gouvernante pour apaiser d'un coup les scrupules d'un fils qui n'est pas souvent là, et Frédéric est un bon fils ! J'ai mis une annonce en prévenant Elise de se pointer sans rien manifester de nos liens. Fred n'y a vu que du feu, bien sûr, et je vivrais donc mon reste à la paisible, avec elle, à feuilleter le passé en douceur. Quand on va mourir, Maria, ma fille, les jouissances d'hier sont presque aussi bonnes à vivre que celles du jour. Voilà, tu sais tout. Lui ? Rien de changé ; il saute de l'asthénie à l'excitation dès qu'il s'agit d'essais en vol, puis retombe comme un soufflé.

« Bon, Maria, ne te fais pas de souci, je vais effilocher les trois ans de mon reste dans des rires, des rêves, exactement comme toujours, je vais attendre, sans hâte et sans déplaisir. Ecris-moi. »

Il n'avait pas envie de pleurer, pas du tout. Le souvenir ne l'attristait pas, il la revoyait penchée sur des photos, sa tête cognant celle d'Elise, il les entendait glousser, se rappelait le visage mort, calme et paisible, les mains détendues, à peines amaigries. Il avait encore en tête, le petit billet retrouvé dans le livre qu'elle gardait sur la table de nuit, et qui avait servi de marque-page : « Je veux qu'on me brûle, avec un peu de lavande si possible. »

La lavande le fit sangloter tout à coup, lui ne savait même pas ce qu'on devrait fabriquer de sa carcasse après...

Il rejoignit la voiture, *rentrer*. Quelque part, n'importe où. Il ne se sentait pas une âme de mercenaire. Aider, bon, mais comment ? Elise aurait sûrement des idées sur la question. Oui, il allait rentrer. Après tout, vinifier ou peigner la girafe...

Se suicider ? Une solution, mais elle ne lui disait rien, j'ai plus de santé que je ne le crois, et puis ce ne sont pas les tremblements de terre qui manquent, ni les ruines, ni les occasions de sortir les gens de la merde où ils se collent avec une facilité étonnante ! C'est vrai, non ? A croire qu'ils cherchent ce qui leur arrive ! Jo aura peut-être des idées, lui aussi.

Quand il était gamin, chaque premier de l'an, il prenait de bonnes résolutions que, bien sûr, il ne tenait pas. Il avait grandi. Alors, je vais essayer, je vais... essayer, voilà.

Chapitre 17

LES GENS

Faut être précis, qu'on m'a dit, et honnête, alors voilà, je parle pour moi en personne, mais aussi pour tous les autres ; de c'temps-là, à cause du métier, forcément j'allais partout, j'connaissais tout un chacun, j'les entendais bavasser et j'causais de même. C'est pourquoi je présente « les gens », et pourquoi vot'fille est muette !

Je m'appelle Eloi, je suis facteur.

Quand on a vu revenir le Frédéric, on s'est demandé si c'était du lard ou du cochon. Car enfin, la première fois il nous avait donné tant d'espérance qu'aujourd'hui on avait la rogne, vous comprenez, et la trouille de l'voir foutre le camp à peine de retour ! Faut imaginer la chose telle qu'on l'avait attendue, un Donnavent qui reste ! On était prêts à admettre que le vin le captivait pas, ça, on l'a tout de même senti comme Mathias l'avait repéré pas plus tard que tout de suite ! Mais ce qu'on lui demandait, au bout du compte, c'était qu'il s'occupe du domaine, que ça lui plaise ou non. On pensait qu'à nous, d'accord ; on pouvait bien gueuler que ce qu'on en disait, c'était pour Moira, je t'en fiche, c'était pour nos pommes ! On n'aime pas le changement, on n'aime pas rester sans un vrai boulot, on n'aime pas les pinardiers qui s'occupent du nombre de tonneaux plus que de la qualité du vin ! En bref, on n'aime pas grand-chose en dehors de Saint-Jean. Je parle du picrate, hein ! Celui des Donnavent, parce que c'est pas de la merde comme on en boit chez tant d'autres !

Et puis ce con nous a déçus, s'est taillé aussi sec que les précédents ! Non sans une flopée de signes précurseurs, que le curé nous a détaillés après... ce qui est plus facile qu'avant, sûr ! Les bouderies, les hargnes, l'air sombre, les promenades en solitaire ou plutôt les fuites ; on voyait bien que le dénommé Norbert, toujours sur ses traces, l'enquiquinait ! Mais qu'est-ce qu'on y pouvait ?

Ah ! celui-là et son air de pas y toucher mais d'y toucher quand même, avec en plus une sœur collée au cul pis qu'une mère, on lui réservait un chien de not' chienne ! Les vieilles marmonnaient entre elles, c'était-y la peine de s'payer des diplômes pour en arriver à pas décoller d'un homme qui vous traite comme un rien du tout ? Parce que, le Fred, que Norbert le talonne n'était pas son truc, ça au moins c'était clair !

Et voilà-t-y pas qu'Edouard, not'gars Edouard, le fils Meneux, un farfelu de première avec son « zinc » ! se mettait à lui cavaler aux fesses d'aussi près que l'autre ! Oh, je vous rassure, pas pour le même motif ; lui, c'qu'y voulait, c'était entraîner « le maître » à s'envoler avec son avion, à quitter le plancher des vaches avec lui ! Seulement, le Fred avait pas l'air excité davantage, s'sentait maître que d'ses bottes et encore. Au fond, ce Donnavent-là recherchait aut'chose que de la compagnie, et qu'il soit pilote d'essai dans le civil tout en étant commandant de vaisseau – là, j'ai jamais su le pourquoi du comment, il nous a pas expliqué, pourtant, on n'est pas plus bêtes qu'un autre ! –, eh bien, ça collait avec le reste : là-haut, dans la stratosphère, y a pas foule, non ? Et puis, un biplan après les Rafale...

Ensuite on a cru que l'Angélique s'en mêlait. Plus dans les normes. Elle est trop grande, d'accord, un peu mastoc, et sûr qu'entre les deux, la culotte aurait fait le choix en sa faveur, mais bon, y en a qu'aiment les femmes à poigne. Après tout, il aurait pas été le premier à rôder autour de ses deux mètres avec l'espoir d'être pris en charge ou quasiment !

On se gourait ! Cousin-cousine, un point c'est tout ! La grande fréquentait la Bastide pas pour le bon motif, pour apprendre à tricoter, voui madame ! et c'était plutôt rigolo à imaginer ; pas de doute qu'après les sangliers, à nos yeux ça lui convenait pas ! Mais bon, si un jour le tricot donnait dans la brassière... Vous me suivez, là ? tout aurait fini par rejoindre l'ordre des choses. Le nôtre, celui qu'on pratique : transmettre et se laver les mains du reste !

Seulement, les v'là qui filent à Pétaouchnoc tous les deux. Pas en même temps, ce qui change rien au résultat, not' Moira se découvrait sans aide. Ensuite, on a compris que la Gélie s'carapatait au Mexique pour récupérer Fred, enfin on a eu c't espoir-là et on était pas les seuls, on se doutait que Moira priait le ciel de toutes ses forces pour ne pas se retrouver en carafe comme devant ! A son âge, hein...

D'où on tenait la chose ? De qui vous voulez d'autre que la vieille Elise ! Ah ! celle-là, une crème. Non, je rends pas hommage, une pâte d'amande avec au creux quelques-unes bien amères ! Mais délicieuse au bout du compte ! Et pas avare de ce qui se passait. Dans un sens, cette finaude nous mettait dans le coup avec une idée de derrière la tête : voulait pas qu'on bave des conneries faute de savoir le vrai ! Une futée, et j'en parle en connaissance de cause.

J'vous jure, le jour où elle a précisé que dans sa jeunesse, elle avait été conne comme un bol, on s'est fendu la pêche, mais elle était sérieuse ! Elle ne nous a pas caché d'où elle venait et que les filles de son acabit, le trottoir les tue ou leur chauffe l'intelligence jusqu'à ébullition. Ce qu'elle ne nous a pas dégoisé, l'Elise, sur « les bienfaits de la tuberculose considérée comme instrument de culture » ! On suivait pas toujours le raisonnement mais on l'écoutait ! Rien ne remplace l'expérience vécue, c'était not'argument quand le curé sermonnait et clamait quasiment du haut de sa chaire, qu'Elise était jamais qu'une pute repentie ! Qu'est-ce qu'il en savait, d'abord ? Qu'est-ce qui vous laisse croire que je me repens, l'abbé ? elle lui glissait ses confidences dans le tuyau de l'oreille, et on en devinait le goût rien qu'à le voir rougir ou plutôt chuter dans le violet des aubergines ! Des comme lui, selon elle, les putes en soignaient des masses ! Est-ce que vous croyez par hasard qu'ils venaient nous faire le catéchisme afin que je tombe du trottoir droit dans le bénitier ? Z'êtes un naïf ou un hypocrite ?

Nous, on tendait l'oreille – la nôtre – sans faiblir, parce que, en attendant son salut, elle nous rapportait ce qui se tramait là-haut, nous contait par le menu les coups de fil, les échanges tonitruants qui chaviraient not'Moira, au point qu'on se demandait si on n'allait pas assister au miracle de la voir remarcher un matin ! L'histoire avait l'air de lui remuer les sangs dans le bon sens, jamais elle n'avait eu autant d'allant depuis la mort de son défunt, à croire que le plomb dans ses jambes en était qu'une conséquence, que Fred avec ses états d'âme lui rétablissait le courant dans les oubliettes ! Vous m'avez suivi, là ?

Bref, vu ce qu'Elise détaillait des aléas et des hésitations de not'gars, on s'attendait à tout, sauf à ce qu'il reparaisse un jour. Et le voilà qui s'pointe six mois tout juste après son départ !

Le bruit courait qu'il relevait de maladie. Sûr que les premiers temps, il avait pas une mine florissante. La vieille Camus qu'a un défaut de l'œil – elle voit les choses plus longues que nature –, a même demandé si par hasard, y sortait pas d'un camp. Vous croyez qu'c'est simple de rappeler aux biques hors d'âge, que les années coulent ? Un demi-siècle au moins depuis Auschwitz, est-ce qu'elle naufrageait dans sa vieillerie ou quoi ?

Très vite, l'Elise nous a mis au parfum. Fred n'avait pas chopé un sale truc, non, il avait dégusté dans le tremblement de terre. Elle en parlait avec une fierté pas possible, son Fred avait sauvé des tas de gens, là-bas à Mexico, et c'était en essayant d'en sauver encore un qu'il s'était ramassé une dalle sur la coloquinte. Six semaines d'hosto avec le cou et le dos en compote, ça vous maigrit un homme ; le Fred couleur cachet était à faire peur, avec un air pas plus jouasse qu'avant de s'ensauver aux antipodes, à croire que se dévouer pour les autres, c'est pas la panacée, mais bon ! On ne nous demandait pas notre avis.

A peine plus tard, deuxième surprise, la Gélie se ramène avec un polichinelle dans le tiroir. Vu sa taille, c'était curieux. Elle est étroite des hanches, alors son trois mois se repérait comme un nez au milieu de la figure, et ma foi, elle eût porté le Saint-Sacrement qu'elle eût pas semblé plus contente d'elle !

Avant ça, la sœur de Norbert, qu'on appelle la Grenouille, je ne me souviens plus de la raison, peut-être parce qu'elle coasse au lieu de causer, s'est pointée gesticulante et pas qu'un peu ! Elle est tombée de son petit bolide comme un diable pour s'engouffrer dans la Bastide en bousculant du monde, on avait l'impression que sa cocotte-minute sifflait dès sa sortie de l'Etude !

Depuis la mort du frère, de « son petit » comme elle le pleurait, cette fille-là déraillait dur. Elise me l'a expliqué, je crois pour me mettre en garde, les enfants de substitution, ça marche jamais, rien ne vaut l'artisanat ! Elle en a de bonnes ! A l'entendre pérorer, on croirait pas que Fred a toutes les allures d'un substitué, lui aussi ! Mais d'accord, elle en attend pas la lune, elle revendique rien, elle se contente d'aimer dans le vide !

Tout de suite après l'accident de son frère, c'te nénette était venue je ne sais combien de fois hurler contre Frédéric, à l'origine du drame, selon elle ; son frère s'était tué à cause que Fred aurait dû songer à ci, pas dû se lancer dans ça, et la suite. Moira, soutenue par Elise, avait réussi à la calmer, d'ailleurs avec l'aide d'Edouard, rameuté, et qui la traîna jusqu'à l'aéro-club, histoire de faire prendre l'air à ses lamentations, ou de lui entrer dans la tête que personne n'a besoin d'un gars à six mille kilomètres de là pour se jeter contre un platane. Ma foi, après cette virée durant laquelle sûr qu'il lui chamboula l'entendement à coups de loopings, on l'avait pas revue. Seulement, le retour de Fred venait de réactiver la grogne, à l'évidence !

Elle a donc surgi de sa trottinette telle une furie, avec des beuglements qui s'entendaient jusqu'au village. Nous, on s'est ramenés en vitesse, curieux de voir comment Fred allait s'en dépatouiller, lui qui l'avait déjà remise dans ses culottes juste avant d' se tirer !

Eh bien, on a vu ! Il a jailli de la Bastide en la portant presque, et il vous l'a balancée dans le bassin, histoire de lui rafraîchir l'hystérie, qu'elle aille porter ses doléances ailleurs ! Le frère l'avait fait chier pendant des semaines, il était pas disposé à laisser la sœur prendre le relais !

Le discours – et le geste donc ! – nous a plu, surtout quand la Grenouille a émergé de là avec une feuille de nénuphar sur le caillou. Et pour le refroidissement de ses bases, banco, le mistral soufflait depuis six jours en chahutant les températures, dehors comme dedans !

Remontée dans son engin, elle a franchi la grille devant nous qui ne quittions pas son nénuphar de l'œil, sans un regard-sans un mot, et depuis, c'est le père qui se pointe au domaine quand ils ont besoin de régenter les choses avec de la paperasse au lieu de se taper dans la main comme on fait, nous.

Lui, le Fred, il s'est vite remplumé, Elise y veillait. Elle surveillait aussi le tour de taille de la Gélie, laquelle s'était pas mise au ralenti pour autant, et elle la grondait, si tu continues à bosser comme deux ouvriers à plein temps, tu vas nous le pondre au milieu des vignes, ton môme.

J'vous jure, ce gamin – car c'en serait un : le toubib conservant une dent à la Gélie qui n'avait pas voulu connaître le sexe du bébé après l'échographie, demandait à qui voulait l'entendre, sur le marché – dans les boutiques, si des fois on allait lui donner le prénom de son père, à ce moutard ! Un malin, non ? Pour nous, du coup, plus aucun doute ! – donc ce gamin ! pas étonnant qu'il soye devenu le diablotin de service, secoué d'importance durant neuf mois comme il l'a été ! D'une bougeotte pareille, il en reste toujours quelque chose !

Dans la réalité, on était bien obligés de deviner les tenants et les aboutissants, parce que l'Elise ne nous racontait plus grand-chose, même à moi. La gazette, depuis le retour du Fred, perdait ses pages... Pourtant, y se tramait du nouveau, on est pas sourds ni aveugles, on voyait bien les allées et venues, les couvreurs qui turbinaient sur le toit de Gélie, les maçons et les ouvriers qui œuvraient à l'ancienne sur l'arrière de la Bastide comme pour agrandir. On guettait les bruits qui couraient la région, que des gens venus d'ailleurs allaient loger là, qu'on les connaissait pas... pourtant ils avaient à faire avec Gélie, on l'a deviné de suite, à commencer par ce grand gaillard au visage sévère mais qui savait rire, ou cette femme triste au début mais qui maintenant s'activait dans la rigolade, elle aussi. Partout, dans le patelin, les « mais ceci-cela » bourdonnaient autant qu'une mouche à viande le jour où on tue le cochon !

Alors on s'est monté des racontars, on a tâté du côté d'Elise quand elle consentait à nous causer comme avant, et du peu qu'elle abandonnait, on a rebâti le monde ! Tenez, on est allés jusqu'à offrir de l'aide, on n'est pas des bœufs tout de même ! On le répétait à plus soif, et elle rigolait, pas des bœufs, ça d'accord, mais de vraies fouines !

Le Frédéric s'activait dur, il avait ramené de la ville un gros bestiau de voiture tout terrain, et il arpentait son vignoble avec l'autre gars, en lui donnant du Jo et des tapes sur l'épaule. Des potes, quoi !

Peu à peu, on a compris que l'histoire était tout sauf simple. Elise m'avait prévenu, un sac de nœuds ! Mais enfin, les nœuds se dénouent, c'est connu !

La preuve : le Jo s'avéra le père de l'enfant de Gélie, et la dame triste, son épouse. Lui avait pas l'intention de quitter sa bergère, et Gélie, pas celle de s'embarrasser d'un mec. Il t'a pas trompée, expliquait-elle à l'autre nénette en la cajolant, seulement je lui ai forcé la main si je puis dire, je le nie pas, et Jo n'est pas du genre à lâcher des enfants dans la nature sans garder l'œil dessus, alors pourquoi pas faire avec, tous ensemble ? Ce serait-y pas mieux ? T'es contre un môme de plus ou de moins, toi ? Le mien aura deux mères, voilà. Et je te le jure, Anaïs, y a rien d'autre entre nous qu'un coup de queue, je voulais juste fabriquer un moutard avec un type bien sans avoir à l' supporter jusqu'à la fin des siècles ! Tu vas pas nous faire du boudin pendant cent sept ans, tout de même, réfléchis !

Au début, la chose a eu du mal à passer, et puis on s'habitue à tout, pas vrai ? D'autant que l'Anaïs avait l'air brave comme le pain ! Et au moment de la naissance, un sacré moment, moi j'vous le dis, tous ces gens-là baignaient dans le beurre sans exception ! Vous devez vous douter que ce ne pouvait être qu'un cirque à sa taille, pas d'autre mot !

Gélie menait le tracteur, celui qui sert pour le nettoyage des vignes, haut sur pattes avec un bras plongeur, moi je l'appelle comme ça. J'étais facteur, pas constructeur d'engin !

Donc elle était sur son char... tiens, ça me rappelle un aut'truc de l'école, pas vous ? Et la v'là qui gueule, oh ! nom de Dieu, j'perds les eaux !

Faut préciser que les neuf mois avaient passé comme le vent et ça l'empêchait pas de turbiner au beau milieu de la grande courbe, à pas loin de cinq cents mètres de la falaise, encore autant jusqu'à la Bastide, et en pente ! Le père Franju qui binait ses patates l'a vue dégringoler de son siège, se ruer dans les travées en courant, tout à coup crier « ah j'y arriverai pas ! », et s'effondrer sous le grand saule qui borde la roubine. Franju s'est dit, tiens, se passe quéqu'chose ! Seulement, le temps qu'il lâche sa binette et se mette à cavaler comme il pouvait dans ses terres – il est pas loin des nonante, ce vieux –, quand il est arrivé aux alentours du saule, il a entendu des vagissements. Nom d'une pipe, elle avait accouché là, dans l'herbe, ou plutôt dans ses jupons. Depuis des semaines, elle entrait plus dans ses salopettes, forcément, et elle avait tiré des malles les longues jupes de la mémé, ce qui veut dire qu'elles lui arrivaient juste en dessous des genoux vu sa taille !

Le Franju, il a dit en détournant les yeux, ça va comme tu veux, ma fille ? Elle s'est mise à rigoler, file me chercher du monde, papie, j'ai pas tout à fait terminé et je me demande si y en a pas deux !

Du coup, Franju a presque franchi le mur du son vers le mas, et ils se sont tous pointés derrière lui, Fred, le Jo, Anaïs, et cavalant troussée haut, la mère Elise qui poussait Moira et son fauteuil comme elle pouvait ! Une Moira hurlant, c'est un gars ? Dites, est-ce que c'est bien un gars ?

Ouais, et y en avait qu'un qui roupillait déjà, logé contre sa mère, enroulé vaille que vaille dans son corsage. La Gélie à demi à poil, et je peux vous dire que c'était quelque chose, souriait, patientez vousôtres, j'attends le placenta, c'est pour tout de suite.

Bien sûr, personne n'avait songé à ce putain de cordon, et Moira criait, mais bande de nouilles, nouez-le donc ! Et toi Edouard, au lieu de bayer aux corneilles, va quérir le docteur ! Oui, Edouard était là, Fred et lui s'étaient réconciliés. Ce pauvr'Ed, il est du bois dont on fabrique ces gens qu'ont toujours besoin de recevoir des ordres pour savoir qu'ils existent !

Quand le docteur a fini par arriver, Gélie se rentrait à la paisible, déjà presque rendue avec la famille aux basques, et bêtifiant dur sur leur jésus d'amour ! Je vous jure, les Donnavent sont dingues dans leurs têtes, pas possible autrement.

Gélie, d'un bras portait son mouflet, de l'autre main le placenta, je ne sais pas comment me dépatouiller de ce machin, qu'elle disait, à vous de jouer, toubib. Celui-là tremblait plus que tout le monde, il murmurait : « Gélie, et l'asepsie » sans que quiconque se préoccupe de la sepsie ou aut'chose, j'ai jamais rien saisi de leur jargon.

D'entrée, on a su que ce gosse serait comme sa mère, grand. Ils l'ont quasiment mesuré en haut des marches, soixante centimètres sur quatre kilos cinq. Qui tarderait pas à embellir ; ce moutard, d'entrée, rechignait pas sur le sein, et dans ce cas, à raison de neuf tétées par jour, on profite !

La mère et le petit, je les regardais tous deux avec bien du plaisir quand je déposais le courrier. Là, j'vais avouer des trucs : j'agençais ma tournée comme si dans c'patelin qu'a tout juste 153 foyers, on triait les lettres deux fois par jour ! Là-haut, ils fermaient les yeux sur toutes les pubs que je drainais à droite à gauche pour justifier ma présence quand j'avais rien d'autre à leur porter ! Dans un sens, ils comprenaient, et même je crois que si j'étais venu dix fois, z'auraient pas moufté ! Elise haussait les épaules, j'lui avais pas dit certains trucs, pas encore. Non qu'ça aurait modifié quoi que ce soit à nos âges, mais bon, on a sa pudeur ! Ah ! vindieu, Gélie donnant la tétée, c'était à se la coller dans les mirettes plutôt deux fois qu'une ! Moi, j'ai pas eu de gamin, voyez, j'ai chopé les oreillons quand j'avais douze ans, et le virus m'est tombé dans les couilles ! Alors, je vis mes paternités par délégation, c'est ce que m'a expliqué le sacristain, je t'comprends d'autant mieux, mon gars, que j'suis pareil ! Voilà c'qu'il m'a répondu un jour, le père Godon, quand je lui ai demandé si c'était normal, après tout, de zyeuter les mères-tétines. Et Elise, quand elle a su, elle a compris aussi, elle m'a même traité de vieux con avec tendresse !

J'en reviens aux Donnavent ; le baptême a pas traîné. Pour que leur truc ait un air qui ressemble à ce qu'on connaît, Jo s'est retrouvé parrain, et Anaïs-sa femme, la marraine. Y'en a p'tête pour trouver ça bizarre, moi j'dis que leurs affaires ont jamais ressemblé aux nôtres, donc...

Après, une fois ce trafic retombé, on se disait qu'un de ces jours, le Fred allait s'esbigner à nouveau pour je-ne-sais-où y fabriquer je n'sais quoi ! Ce gars-là portait son cœur en berne depuis sa propre naissance, aucune raison que ça change !

Remarquez, on s'en foutait un peu, la Gélie était là pour un coup, et après elle, son moutard. Selon not'idée, avec une mère pareille, ç'lui-là serait pas tenté de foutre l'camp.

La surprise est pas venue là où on l'attendait. Le Fred, oui, ce Frédéric Donnavent de mes deux, s'est mis à gâtifier comme un ravi de la crèche. Le gosse pouvait bien se payer deux mères si on en croyait c'qui s'était dit, en plus il s'récoltait un père de rab ! Gâteux, le Fred. En plein, et j'te pouponne, j'te lange, j'te fais des risettes. C'est comme si le bon Dieu lui était descendu de la Vierge mère à nouveau ! Et ça a duré, faut pas croire ! Du coup, on a rêvassé, et s'il restait, pute-borgne, si une bonne fois il prenait racines, cet abruti, s'il obligeait le dicton à mentir, qui assure qu'on meurt comme on a vécu !

Moira se posait pas tant de questions, elle s'offrait une seconde jeunesse, on se la voyait centenaire comme un rien. Gâteuse aussi, bien sûr. Quant à Elise, n'en parlons pas ! Elle arrêtait pas de tricoter à toute vitesse tellement il grandissait vite, ce petit salopiot ! Cela ne l'empêchait pas de hocher la tête et de réclamer qu'la Gélie en fasse un second ! Moi, j'avais des relents d'amertume, mais ils passaient, je fabulais en plein, si Gélie en pond un autre, p'tête que j'serai un parrain potable, vu c'qui se trame avec Elise. Bah oui, quoi ! Elle me bottait, celle-là, et j'avais des idées en tête...

Le temps passe, y pense même qu'à ça. En trois ans le petit était aux portes de la maternelle. Fred du coup a repris des airs songeurs et l'on a pensé, cette fois, c'est parti mon kiki.

Pas du tout. Un matin, il a monté son 4x4, l'air décidé, et de c'jour, a pas arrêté les aller-retour en ville, les démarches avec les gendarmes, la préfecture, et tutti pareil, au point qu'on n'y comprenait plus rien !

Par là-dessus, les travaux ont repris. En grand. A se demander c'qu'ils allaient fabriquer, tous, avec de la place pour cinquante personnes au bas mot. Pire que ça ! José, oui, le vieux José que beaucoup du village avaient connu quasiment au sortir du bateau, s'est pointé avec une dizaine de gosses qui venaient du même moule, je veux dire du Mexique, comme lui. Y avait qu'à les regarder, petits, râblés, le teint mat et du charabia dans la bouche !

A partir de là, on a compris, le Fred pouvait plus se passer de jouer aux mères compensatoires, comme ricanait le notaire en douce ! Y avait des adoptions dans l'air ou des tutorats, et m'demandez pas la différence, je n'suis que facteur. Enfin, j'étais. Comme j'vous l'ai laissé entendre, les années nous étaient dégringolées dessus.

Bien sûr, c'était évident comme Baptiste ! Les gamins venaient s'éduquer sur le pinard sous la férule de Fred et de Moira qui régnait au milieu de ses futailles comme jamais. Celle-là, je crois bien qu'elle avait loupé sa vocation, elle aurait dû être instit !

Au bout de quelque temps – ça allait de trois mois à deux ans selon l'âge du bambin de service et ses aptitudes – les mômes repartaient porter ailleurs la bonne parole viticole ! C'est pas moi qui l'dis, c'est le nouveau facteur, un « emploi jeune », et ça, pour être jeune... Oui, je reprends, il arrivait d'autres gaillards de là-bas, un va-et-vient perpétuel, à croire que José les décrochait de leur orphelinat par treize à la douzaine.

Oh, s'occupaient pas tous de la vigne ! Pour certains, c'était plus compliqué. Il y en a eu d'inscrits à l'école hôtelière, d'autres sont restés des années à s'monter des diplômes, même qu'on redoutait le pire, le gars Norbert nous avait échaudés côté l'effet que ça leur fait, les études. Et la noria continuait quand même ; quand il en partait quéques-uns, la suite arrivait dans la semaine ou presque !

Au début, il a fallu les tenir ferme, les encadrer, comme Elise soupirait ; des rebelles, mon fi, y en a partout ! Mais le Jo en connaissait un rayon et tout rentrait dans l'ordre assez vite. Car c'était ça ou le retour aux sources, c'est-à-dire là-bas, loin, dans un bled appelé Misère-sur-Famine quand c'est pas Mort-sur-Vol-d'organes ! Eh oui, les salauds qui s'enrichissent sur les reins de gamins affamés, qu'est-ce que vous croyez, c'est là ousqu'on crève la dalle qu'on les trouve !

Et puis Moira a pris de la distance. Le gosse de Gélie avait onze ans et promettait. Pas seulement par la taille ; il aimait le vin, ce petit, il claquait de la langue avant de cracher dans le sable dès l'âge de six ans ! Et attention, quand je dis qu'il aimait le vin, c'est façon Moira, on déguste, on estime, on juge, on boit pas ! La relève était assurée, et Moira pouvait s'en aller dans cette rassurance. Elle a quatre-vingt-dix-huit ans, la vieille gredine, et on en aura du chagrin, voyez, on l'aime ! Mais c'est la vie, pas vrai ?

Moi, y avait belle lurette que je distribuais plus le courrier, et pas seulement parce que je dépassais l'âge ! J'm'étais trouvé d'autres fonctions, tout de suite avant la retraite, plus jouasses ! J'avais épousé l'Elise !

Ça vous la coupe, non ? On vit dans la petite baraque où Gélie a passé sa jeunesse, le Fred avait retapé le toit pour qu'Elise s'y finisse les jours, et j'y terminerai les miens avec ma vieille fleur de trottoir, c'est elle qui dit ça !

Maintenant qu'elle gîte dans la grande maison, Gélie tient le domaine d'une main solide. Faut reconnaître, elle a pris de l'ampleur en même temps que l'exploitation, fallait de l'espace pour loger son gros cul, tout ce petit monde et le boulot qui s'ensuit, d'où une bonne part des travaux et des terres qui sont venues agrandir !

Les sangliers ? Elle en élève toujours, c'est pas incompatible, qu'elle répète à longueur de temps, et elle les visite à cheval. Sur son hanovre, forcément !

sinon ses pieds traînent par terre. Les *camargue* ont jamais été pour elle ! Mais d'accord, j'me répète.

Jo et Anaïs ? Viennent souvent, finiront par s'installer, le Jo peut pas se passer de son fiston plus de trois semaines, et ses premiers lardons ont l'air de comprendre. Ou d'accepter. En tout cas, viennent aussi, avec des bambins à eux qui appellent l'autre tonton, ce qui nous fait drôle malgré tout.

Frédéric s'est pas vraiment habitué à vivre, c'est comme ça. Il s'occupe de ses Mexicains, d'accord, il cavale de Saint-Jean à l'hacienda, maintenant que José est trop vieux pour voyager, il revient avec des petits nouveaux, tout son monde grouille comme les lapins avant la myxomatose ! Bref, il bouge ! On s'doute qu'il lui faut du mouvement, et d'aucuns pensent que, de par le monde, il guette les tremblements de terre pour y courir, parce qu'au moment des séismes en Turquie, puis à Chypre, dix minutes après les annonces à la radio, il était dans l'avion et l'Edouard avec ! Crever alors qu'on peut s'rendre utile, ce serait de la connerie, pas vrai ? C'est à l'évidence ce qu'il a fini par comprendre. Du moins, on a espéré.

De temps en temps, quand les plaques tectoniques se calment – il nous a concocté un cours là-dessus par un de ces hivers tellement dégueulasses que même nous, on s'emmerde ! et du coup, je peux vous détailler la grande faille de San Francisco comme si j'y étais ! – il s'esbigne, l'air de rien ! Edouard tarde pas à suivre. On peut être sûr qu'ils sont allés voler sur le petit Fokker qu'a remplacé le biplan d'origine. Je sais – Elise me l'a confié comme le reste, cette femme-là, désormais, elle me cache rien ! – qu'Edouard accompagne Frédéric par prudence, personne n'est à l'abri d'un coup de blues, comme ils causent, les jeunes, et de l'envie d'en finir en se « crachant ». Pourtant, il est question d'en acheter un plus gros.

Seulement, Fred ne s'amuse jamais avec la vie des autres, alors Edouard peut bien soupirer, il lâche ce qu'il fabrique, il y court ! C'est une vraie nounou, ce type !

Ou alors... des fois, je me mets dans la tête qu'il aime ça. Risquer sa peau, je veux dire. Et puis mourir en plein ciel, avec le maître, ma foi... c'est dans ses idées. Edouard, voyez-vous, c'est un brave. Il est content quand il sert. Il en faut, surtout quand la chose va dans votre sens.

Moi, en attendant, eh ben moi, je suis heu-reux. Elise est une crème et j'suis son caramel ! Quand elle a l'air de penser à je n'sais quoi ! – au passé, donc – j'lui demande de me lire les lettres de cette Maria qui jadis lui a sauvé la mise, ou celles d'Héléna, la mère de Fred, et on pleure un peu. Surtout avec les secondes, parce que Maria, on a beau lui trouver des excuses, elle secoue son monde plus qu'elle ne l'cajole ! Mais n'empêche, Elise et moi, on adore les deux, on est des romantiques.

Et puis, les beaux sentiments, voyez, ça dort souvent dans les mots, et obliger les mots à revivre, eh ben, ça y pousse, aux beaux sentiments ! Elise se marre quand je dis ça, elle rigole que j'suis bien péremptoire, et comme je prends mon air de rien piger, elle m'embrasse en gloussant qu'elle a décroché le pompon, vous pensez, un philosophe !

Et pourquoi pas ? Je vous le demande, là, entre quat'z-yeux, j'ai pas raison ?

Chapitre 18

JO

Attentif, vraiment attentif aux autres, l'est-on jamais ? Je ne me le demande plus. Parmi nous, aucun n'a senti venir le vent du boulet, on se contentait de voir Fred s'exciter avec les Mexicains, on appelait ainsi son affairement, tout ce qui au domaine Saint-Jean avait précédé puis suivi les va-et-vient que José organisait de là-bas, le vrai trafic qui en découlait, permis de séjour, tests de capacités, mises en exercice, est-ce que je sais, moi ! Un travail prenant, à mes yeux sans trop de satisfactions à la clé ! Absorbant même, je le comprends aujourd'hui, et c'était tout ce qui comptait pour Fred ! Ah, ça, pour être occupé, il l'était. Je prêtais la main, oui. Si je veux être franc, pour des résultats... par moments, je trouvais que le jeu n'en valait pas la chandelle. Mais ce n'était pas mon problème.

Et puis José est mort. Cette fois, ce n'est pas le cancer qui s'est pointé, tout bonnement l'usure, l'âge. Plus de quatre-vingts ans... Et Fred a vu se tarir son cheptel d'adolescents à éduquer jusqu'à l'âge adulte, et pas toujours fiable... José vieillissant ne triait plus, il envoyait les affamés, les indigents, ce n'est pas ce qui manquait là-bas, et parfois des voyous qu'il fallait remettre au pas ! Frédéric s'échinait. Il n'a pas réussi non plus à contrecarrer le consortium de propriétaires qui voulaient s'emparer de l'hacienda et des terres alentour. Seul devant des groupes constitués avec des politiques dans la manche, que pouvait-il ? Oh, il y a couru, il s'est démené comme un fou, avec quelques appuis du côté des avionneurs d'autrefois, il a mis des avocats sur le coup, mais pas assez ou pas les bons. Cuit d'avance, à mon avis, Fred n'était pas sur son territoire. Et les requins attendaient depuis si longtemps...

C'est à ce moment-là que le piège s'est refermé sans rémission, et nous, on ne s'en est pas aperçus. Les pièges, on les voit le pied dedans, comme d'habitude ! Personne au domaine n'a senti que le vide n'avait jamais cessé son travail de sape sous l'effervescence des heures, à l'époque où il bossait comme un damné pour sortir les gamins de la misère. C'est fou, quand on y pense.

A Fred, il aurait fallu du ramdam aux quatre coins de l'univers tous les jours de la semaine, là où on peut s'amuser à prendre des risques, comme marmonnait Elise qui le connaissait encore mieux que moi ! Ou plutôt... elle avait fini par déchiffrer son grimoire. Elle vitupérait, vous autres, vous voyez jamais rien ! elle se lançait dans des périodes exaspérées uniquement quand elle se retrouvait seule avec moi, vous les hommes, il vous manque d'avoir à torcher le cul des mômes et préparer la tambouille.

Ce n'est pas un divertissement majeur, j'en conviens, mais pour détourner d'une métaphysique en déficit, je ne connais pas mieux que se colleter avec le concret. C'est bien ce qu'il essayait de fabriquer, le pauvre, seulement voilà.

S'ajoutant au tableau, le Fred ne rajeunissait pas.

Moi non plus, vous me direz, mais j'avais tout de même dix ans de moins, et l'envie de vivre ne semblait pas près de me quitter. C'est ainsi, l'on n'y peut strictement peau d'zébu. Expression favorite d'Eloi ; il la tenait de son grand-père lequel avait « fait » le Tonkin... Ce paquet des souvenirs d'un autre lui meublait les soirées d'hiver. Pourquoi pas ? Dieu sait que les histoires de Saint-jean ne manquaient pas, elles auraient pu servir elles aussi, le passé des marchands d'esclaves, du vieux Diligent, de Laure et tutti quanti ; Moira les sortait à la demande, et Fred II adorait ça, ce gosse en redemandait, lui. Eh bien notre Frédéric s'en moquait.

Et donc, bien gentil de parler tremblements de terre et autres catastrophes où risquer sa peau, mais Fred prenait de l'âge, et traquer la famine ou les déplacements de population à travers le monde, devenait de plus en plus difficile. Les « jeunes » cadres des organismes d'assistance le lui ont vite fait comprendre. Oh, avec des formes, j'en suis sûr ; seulement moi, avec la même idée en tête j'étais moins adroit. Fred et moi, on s'était toujours parlé sans manières, alors, j'ai mis le paquet, j'ai rappelé que depuis Mexico, sa hanche gauche donnait des signes de faiblesse, imagine que tu te pètes le col du fémur en pleine Somalie, tu les embarrasses au lieu de les aider !

C'était vrai, mais à quoi sert la vérité quand elle creuse un peu plus le sillon ! Et puis certains toubibs des OMS en ont rajouté, pas plus malins quand ils ont avancé, devant son obstination, que son expérience serait utile auprès des ONU, UNESCO, et autres sommités assises sur leur siège à Paris ou New York. J'irai jusqu'à dire que nous avons tous une part de responsabilité, mais donner dans le mea culpa après coup, c'est se battre la poitrine à peu de frais.

Et un soir, au début de l'été... Entre-temps Fred s'était payé un jet, beaucoup plus puissant que le Cessna d'Edouard, et qu'il ne partageait qu'avec réticence. En ce qui me concerne, j'avais eu mon content de voltige, mais Edouard... il affichait une tête ! et boudait comme un gamin. Un soir, donc, dans cette période de l'année où la lumière du jour dure jusqu'à point d'heure, Fred s'est levé de table en déclarant qu'il allait s'offrir une balade, ne m'attendez pas pour le dessert, fait trop beau. Nous, on bâfrait.

J'ai grogné la bouche pleine, les autres aussi, Anaïs, Elise, Moira, Eloi, tous. Frédéric II, le « fiston », serait bien parti avec celui qu'il appelait son oncle, seulement il y avait de la tarte aux fraises... Quant à Gélie, elle courait le marcassin depuis l'aube, histoire d'éteindre ce qu'elle appelait depuis peu ses feux de forêt.

On ne s'est douté de rien, les dents prêtes à mordre dans les fruits de saison, on est restés assis comme des imbéciles, sans voir plus loin : Fred, on le savait, n'aimait pas les gâteaux ! Qu'est-ce qu'il aimait, à part ce qui remue la terre ou provoque des raz de marée !

Quand j'évoque les prémices, je me dis que j'aurais dû me douter, mais *qui* a la science infuse ? Moi pas plus que vous.

Le pauvre devait en être à compter sur les doigts de la main ce qui le gardait encore debout et qui lui échappait peu à peu. Rien ne suffisait, et surtout pas le souvenir de ses rares exaltations. A nos âges, on se gargarise avec le passé, on revit par délégation pas Fred. Lui avait besoin de tenir, de toucher... ah merde !

Je déduis après coup, comme toujours : son testament était en ordre depuis le retour de Mexico, la date en fait foi... C'est vous dire qu'il a patienté, à coups de codicilles chaque fois qu'un peu de neuf modifiait la donne. Rien n'a réussi à le détourner, c'est ainsi, rien, ni le gamin qui portait ses nom et prénom, poussait haut et fort, un vrai chiendent, intelligent et pas du tout décidé à quitter Saint-Jean, lui, ni les derniers Mexicains encore à traîner au domaine, ni la Bastide et son cru, ni moi, son meilleur ami, ni même ce beau ciel qu'on a par ici, et dont l'espérance sert d'âme quand il pleut. Rien. Pas non plus l'envie de lire les autres lettres d'Héléna ou de Maria qu'Elise, dans les rares creux des malheurs de la planète, lui ressortait comme une promesse de diversion ! Ah ! celle-là, quelle vitalité ! A soixante-dix ans, elle avait épousé le facteur, Eloi, qui se l'attrapait dans les coins à toute heure du jour, histoire de vérifier qu'il ne rêvait pas, qu'elle était bien à lui ! Elle bousculait Moira sur ses bases avec tant de feu que l'autre avait consenti à franchir le cap des cent ans sans un battement de cils ! Il n'empêche, parfois elle épongeait une larme au-dessus de la paperasse qui s'émiettait dans les tiroirs, remâchant ce qu'il ne voulait pas lire, de peur sans doute d'y trouver des raisons de vivre encore ! Mais quel imbécile, ce Fred. Je les ai lues, moi, et ce que j'en ai tiré, c'est simple : on est tous et toutes aspirés par l'envie des ailleurs !

Je sais-je sais, les désarrois ne sont pas identiques, on a chacun le sien... même ceux qui n'en ont pas, à ce qu'ils disent. Je suppose qu'on ne comprend jamais ce qui attrape certains pour les rendre au néant, plutôt que leur laisser finir la course comme tout le monde. Elise grognait souvent : « Quand je pense que moi, je jouis de tout ! » et j'en restais le pied en l'air, parce que je savais à qui elle pensait, et que ça ne le requinquerait pas pour autant.

Par moments, imaginer que je puisse coincer à mon

tour me colle le trac, après tout, qui peut savoir quand, comment, pourquoi le désir de mort vous rattrape ?

Chez Fred, il a fini par l'emporter.

Il a pris son avion, il a escaladé le château de nuages jusqu'où il a pu, ce n'était pas un Mirage 20, il a cherché sa dernière ivresse et il a coupé le moteur. Un peu comme certains alpinistes grimpent le plus haut possible pour risquer le pas de trop.

Et ne croyez pas qu'il a mis le village ou le domaine en danger ; il a pris soin de filer en direction des falaises, là où ne pousse que la craie, où personne ne se risque, c'est un désert. Il paraît qu'un couvent y était bâti, jadis. Il n'en reste pas même les fondations.

L'explosion a ébranlé l'air comme le vieux glas quand il est tombé du clocher.

Le son nous a jetés hors de nos chaises, la cuillère en suspens. Les gars des chais ont couru jusqu'au hangar, et dix secondes après, le 4x4 rugissait, revenait en bas des marches rafler Elise et la suite avant de prendre la route des Hauts. Angélique, qui venait de rentrer sa jument, l'a ressortie, a sauté dessus sans la harnacher, cavalant d'instinct par des chemins où le 4x4 ne passerait pas.

Moi, j'ai bondi sur le VTT de Frédéric II qui gueulait derrière moi en cavalant de toutes ses forces pour me rattraper, papa t'exagères, c'est mon vélo ! Déjà propriétaire, celui-là ! Elise et son homme avaient grimpé dans le tout terrain, muets, le visage fermé. Elise savait ce qu'on allait trouver, ses lèvres bougeaient et je crois qu'elle a prié avant même de s'entasser avec Eloi sur la banquette ! Cette vieille chose aimait Fred comme un fils.

Angélique est arrivée la première, forcément, en coupant à travers bois par des sentiers de sauvagine qu'elle connaissait mieux que quiconque, et je suis arrivé derrière.

Elle avait déjà sorti Fred de l'habitacle avant la seconde explosion ! elle l'avait jeté sur son épaule, porté à l'écart, étendu face au ciel, et tout en reprenant mon souffle, je la regardais faire, elle ne voulait pas d'aide, son œil m'avait figé sur place. Je n'ai pas bougé, je comprenais, j'ai même retenu le fils par l'épaule quand il nous a rattrapés, pâle comme un cachet, c'était son baptême de la mort brutale, et à treize ans...

Au fond, Gélie, malgré leurs coups de gueule, leurs empoignades quand elle assénait qu'il ne foutait rien dans ses vignes, Gélie l'aimait bien. Les problèmes du monde entier à ses yeux ? Parfait, à condition de balayer devant sa porte d'abord ! Nom de Dieu de cage à bites de... quand elle commençait à jurer comme un charretier, il lui répondait en espagnol ou en anglais avant de partir à grands pas, criant de loin que c'était son affaire.

Ma foi, on est bizarres, vous savez. Cette mort avait beau poigner le cœur, elle n'empêchait pas de s'étonner. Et je n'étais pas le seul, les gars du 4x4, Elise, Eloi, Anaïs, avaient rejoint et tous, on regardait, ébahis : les sangliers, les grosses laies et leurs marcassins qui avaient suivi Gélie comme d'habitude, tous couchés contre Fred, tranquilles comme des chiens devant le feu. Un monde, non ?

On voyait qu'il était cassé de partout, à nos âges, les os sont des allumettes, mais il n'y avait pas de sang, pas encore. Le plus curieux, c'était sa tenue, combinaison blanche et foulard rouge. On ne m'ôtera pas de l'idée qu'il s'est paré pour ses noces de cendres. Et même, ce... cet idiot était allé chez le coiffeur la veille.

Ah ! Seigneur ! marmonnait Elise, j'lui foutrais volontiers des claques ! Pourquoi l'aimait pas vivre, ce petit con ! La phrase lui sortait de la bouche comme une plainte.

Angélique se tenait au bord de la falaise, murée, les mains pendantes. Je ne sais pas à quoi elle pensait, si même elle remuait quoi que ce soit dans sa tête. Ce n'est pas le genre à se créer des remords, seulement vous demandent-ils votre avis ! Et qu'y pouvions-nous, grands dieux ? Que peut-on contre quelqu'un comme Fred, quand il décide de mourir ?

Oui, je ne connaîtrai jamais ce qui se bousculait dans sa tête, à ma belle Gélie. Je l'ai baisée il y a... oh longtemps, désormais, et j'ai aimé ça, soyons franc ! Seulement le corps à corps ne m'a pas fourni le pied-de-biche pour déverrouiller ce qu'elle avait dans le crâne devant la mort de Fred. Que cherchait-elle ? Des ressemblances ?

Lui ? Un air heureux pour la première fois de son existence. Ce n'est pas moi qui l'ai dit, sa figure me rappelait trop certains retours de « voile noir » qui chez lui se nuançaient presque toujours d'un regret, pendant que nous, on se contentait de soupirer d'aise après la peur. C'est Elise qui l'a murmuré, et heureux n'est pas le mot qui convient : apaisé, rentré au port. La femme de sa vie, voyez-vous, c'était la Mort.

Au bout du compte, certains n'ont de cesse de remonter au ventre, leur temps sur terre passe à regretter d'en être sortis.

On se remet de tout, à l'évidence, surtout de la mort des autres. Comme on dit, la vie continue, à se demander, et encore, pas longtemps, ce qu'on pouvait, nous, contre un désespoir de cet ordre. La réponse, même avec les meilleures intentions du monde, nous plongeait dans des soupirs de soulagement : on n'y pouvait rien.

J'en ai souvent parlé avec Elise, et d'abord de la suite immédiate. Moira, qui n'avait pas suivi et pour cause, notre cavalcade vers la falaise, Moira qu'on avait laissée sur place sans un remords, a tenu le coup jusqu'à la lecture du testament. Je crois qu'elle voulait être sûre... Les dernières volontés de Fred étaient claires, Gélie devenait régente de son fils, reine-mère.

Nous avons alors vu Frédéric II grandir d'un coup, porter sur les deux femelles Donnavent un regard qui avertissait, rêvez si vous voulez, mais c'est moi qui commande.

La vieille n'attendait rien d'autre pour s'en aller. Elle est morte la semaine suivante, presque jubilatoire. Saint-Jean vivrait. Je vous jure, ces femmes accrochées à leur terre comme des arapèdes... Celle-là trouvait enfin son maître, et ma foi, je crois bien qu'elle en fut comblée.

En attendant, le futur patron s'est vu emporté par sa mère comme un paquet, y a pas de temps à perdre, mon p'tit gars, faut te mettre au boulot dès maintenant.

Il s'y est mis et il y reste. Derrière lui, aux ordres, Gélie file doux, il n'y a qu'à la regarder pour comprendre qu'elle rejoint les anges du ciel grâce à son sacré moutard. Enfin, notre fils. Dont je ne suis pas mécontent non plus, pour tout avouer.

Anaïs et moi avons pris racine à Saint-Jean. On y était bien. Gélie, si j'en crois certaines allusions, aurait aimé que je lui mitonne une fille, mais le moment était passé, j'étais redescendu sur terre. Gentiment, en bonne épouse, Anaïs m'a glissé dans l'oreille que la nature s'y était prise à temps... Je dis gentiment, parce qu'elle n'en a pas fait des gorges chaudes.

En réalité, elle et moi avions envie de voir comment allait tourner la suite, jouir aussi de notre âge sous le prétexte d'aider Fred II. Le gosse, nous le savions, n'avait pas besoin de nos attentions, il était devenu à treize ans un joyeux petit monstre d'un mètre quatre-vingts, et il promettait.

Il en a vingt aujourd'hui, ce qui ne nous rajeunit pas. Il mord dans son gâteau toutes dents dehors, Moira doit en jubiler dans sa tombe !

Rien à ajouter. Pour quelques-uns comme Frédéric, la vie ne signifie pas grand-chose. J'en suis navré pour eux, mais cela ne m'empêchera pas de profiter du parcours le plus possible, et comme devant. C'est mon lot. Je ne suis pas seul à l'avoir décroché, Dieu merci, même si tout le monde n'a pas cette chance.

Quant à Elise... celle-là, je crois, n'est autre que l'immortel plaisir d'être au monde, elle nous enterrera tous.

PARADOU, AOUT 96 – PARADOU, JUILLET 2000

PARIS, JANVIER 2001

REMERCIEMENTS

Je tiens à remercier ici et très fort, Françoise Escarpit, dont les traductions d'E.P. sur le tremblement de terre de Mexico m'ont permis d'inventer *juste*, ou du moins de ne pas étaler trop d'incompétence en la matière.

Il va de soi que sans les Salvaing, Florence et François, amis de vingt ans, cette rencontre n'aurait pas eu lieu. Grand merci à eux pour cette entremise déterminante.

Impression réalisée sur CAMERON par

BUSSIÈRE CAMEDAN IMPRIMERIES

GROUPE CPI

à Saint-Amand-Montrond (Cher)
pour le compte des Éditions Grasset,
en avril 2001

N° d'édition : 11900. — N° d'impression : 011678/4.
Dépôt légal : avril 2001.

Imprimé en France

ISBN 2-246-61751-0